suhrkamp taschenbuch 1064

Ödön von Horváths letzter Roman *Ein Kind unserer Zeit*, der erst nach dem Tod des 36jährigen Autors 1938 im Verlag Allert de Lange in Amsterdam erschien, ist die Geschichte eines Soldaten, vollgestopft mit Phrasen eines militanten Nationalismus.

Franz Werfel nannte diesen Typus einen »Statthalter des Teufels auf Erden«, dessen »Erfindungskraft im Sinnlos-Bösen unerschöpflich« scheint. »Der Wille weh zu tun ist sein Grundtrieb. Sogar in dem Augenblick, da er einer verlorenen Geliebten nachzutrauern vermeint, begeht er einen Mord. Mit unerbittlicher Folgerichtigkeit stellt sich dieser Typus in der Ich-Erzählung selbst dar. Horváth zeigt mit leichter Hand, die seinen Stil auszeichnet, die politische Ursache und Konsequenz.«

Für Stefan Zweig war Horváths Roman »eines der wichtigsten deutschen Dokumente unseres Zeitalters«.

Die neue Edition der Werke Horváths trennt die Theaterstücke von den Prosawerken, ordnet die Texte dann chronologisch an, unter Beigabe der Pläne, Skizzen und Varianten. Anmerkungen zur Entstehung, Überlieferung und Textgestaltung sowie den heutigen Forschungsstand berücksichtigende Erläuterungen ergänzen jeden Band.

Ödön von Horváth
Gesammelte Werke

Kommentierte Werkausgabe in Einzelbänden
Herausgegeben von Traugott Krischke
unter Mitarbeit von Susanna Foral-Krischke

Band 14

Ödön von Horváth
Ein Kind unserer Zeit

Suhrkamp

suhrkamp taschenbuch 1064
Erste Auflage 1985
Alle Aufführungs-, Sende- und Übersetzungsrechte liegen
ausschließlich beim Thomas Sessler Verlag, Wien und München
© für diese Ausgabe Suhrkamp Verlag Frankfurt am Main 1985
Suhrkamp Taschenbuch Verlag
Alle Rechte vorbehalten, insbesondere das
des öffentlichen Vortrags, der Übertragung
durch Rundfunk und Fernsehen
sowie der Übersetzung, auch einzelner Teile.
Satz: LibroSatz, Kriftel
Druck: Ebner Ulm · Printed in Germany
Umschlag nach Entwürfen von
Willy Fleckhaus und Rolf Staudt

1 2 3 4 5 6 – 90 89 88 87 86 85

Inhalt

Ein Kind unserer Zeit

Roman

Ich bin Soldat.

Und ich bin gerne Soldat.

Wenn morgens der Reif auf den Wiesen liegt oder wenn abends die Nebel aus den Wäldern kommen, wenn das Korn wogt und die Sense blitzt, obs regnet, schneit, ob die Sonne lacht, Tag und Nacht – immer wieder freut es mich, in Reih und Glied zu stehen.

Jetzt hat mein Dasein plötzlich wieder Sinn! Ich war ja schon ganz verzweifelt, was ich mit meinem jungen Leben beginnen sollte. Die Welt war so aussichtslos geworden und die Zukunft so tot. Ich hatte sie schon begraben.

Aber jetzt hab ich sie wieder, meine Zukunft, und lasse sie nimmer los, auferstanden aus der Gruft!

Es ist noch kaum ein halbes Jahr her, da stand sie bei meiner Musterung neben dem Oberstabsarzt. »Tauglich!« sagte der Oberstabsarzt, und die Zukunft klopfte mir auf die Schulter. Ich spürs noch heut.

Und drei Monat später erschien ein Stern auf meinem leeren Kragen, ein silberner Stern. Denn ich hatte hintereinander ins Schwarze getroffen, der beste Schütze der Kompanie. Ich wurde Gefreiter und das will schon etwas heißen.

Besonders in meinem Alter.

Denn ich bin fast unser Jüngster.

Aber eigentlich sieht das nur so aus.

Denn eigentlich bin ich viel älter, besonders innerlich. Und daran ist nur eines schuld, nämlich die jahrelange Arbeitslosigkeit.

Als ich die Schule verließ, wurde ich arbeitslos.

Buchdrucker wollte ich werden, denn ich liebte die großen Maschinen, die die Zeitungen drucken, das Morgen-, Mittag- und Abendblatt.

Aber es war nichts zu machen.

Alles umsonst!

Nicht einmal zum Lehrling konnte ichs bringen in irgendeiner Vorstadtdruckerei. Von der inneren Stadt ganz zu schweigen!

Die großen Maschinen sagten: »Wir haben eh schon mehr Menschen, als wir brauchen. Lächerlich, schlag dir uns aus dem Kopf!«

Und ich verjagte sie aus meinem Kopf und auch aus meinem Herzen, denn jeder Mensch hat seinen Stolz. Auch ein arbeitsloser Hund.

Raus mit euch, ihr niederträchtigen Räder, Pressen, Kolben, Transmissionen! Raus!

Und ich wurde der Wohltätigkeit überwiesen, zuerst der staatlichen, dann der privaten –

Da stand ich in einer langen Schlange und wartete auf einen Teller Suppe. Vor einem Klostertor.

Auf dem Kirchendach standen sechs steinerne Figuren. Sechs Heilige. Fünf Männer und ein Weib.

Ich löffelte die Suppe.

Der Schnee fiel und die Heiligen hatten hohe weiße Hüte. Ich hatte keinen Hut und wartete auf den Tau.

Die Sonne wurde länger und die Stürme wärmer –

Ich löffelte die Suppe.

Gestern sah ichs wieder, das erste Grün.

Die Bäume blühen und die Frauen werden durchsichtig. Auch ich bin durchsichtig geworden.

Denn mein Rock ist hin und meiner Hose gings ebenso –

Man weicht mir fast schon aus.

Viele Ideen gehen durch meinen Kopf, kreuz und quer. Mit jedem Löffel Suppe werden sie ekelhafter.

Plötzlich hör ich auf.

Ich stell das Blech auf den steinernen Boden, es ist noch halb voll und mein Magen knurrt, aber ich mag nicht mehr.

Ich mag nicht mehr!

Die sechs Heiligen auf dem Dache blicken in die blaue Luft.

Nein, ich mag sie nicht mehr, meine Suppe! Tag für Tag dasselbe Wasser! Mir wirds schon übel, wenn ichs nur seh, diese Bettelbrüh!

Schütt sie aus, deine Suppe!

Weg! In den Dreck damit! –

Die Heiligen auf dem Dache schauen mich vorwurfsvoll an.

Glotzt nicht dort droben, helft mir lieber da drunten!

Ich brauch einen neuen Rock, eine ganze Hose – eine andere Suppe!

Abwechslung, Herrschaften! Abwechslung!

Lieber stehlen als betteln!

Und so dachten auch viele andere von unserer Schlange, ältere und jüngere – es waren nicht die schlechtesten.

Ja, wir haben viel gestohlen, meist warens dringende Lebensmittel. Aber auch Tabak und Zigaretten, Bier und Wein.

Meist besuchten wir die Schrebergärten. Wenn der Winter nahte und die glücklichen Besitzer daheim in der warmen Küche saßen.

Zweimal wurde ich fast erwischt, einmal bei einer Bade-hütte.

Aber ich entkam unerkannt.

Über das Eis, im letzten Moment.

Wenn mich der Kriminaler erreicht hätt, dann wär ich jetzt vorbestraft. Aber das Eis war mir gut, er flog der Länge nach hin.

Und meine Papiere blieben lilienweiß.

Kein Schatten der Vergangenheit fällt auf meine Doku-mente.

Ich bin doch auch ein anständiger Mensch und es war ja

nur die Hoffnungslosigkeit meiner Lage, daß ich so schwankte wie das Schilf im Winde – sechs trübe Jahre lang. Die Ebene wurde immer schiefer und das Herz immer trauriger. Ja, ich war schon sehr verbittert.

Aber heut bin ich wieder froh!

Denn heute weiß ichs, wo ich hingehör.

Heut kenn ich keine Angst mehr, ob ich morgen fressen werde. Und wenn die Stiefel hin sind, werden sie geflickt, und wenn der Anzug hin ist, krieg ich einen neuen, und wenn der Winter kommt, werden wir Mäntel bekommen. Große warme Mäntel. Ich hab sie schon gesehen.

Das Eis braucht mir nicht mehr gut zu sein!

Jetzt ist alles fest.

Endlich in Ordnung.

Adieu, ihr täglichen Sorgen!

Jetzt ist immer einer neben dir.

Rechts und links, Tag und Nacht.

»Angetreten!« tönt das Kommando.

Wir treten an, in Reih und Glied.

Mitten auf dem Kasernenhof.

Und die Kaserne ist so groß wie eine ganze Stadt, man kann sie auf einmal gar nicht sehen. Wir sind Infanterie mit leichten und schweren Maschinengewehren und nur zum Teil erst motorisiert. Ich bin noch unmotorisiert.

Der Hauptmann schreitet unsere Front ab, wir folgen ihm mit den Blicken, und wenn er beim dritten vorbei ist, schauen wir wieder vor uns hin. Stramm und starr. So haben wirs gelernt.

Ordnung muß sein!

Wir lieben die Disziplin.

Sie ist für uns ein Paradies nach all der Unsicherheit unserer arbeitslosen Jugend –

Wir lieben auch den Hauptmann.

Er ist ein feiner Mann, gerecht und streng, ein idealer Vater.

Langsam schreitet er uns ab, jeden Tag, und schaut nach, ob alles stimmt. Nicht nur, ob die Knöpfe geputzt sind – nein, er schaut durch die Ausrüstung hindurch in unsere Seelen. Das fühlen wir alle.

Er lächelt selten und lachen hat ihn noch keiner gesehen. Manchmal tut er uns fast leid, aber man kann ihm nichts vormachen. Wie er möchten wir gerne sein. Wir alle.

Da ist unser Oberleutnant ein ganz anderes Kaliber. Er ist zwar auch gerecht, aber oft wird er schon furchtbar jähzornig und brüllt einen an wegen der geringsten Kleinigkeit oder wegen nichts und wieder nichts. Aber wir sind ihm nicht bös, er ist halt sehr nervös, weil er vollständig überarbeitet ist. Er möcht nämlich in den Generalstab hinein und da lernt er Tag und Nacht. Immer steht er mit einem Buch in der Hand und liest sein Zeug.

Neben ihm ist unser Leutnant nur ein junger Hund. Er ist kaum älter als wir, also auch so zirka zweiundzwanzig. Er möcht zwar oft auch gern brüllen, aber er traut sich nicht recht. Trotzdem haben wir ihn gern, denn er ist ein fabelhafter Sportsmann, unser bester Sprinter. Er läuft einen prächtigen Stil.

Überhaupt hat das Militär eine starke Ähnlichkeit mit dem Sport.

Man möcht fast sagen: es ist der schönste Sport, denn hier gehts nicht nur um den Rekord. Hier gehts um mehr. Um das Vaterland.

Es war eine Zeit, da liebte ich mein Vaterland nicht. Es wurde von vaterlandslosen Gesellen regiert und von finsteren überstaatlichen Mächten beherrscht. Es ist nicht ihr Verdienst, daß ich noch lebe.

Es ist nicht ihr Verdienst, daß ich jetzt marschieren darf. In Reih und Glied.

Es ist nicht ihr Verdienst, daß ich heut wieder ein Vaterland hab.

Ein starkes und mächtiges Reich, ein leuchtendes Vorbild für die ganze Welt!

Und es soll auch einst die Welt beherrschen, die ganze Welt!

Ich liebe mein Vaterland, seit es seine Ehre wieder hat! Denn nun hab auch ich sie wieder, meine Ehre!

Ich muß nicht mehr betteln, ich brauch nicht mehr zu stehlen.

Heute ist alles anders.

Und es wird noch ganz anders werden!

Den nächsten Krieg gewinnen wir. Garantiert!

Alle unsere Führer schwärmen zwar immer vom Frieden, aber ich und meine Kameraden, wir zwinkern uns nur zu. Unsere Führer sind schlau und klug, sie werden die anderen schon hineinlegen, denn sie beherrschen die Kunst der Lüge wie keine zweiten.

Ohne Lüge gibts kein Leben.

Wir bereiten uns immer nur vor.

Jeden Tag treten wir an und dann gehts zum Tor hinaus, im gleichen Schritt und Tritt.

Wir marschieren durch die Stadt.

Die Zivilisten sehen uns glücklich an, nur einige Ausnahmen würdigen uns keines Blickes, als wären sie böse auf uns. Das sind aber immer nur alte Männer, die eh nichts mehr zählen. Aber es ärgert uns doch, wenn sie wegschauen oder plötzlich sinnlos vor einer Auslage halten, nur um uns nicht sehen zu müssen. Bis sie uns dann doch erblicken, bis sie es nämlich merken, daß wir uns im Glas der Auslage spiegeln. Dann ärgern sie sich gelb und grün.

Jawohl, ihr Herrschaften, ihr Ewig-Gestrigen, Ausrangierten, mit eurem faden pazifistischen Gesäusel, ihr werdet uns nicht entrinnen! Betrachtet nur die Delikatessen, die Spielwaren, Bücher und Büstenhalter – ihr werdet uns überall sehen!

Wir marschieren auch durch die Auslagen!
Es ist uns bekannt, wir gefallen euch nicht.
Ich kenne euch schon – durch und durch!
Mein Vater ist auch so ein ähnlicher.
Auch er schaut weg, wenn er mich marschieren sieht.
Er kann uns Soldaten nicht ausstehen, weil er die Rüstungsindustrie haßt. Als wärs das Hauptproblem der Welt, ob ein Rüstungsindustrieller verdienen darf oder nicht!
Soll er verdienen, wenn er nur treu liefert!
Prima Kanonen, Munition und den ganzen Behelf –
Das ist für uns Heutige kein Problem mehr.
Denn wir haben erkannt, daß das Höchste im Leben des Menschen das Vaterland ist. Es gibt nichts, was darüber steht an Wichtigkeit. Alles andere ist Unsinn. Oder im besten Fall nur so nebenbei.
Wenn es dem Vaterland gut geht, geht es jedem seiner Kinder gut. Gehts ihm schlecht, geht es zwar nicht allen seinen Kindern schlecht, aber auf die paar Ausnahmen kommts auch nicht an im Angesicht des lebendigen Volkskörpers.
Und gut gehts dem Vaterland nur, wenn es gefürchtet wird, wenn es nämlich eine scharfe Waffe sein eigen nennt –
Und diese Waffe sind wir.
Auch ich gehör dazu.
Aber so gibt eben noch immer verrannte Leute, die sehen diese selbstverständlichen Zusammenhänge nicht, sie wollen sie auch nicht sehen, denn sie sind noch immer in ihren plumpen Ideologien befangen, die im neunzehnten Jahrhundert wurzeln. Auch mein Vater ist solch einer von dieser Garde.
Es ist eine traurige Garde.
Eine geschlagene Armee.

Mein Vater ist ein verlogener Mensch.

Er war drei Jahre in Kriegsgefangenschaft, ab 1917. Erst Ende 1919 ist er wieder heimgekehrt. Ich selbst bin 1917 geboren, bin also ein sogenanntes Kriegskind, aber ich kann mich natürlich an diesen ganzen Weltkrieg nicht mehr erinnern. Und auch nicht an die Zeit hinterher, an die sogenannten Nachkriegsjahre. Nur manchmal so ganz verschwommen. Meine richtige Erinnerung setzt erst ein zirka 1923.

Mein Vater ist von Beruf Kellner, ein Trinkgeldkuli. Er behauptet, daß er durch den Weltkrieg sozial gesunken wär, weil er vor 1914 nur in lauter vornehmen Etablissements arbeitete, während er jetzt draußen in der Vorstadt in einem sehr mittelmäßigen Betrieb steckt. Er hinkt nämlich etwas seit seiner Gefangenschaft, und ein hinkender Kellner, das kann halt in einem Luxuslokal nicht sein.

Aber trotz seiner Privattragödie hat er kein Recht, auf den Krieg zu schimpfen, denn Krieg ist ein Naturgesetz.

Überhaupt ist mein Vater ein Nörgler. Als ich noch bei ihm in seinem Zimmer wohnte, krachten wir uns jeden Tag. Immer schimpft er über die Leut, die das Geld haben, und derweil sehnt er sich nach ihnen – wie gern würde er sich wieder vor ihnen verbeugen, denn er denkt ja nur an sein Trinkgeld! Ja, er ist ein durch und durch verlogener Mensch, und ich mag ihn nicht.

Wenn er nicht zufällig mein Vater wär, würde ich mich fragen: wer ist denn dieser widerliche Patron?

Einmal sagte ich zu ihm: »Hab nur keine Angst vor dem kommenden Krieg, du kommst eh nimmer dran mit deinem Alter!« Er blieb vorerst ganz ruhig und sah mich an, als würde er sich an etwas erinnern wollen. »Ja«, fuhr ich fort, »du zählst nicht mehr mit.« Er blieb noch immer ruhig, aber plötzlich traf mich ein furchtbar gehässiger

Blick, wie aus einem Hinterhalt. Und dann begann er zu schreien. »So geh nur in deinen Krieg!« brüllte er. »Geh und lern ihn kennen! Einen schönen Gruß an den Krieg! Fall, wenn du magst! Fall!«

Ich ging fort.

Das war vor drei Jahren.

Ich hör ihn noch brüllen und sehe mich im Treppenhaus. Auf einmal hielt ich an und ging zurück. Ich hatte meinen Bleistift vergessen, ich wollte nämlich zu den Redaktionen, wo die Zeitungen mit den kleinen Anzeigen im Schaukasten hängen, um dort vielleicht eine Arbeit zu finden, irgendeine – ja, damals glaubte ich trotz allem noch an Märchen.

Als ich das Zimmer wieder betrat, stand mein Vater am Fenster und sah hinaus. Es war sein freier Tag in der Woche.

Er wandte sich mir nur kurz zu –

»Ich hab meinen Bleistift vergessen«, sagte ich.

Er nickte und sah wieder hinaus.

Was war das für ein Blick?

Hat er geweint?

Ich ging wieder fort.

Weine nur, dachte ich, du hast auch allen Grund dazu, denn eigentlich trägt deine Generation die Hauptschuld daran, daß es mir jetzt so dreckig geht – (damals war ich ja noch arbeitslos und hatte keine Zukunft).

Die Generation unserer Väter hat blöden Idealen von Völkerrecht und ewigem Frieden nachgehangen und hat es nicht begriffen, daß sogar in der niederen Tierwelt einer den anderen frißt. Es gibt kein Recht ohne Gewalt. Man soll nicht denken, sondern handeln!

Der Krieg ist der Vater aller Dinge.

Ich hab mit meinem Vater nichts mehr zu tun.

Ich kann es nicht ausstehen, das ewige Geweine!

Immer wieder hören müssen: »Vor dem Krieg, das war eine schöne Zeit!« – da werd ich ganz wild.

Mir hätt sie nicht gefallen, deine schöne Zeit!

Ich kann sie mir genau vorstellen nach den alten Photographien.

Du hattest eine Dreizimmerwohnung, warst noch nicht verheiratet und führtest, wie es seinerzeit hieß, ein flottes Junggesellenleben.

Mit Weibern und Kartenspiel.

Alle Welt hatte Geld.

Es war eine verfaulte Zeit.

Ich hasse sie.

Jeder konnte arbeiten, verdienen, niemand mußte hungern, keiner hatte Sorgen –

Eine widerliche Zeit!

Ich hasse das bequeme Leben!

Vorwärts, immer nur vorwärts!

Marsch – marsch!

Wir stürmen vor – nichts hält uns zurück!

Kein Acker, kein Zaun, kein Strauch –

Wir treten es nieder!

Marsch – marsch!

So stürmen wir vor und gehen auf einer Höhe in Deckung, um die Straße, die unten vorbeizieht, zu beherrschen.

Vorerst sinds nur noch Manöver.

Aber bald wirds ernst, die Zeichen werden immer sichtbarer.

Und der Krieg, der morgen kommen wird, wird ganz anders werden als dieser sogenannte Weltkrieg! Viel größer, gewaltiger, brutaler – ein Vernichtungskrieg, so oder so!

Ich oder du!

Wir schauen der Wirklichkeit ins Auge.

Wir weichen ihr nicht aus, wir machen uns nichts vor –

Jetzt schießen Haubitzen.

In der weiten flimmernden Ferne.

Man hört sie kaum.

Sie schießen vorerst noch blind.

Unten auf der Straße erscheinen zwei radfahrende Mädchen. Sie sehen uns nicht.

Sie halten plötzlich und sehen sich um.

Dann geht die eine hinter einen Busch und hockt sich hin.

Wir grinsen und der Leutnant hinter mir lacht ein bißchen.

Der Feldwebel schaut mit dem Feldstecher hin.

Jetzt surrt es am Himmel. Ein Flieger. Er fliegt über uns hinweg.

Das Mädchen läßt sich nicht stören, sondern blickt nur empor.

Er fliegt sehr hoch, der Flieger, und kann sie nicht sehen. Das weiß sie.

An uns denkt sie nicht.

Und derweil werdens doch immer wir Infanteristen sein, die die Kriege entscheiden – und nimmer die Flieger! Obwohl man von ihnen so viel spricht und von uns so wenig. Obwohl sie die eleganteren Uniformen haben – werden sehen, ob sie das taugen, was sie sich einbilden! Die denken, sie legen ein Land von droben einfach in Trümmer und wir Infanteristen hätten dann einfach die Trümmer nur zu besetzen – ohne jede Gefahr! Eine bessere Polizei. Abwarten!

Werden sehen, ob wir überflüssig sind! Oder gar zweiten Ranges!

Nein, ich mag die Flieger nicht!

Ein hochnäsiges Pack.

Und die Weiber sind auch so blöd, sie wollen nur einen Flieger.

Das ist ihr höchstes Ideal!

Auch die zwei da drunten auf der Straße – jetzt winken sie ihm begeistert zu.

Alle Kühe wollen mit einem Flieger tanzen!

Winkt nicht, ihr Tiere – er schaut auch auf euch herab, weil ihr nicht fliegen könnt!

Jawohl, wir schlucken den Staub der Straßen und marschieren durch den Dreck! Aber wir werden dafür sorgen, daß der Dreck himmelhoch staubt!

Nur keine Angst!

»Um Gotteswillen!« kreischt der Leutnant.

Was ist denn los?!

Er starrt auf den Himmel –

Dort, der Flieger!

Er stürzt ab!

»Der linke Flügel ist futsch«, sagt der Feldwebel durch den Feldstecher.

Er stürzt, er stürzt –

Mit einer Rauchwolke hinter sich her –

Immer rascher.

Wir starren hin.

Und es fällt mir ein: Komisch, hast du nicht grad gedacht: stürzt ab –?

»Mit denen ists vorbei«, meint der Leutnant.

Wir waren alle aufgesprungen.

»Deckung!« schreit uns der Feldwebel an.

»Deckung!« – – –

Drei Särge liegen auf drei Lafetten, drei Fliegersärge. Pilot, Beobachter, Funker. Wir präsentieren das Gewehr, die Trommel rollt und die Musik spielt das Lied vom guten Kameraden.

Dann kommt das Kommando: »Zum Gebet!«

Wir senken die Köpfe, aber wir beten nicht.

Ich weiß, daß bei uns keiner mehr betet.

Wir tun nur so.

Reine Formalität.

»Liebe deine Feinde« – das sagt uns nichts mehr. Wir sagen: »Hasse deine Feinde!«

Mit der Liebe kommt man in den Himmel, mit dem Haß werden wir weiterkommen – –

Denn wir brauchen keine himmlische Ewigkeit mehr, seit wirs wissen, daß der einzelne nichts zählt – er wird erst etwas in Reih und Glied.

Für uns gibts nur eine Ewigkeit: das Leben unseres Volkes. Und nur eine himmlische Pflicht: für das Leben unseres Volkes zu sterben.

Alles andere ist überlebt.

Wir treten an.

Ausgerichtet, Mann für Mann.

Ich bin der neunte von rechts, von den Größten her. Der Größte ist einsachtundachtzig, der Kleinste einssechsundfünfzig, ich einsvierundsiebzig. Gerade richtig, nicht zu groß und nicht zu klein.

So äußerlich gesehen, gefall ich mir ja.

Das verwunschene Schloß

Heute ist Sonntag.

Da haben wir frei. Von vierzehn bis zweiundzwanzig Uhr. Nur die Bereitschaft bleibt zurück.

Gestern bekam ich meinen zweiten Stern und heute werde ich zum erstenmal mit zwei Sternen am Kragen ausgehen.

Der Frühling ist nah, man hört ihn schon in der Luft.

Wir sind zu dritt, zwei Kameraden und ich. Wir haben weiße Handschuhe an und reden über die Weiber.

Ich rede am wenigsten, ich denk mir lieber meinen Teil.

Die Weiber sind ein notwendiges Übel, das ist bekannt.

Man braucht sie zur Sicherstellung einer möglichst großen Zahl kinderreicher, erbgesunder, für das Vaterland rassisch wertvoller Familien. Aber ansonsten stiften sie nur Wirrwarr.

Ich könnt darüber manches Lied zum besten geben!

Besonders die älteren Jahrgänge und vor allem die ganz Gescheiten. Die laufen dir nach, weil du sportlich ausgebildet bist, und wenn du ihnen zu Gefallen warst, dann werden sie arrogant. Sagen: dummer Junge, grün, naß hinter den Ohren und dergleichen. Oder sie kommen mit dem Seelenleben daher und dann werdens ganz unappetitlich.

Eine nicht mehr ganz junge Frau hat keine Seele zu haben, sie soll froh sein, wenn man sie anschaut. Sie hat kein Recht, einem hinterher mit Gefühlen, wie zum Beispiel Eifersucht oder sogenannter Mütterlichkeit, zu kommen.

Die Seele ist im besten Falle ein Vorrecht der jungen Mädchen.

Die dürfen sich eine solche Romantik fallweise noch leisten, vorausgesetzt, daß sie hübsch sind. Aber auch die romantischen Hübschen wollen, schon im zartesten Jungmädchenalter, nur einen Kerl mit Geld.

Das ist das ganze Problem.

Ich bewege mich lieber in männlicher Gesellschaft.

Mein Kamerad sagt grad, daß sich dereinst vor dreihundert Jahren ein großer Philosoph gefragt hätt, ob die Weiber überhaupt Menschen sind?

Man könnts schon bezweifeln, das glaub ich gern.

Bei dem weiblichen Geschlechte weißt du nie, woran du bist.

Da findest du keine Treu und keinen Glauben, immer kommens zu spät, ein Nest voller Lügen, usw.

Und obendrein sollst du noch auf ihr Inneres eingehen – Denn das verlangen sie.

Aber das ist keine Betätigung für einen richtigen Mann.

Jaja, die Herren Weiber sind ein Kapitel für sich!

Sie bringen dich auf die Welt und bringen dich auch wieder um. –

Die Straßen der inneren Stadt sind leer, denn hier gibts nur Geschäfte und hohe Bürohäuser und die haben heute zu.

Die Arbeiter der Stirn und der Faust, sie feiern daheim, essen, schlafen, rauchen – heut werdens kaum Ausflüge machen, denn es regnet immer wieder.

Zwar nur ein bißchen, aber es ist halt unsicher. Still ists in der inneren Stadt, direkt friedlich, als wärens alle ausgestorben.

Wir hören uns gehen, jeden Schritt. Es klappert auf dem Asphalt.

Und ich bemerk es wieder, daß wir uns spiegeln.

In den vornehmen Auslagen.

Jetzt gehen wir durch ein Korsett.

Jetzt durch einen Hummer und einen Schinken so zart –

Jetzt durch seidene Strümpfe.

Jetzt durch Bücher und dann durch Perlen, Schminken, Puderquasten. –

Zerreißt sie, zertrampelt sie!

Es ist fad in der inneren Stadt und wir gehen zum Hafen hinab. Dort ist nämlich ewig Betrieb.

Du kannst es zwar nicht erblicken, das weite Meer, denn dieses beginnt erst weiter draußen, aber herinnen liegen bereits die fremden Schiffe mit den schwarzen und gelben Matrosen.

Wir gehen die breite Allee zum Hafen hinab.

Sie wird immer breiter und lauter.

Rechts und links beginnen die Sehenswürdigkeiten – große und kleine Affen, dressiert und undressiert. Schießbuden und Spielautomaten, ein Tanzpalast und die dickste Dame der Welt. Ein Schaf mit fünf Füßen, ein Kalb mit zwei Köpfen – Karussell neben Karussell, Schaukel neben

Schaukel und eine bescheidene Achterbahn, direkt bemit-
leidenswert. Wahrsagerinnen, Feuerfresser, Messerschlucker, saure Gurken und viel Eis. Tierische und
menschliche Abnormitäten. Kunst und Sport. Und dort
hinten am Ende das verwunschene Schloß.

An den ersten Schießbuden gehen wir noch vorbei, aber
bei der vierten oder fünften können wir es nicht mehr
lassen, es zwingt uns zu schießen. In dieses Schwarze zu
treffen ist für uns ein Kinderspiel und das Fräulein, das
unsere Gewehre ladet, lächelt respektvoll.

Wenn Soldaten schießen, schauen immer viele zu. So auch
jetzt. Besonders zwei Fräulein sind dabei, sie lachen bei
jedem Schuß, als gälte er ihnen. Dadurch erregen sie
unsere Aufmerksamkeit. Mir gefallen sie nicht, aber
meine Kameraden fangen mit ihnen an. Ich will ihnen
prinzipiell nicht im Wege stehen, so als überflüssiges Rad
am Wagen, und überlasse sie ihrem Schicksal.

Sie gehen tanzen, ich bleib allein zurück.

Ich schau ihnen nach.

Nein, diese beiden Fräulein könnten mich nicht interessieren –

Die eine hat krumme Beine, die andere hat überhaupt
keine Beine und wo der Hintern sitzen soll, sitzt nichts.
Und die erste hat vorn einen schwarzen Zahn und einen
schmutzigen Büstenhalter. Nein, mich stören diese Kleinigkeiten der Liebe, ich bin nämlich sehr anspruchsvoll.

Ich betrete das Hippodrom.

Dort reiten zwei andere Fräulein und ein Kind.

Die Musik spielt, die Peitsche knallt, die alten Pferde
laufen im Kreis.

Das Kind hat Angst, die Fräulein sind sehr bei der Sache.

Das Kind verliert seine Matrosenmütze und plärrt, die
beiden Fräulein lächeln.

Ihre Röcke sind hoch droben und man kann es sehen, daß

sie dort nackt sind, wo der Strumpf aufhört. Die könnten mir schon gefallen, besonders die Größere!

Aber ein reitendes Fräulein täuscht.

Denn ein Fräulein hoch zu Roß kann gar leicht gefallen, das ist keine Kunst. Aber wenn sie hernach herunten ist, dann merkt mans erst, was in Wirklichkeit los ist – ich kenn das schon, diese Enttäuschungen!

Jetzt steigen sie aus dem Sattel und die Größere gefällt mir noch immer. Und die Kleinere auch.

Aber sie haben schon einen Kavalier.

Ein kleines Männchen, eine elende Ratte.

Die beiden hängen sich in die Ratte und lächeln: »Wir wollen noch reiten – bitte, bitte!« »So oft ihr wollt«, sagt die Ratte.

Ich blicke nach der Preistafel.

Einmal reiten kostet fünfzig.

Und so oft ihr wollt?

Viel zu teuer für mich.

Aber so treibens halt die feschen Weiber!

Lieber eine alte Ratte, die nach Geld stinkt, als ein junger durchtrainierter Mann, der außer seiner selbst nur zwei silberne Sterne am Kragen besitzt.

Da nützen auch die weißen Handschuhe einen großen Dreck.

Ich verlasse das Hippodrom und wandle langsam die Buden entlang, ohne ein direktes Ziel.

Rechts gibts den Mann mit dem Löwenkopf und links die Dame mit dem Bart.

Ich bin etwas traurig geworden.

Die Luft ist lau – ja, das ist der Frühling und nachts konzertieren die Katzen. Wir hören sie auch in der Kaserne.

Der Abend kommt und am Horizont geht der Tag mit einem lila Gruß. Hinter mir ist es schon Nacht.

Und wie ich so weiterwandle, treffe ich einen unangeneh-
men Gedanken: es fällt mir auf, daß diese Ratte im Hippodrom mein Volksgenosse ist. Und ich sehe mich im
Kasernenhof stehen und schwören, für das Vaterland zu
sterben, jederzeit für unser Volk.

Also auch für diese elende Ratte?

Nein, hör auf! Nur nicht denken! Durch das Denken
kommt man auf ungesunde Gedanken.

Unsere Führer werdens schon richtig treffen!

Und da kommt ein zweiter Gedanke, ich kenne ihn schon.
Er begleitet mich ein Stück und läßt mich nicht los.

»Eigentlich«, sagt er, »liebst du ja niemand« –

Ja, das ist wahr.

Ich mag keine Seele leiden –

Auch mich nicht.

Eigentlich hasse ich alle.

Nur unseren Hauptmann nicht. –

Und weiter wandle ich die Buden entlang dem Ende zu
und erreiche das verwunschene Schloß mit seinen Giebeln
und Türmen und Basteien. Die Fenster sind vergittert und
die Drachen und Teufel schauen heraus.

Aus dem Lautsprecher tönt ein leiser Walzer. Es ist eine
alte Musik. Sie wird immer wieder übertönt, diese Musik,
durch Gelächter und Gekreisch. Das sollen die Leute von
sich geben, die drinnen sind. Man solls nämlich draußen
hören, daß es ihnen drinnen gefällt.

Aber ich kenne das schon.

Alles Schwindel!

Es ist eine Grammophonplatte, diese ganze laute
Freude – nur um das Publikum anzulocken. Es ist nichts
dahinter, und ich fall nicht drauf rein, auf solche Nar-
renpaläste, in denen man das Gruseln lernen soll. Das ist
mir zu blöd.

Ich will schon wieder zurück, da blicke ich nach dem

Eingang, ohne mir dabei etwas zu denken, gewissermaßen automatisch. Und ich halte an.

Oder wars mir nur so und ich bin weiter?

Möglich. Aber nach zwei Schritten halte ich tatsächlich und schaue noch immer hin.

Es ist jetzt ganz finster geworden und ich steh in der Nacht.

An der Kasse des verwunschenen Schlosses sitzt eine junge Frau.

Sie rührt sich nicht.

Es kommt kein Mensch.

Und einen Augenblick lang ist mir alles so fern, die ganze Welt, und ich denke, das Herz bleibt stehen. Es rührt sich kein Blatt, nur aus dem verwunschenen Schlosse tönt leise die alte Musik.

Sie hat große Augen, die junge Frau, aber es waren nicht ihre Augen, nicht der Mund und nicht die Haare – ich glaube, es war eine Linie –

Doch was red ich da?! Lauter Unsinn!

Ich weiß ja nur, daß ich stehen blieb, als wär plötzlich eine Wand vor mir –

Unsinn, Blödsinn! Geh weiter!

Ich gehe weiter und stolpere.

Über was?

Über nichts. Es ist ja nichts da.

Aber nun lächelt die Frau, weil ich gestolpert bin. Sie hat es gesehen. Sie lächelt noch immer.

Ich betrachte sie genau.

Da schaut sie nicht mehr her. Sie nimmt einen Bleistift und schreibt vor sich hin – oder tut sie nur so, damit sie mich nicht sieht?

Warum will sie mich denn nicht sehen?

Wahrscheinlich weil ich ihr nicht gefall –

Sie wird schon einen haben, irgendeinen Budenkönig.

Einen Seiltänzer, Messerschlucker, dummen August –

Geh weiter!

Ich geh, aber ich komme nicht weit. Nur über die Straße. Dort steht ein Eismann und ich kaufe mir ein Eis. Ich kanns noch genau sehen, das verwunschene Schloß und die schreibende Frau.

Es kommt noch immer kein Mensch.

Ich schlecke mein Eis.

Es schmeckt nach nichts.

Es ist so kalt, daß ich lange Zähne bekomm wie ein altes Pferd.

Es tut schon direkt weh –

Warum kaufte ich es mir denn nur, dieses gefärbte Zeug? Ich mag ja gar kein Eis!

Und während mir die Zähne immer länger werden, gesteh ichs mir ein, daß ich es mir nur deshalb kaufte, um die Frau dort drüben länger betrachten zu können. Komisch, ich weiß es noch immer nicht, ob sie mir gefallen könnt – ich weiß ja noch gar nicht, wie sie aussieht, wenn sie aufsteht. Vorerst kenn ich nur das von ihr, was über die Kasse herausschaut.

Vielleicht ist sie nur eine sogenannte Sitzschönheit –

Und wenn sie aufsteht, ist sie vielleicht kleiner, als wie wenn sie sitzt, oder gleich dreimal so groß –

Vielleicht ist sie ganz unproportioniert.

Na gute Nacht!

Jetzt schaut sie mich wieder an.

Diesmal etwas länger.

Und sie lächelt wieder – warum?

Weil ich da so grimmig mein Eis schleck? –

Endlich hab ichs drunten, das miserable Zeug.

Da hör ich den Eismann hinter mir: »Noch eine Portion?« »Ja«, sage ich und schon hatte ich wieder eine in der Hand.

Was ist denn mit mir?! Bin ich denn total verblödet?! Was

freß ich da die zweite Portion, wenns mir von der ersten schon übel ist?!

Ich mach mich ja noch ganz lächerlich mit meinem Eis, wie ein Schulbub steh ich da und derweil hab ich doch zwei silberne Stern –

Und schon wollte ich das Eis wütend an die Erde hauen, da tauchte aus der Finsternis ein Rittmeister auf. Gottlob bemerkte ich ihn noch im allerletzten Moment und salutierte. Der Rittmeister dankte und ging vorbei.

Jetzt lacht sie – natürlich!

Weil ich die Ehrenbezeugung mit dem Eis in der Hand leistete, und sowas ist selbstredend lächerlich.

Ich bin ja auch blöd und sie lacht, doch das Gelächter aus dem Lautsprecher übertönt sie.

Ich höre sie nicht.

Aber jetzt wirds mir allmählich zu bunt!

Jetzt ists mir egal! Jetzt wird reiner Tisch gemacht!

Und zwar sogleich, auf der Stell!

Ich hau das Eis an die Erde, daß es nur so klatscht, und geh hinüber. Schnurgerade. Zum verwunschenen Schloß.

Richtung: die Kasse.

Direkt auf sie zu. Werden sehen, ob sie noch lacht, wenn ich komm!

Sie sieht mich kommen und lacht nicht mehr.

Aha!

Sie sieht mich nur groß an, wie ich so näherkomm – groß und ernst.

Hast du Angst vor mir?

Paß nur auf, jetzt komme ich!

Ich hab schon die letzten drei Stufen und nun stehe ich vor der Kasse. Sie blickt hinab, ich seh nur ihr Haar. Es ist weich und zart.

Auf dem Pult liegt ein Blatt Papier. Sie hat zuvor nichts geschrieben, sondern nur so herumgekritzelt. Allerhand

Linien –

Und ich sage: »Eine Eintrittskarte« – es klang fast streng und es tat mir leid.

»Bitte«, sagt sie.

Zittert ihre Hand?

Oder zittere ich?

Sie wechselt mein Geld.

Ich hatte noch niemand so schön wechseln gesehen.

Die Linie, die Linie – muß ich wieder denken.

Und dann betrete ich das verwunschene Schloß.

Zuerst wirds ganz finster, man muß sich vorwärtstappen – rechts und links. Und während ich so tappe, muß ich an ihre Stimme denken, wie sie vorhin »Bitte« gesagt hat.

Mir ists, als hätte ich diese Stimme schon gehört, irgendwo, irgendwann – vor einer halben Ewigkeit. Und plötzlich fällts mir auf, daß ich es nicht weiß, was meine Mutter für eine Stimme hatte.

Überhaupt kann ich mich an meine Mutter nicht mehr erinnern.

Sie starb ja gleich nach dem Weltkrieg, an der Grippe, noch wie ich ganz klein war –

Oft, wenn ich allein auf Posten stehe, gehts mir durch den Sinn wie eine alte Wolke, besonders in der Nacht. Was gewesen ist, greift nach mir.

Dann seh ich mich zwischen Tisch und Bett.

Ich bin drei Jahr, nicht älter –

Das Fenster ist hoch, ich kann nur hinausschauen, wenn mich wer hebt. Und wenn ich hinausschau, dann seh ich noch nichts. Oder hab ichs inzwischen vergessen?

Heut weiß ich nur, es zog zum Fenster herein –

Doch im Ofen brannte kein Feuer. Nach einem Krieg gibts halt oft keine Kohlen.

»Es ist kalt«, das ist meine erste Erinnerung.

Mein erstes Gefühl, das mir blieb.

Komisch, daß es mir noch niemals eingefallen ist, daß ichs nicht weiß, was meine Mutter für eine Stimme gehabt hat – bumm!

Jetzt wär ich aber fast gestürzt!

Da ist ja eine Versenkung, aber nur an der linken Seite, so daß man mit dem linken Bein tiefer gehen muß als mit dem rechten. Zu blöd!

Endlich hab ich das linke Bein wieder auf gleicher Höh, da fall ich mit dem rechten hinab. Also das ist wirklich zu blöd!

Ein feines Vergnügen!

Jetzt sitzt sie draußen an ihrer Kasse und lacht, daß ich drin bin. Trotzdem hat sie einen schönen Mund – wenn mich nicht alles täuscht.

Wie sieht sie eigentlich aus?

Komisch, ich hab sie doch lange genug betrachtet und weiß es noch immer nicht genau –

Warum hab ichs also gefressen, das Eis?

Ich bin ein Tepp.

Doch halt! Sie hatte ja den Kopf fast immer gesenkt, weil sie ihre Linien gekritzelt hat, um mich nicht sehen zu müssen –

Jaja, diese Linien!

Die sind schuld daran, daß ich jetzt da herumstolpern muß – über laufende Teppiche, wackelnde Brücken, an Särgen vorbei, in denen enthauptete Wachsfiguren liegen, umgeben von Gespenstern, Gehenkten, Geräderten – aber mich schreckt nichts. Da tät ich mir aufrichtig leid.

Ich biege um eine Ecke und begegne einem Skelett.

Ich betrachte es aus der Nähe.

Es dürfte ein Originalskelett sein und so sehen wir aus, wenns vorbei ist mit unserem Zauber.

Und mit den Linien –

Ich reiche dem Knochen die Hand.

Hinter der nächsten Tür steh ich wieder im Freien. Neben der Kasse.

Aber meine Linie sitzt nicht mehr dort.

Sondern eine alte Hex.

Ich starre sie verdutzt an und sie kommt auf meine Gedanken.

»Meine Tochter ist fort«, sagt sie fast spöttisch.

»Wohin?« frage ich mechanisch.

»Ins Kino.«

Ich salutiere leicht und gehe auch fort.

Kehrt euch!

An den Buden vorbei bis in die innere Stadt – rasch oder langsam, ich weiß es nicht mehr.

Plötzlich gibts mir einen Stich.

Ich halte.

»Warum hast du die Alte nicht gefragt, in welches Kino ihre Tochter gegangen ist? Du hast doch noch Zeit, Idiot!«

Ich eile zurück.

Aber das verwunschene Schloß ist bereits zu und es ist niemand mehr vorhanden. Ja, heute ists schon zu spät –

Doch wartet nur, ich komme wieder!

Am nächsten Sonntag!

Dann komm ich gleich her, sofort um vierzehn Uhr –

Dann gibts nichts zu lachen!

Auf Wiedersehen, ihr Linien – –

Ich muß immer lächeln, was ist mir denn nur?

Der Mond scheint, die Luft ist lau und die Katzen konzertieren.

Und als ich über den Kasernenhof gehe, seh ichs vor mir, das verwunschene Schloß mit seinen Giebeln und Türmen und Basteien. Die Fenster sind vergittert und die Drachen und Teufel, sie schauen heraus.

Der Hauptmann

Einst, wenn die Zeit, in der wir leben, vorbei sein wird, wird es die Welt erst ermessen können, wie gewaltig sie gewesen ist.

Unerwartet werfen oft die größten Ereignisse ihre Schatten auf uns, aber sie treffen uns nicht unvorbereitet.

Es gibt keinen Schatten der Welt, mit dem wir nicht immer rechnen würden. Wir fürchten uns nicht!

In der Nacht zum Freitag gabs plötzlich Alarm. Wir fuhren aus dem Schlaf empor und traten an mit Sack und Pack. Ausgerichtet, Mann für Mann.

Es war drei Uhr früh.

Langsam schritt uns der Hauptmann ab –
Langsamer als sonst.

Er sah noch einmal nach, ob alles stimmt – denn nun gibts keine Manöver mehr.

Rascher als wir träumten, kam der Ernst.

Die Nacht ist noch tief und die große Minute naht –
Bald gehts los.

Es gibt ein Land, das werden wir uns holen.

Ein kleiner Staat und sein Name wird bald der Geschichte angehören.

Ein lebensunfähiges Gebilde.

Beherrscht von einer kläglichen Regierung, die immer nur den sogenannten Rechtsstandpunkt vertritt –
Ein lächerlicher Standpunkt.

Jetzt steht er vor mir, der Hauptmann, und als er mich anschaut, muß ich unwillkürlich denken: wenn ich ihren Namen wüßte, würd ich ihr schreiben, direkt ins verwunschene Schloß.

»Wertes Fräulein«, würde ich schreiben, »ich wär am nächsten Sonntag gern gekommen, aber leider bin ich pflichtlich verhindert. Gestern war Donnerstag und heut ist schon Freitag, ich muß überraschend weg in einer dringenden Angelegenheit, von der aber niemand was wissen darf, denn darauf steht der Tod. Wann ich wiederkommen werd, das weiß ich noch nicht. Aber Sie werden immer meine Linie bleiben –«

Ich muß leise lächeln und der Hauptmann stutzt einen Augenblick.

»Was gibts?« fragt er.

»Melde gehorsamst, nichts.«

Jetzt steht er schon vor meinem Nebenmann.

Ob der auch eine Linie hat? geht es mir plötzlich durch den Sinn –

Egal! Vorwärts!

Das Vaterland ruft und nimmt auf das Privatleben seiner Kinder mit Recht keine Rücksicht. Es geht los. Endlich!–

Einst, wenn die Zeit, in der wir leben, vorbei sein wird, wird es die Welt erst ermessen können, wie friedlich wir gewesen sind.

Wir zwinkern uns zu.

Denn wir lieben den Frieden, genau wie wir unser Vaterland lieben, nämlich über alles in der Welt. Und wir führen keine Kriege mehr, wir säubern ja nur.

Wir zwinkern uns zu.

Es gibt ein Land, das werden wir uns holen.

Ein kleines Land und wir sind zehnmal so groß – drum immer nur frisch voran!

Wer wagt, gewinnt – besonders mit einer erdrückenden Übermacht.

Und besonders, wenn er überraschend zuschlägt. Nur gleich auf den Kopf – ohne jede Kriegserklärung!

Nur keine verstaubten Formalitäten!

Wir säubern, wir säubern – –

Heimlich, als wären wir Diebe, hatten wir die lächerliche Grenze dieses unmöglichen Staatswesens überschritten.

Die paar Zöllner waren rasch entwaffnet – morgen sinds drei Wochen her, aber die Hauptstadt ist schon unser.

Heut sind wir die Herren!

Im Tal brennen die Dörfer.

Sie stehen in Flammen, umgeben von einer wilden Bergwelt.

Bravo, Flieger!

Obwohl ich euch persönlich nicht riechen kann, muß mans doch der Gerechtigkeit halber anerkennen: Ihr habt ganze Arbeit geleistet!

Nichts ist euch entgangen, auch wenn sichs noch so sehr den Bodenverhältnissen angepaßt hat.

Alles habt ihr erledigt – bravo, Flieger! Bravo!

Schießt das Zeug zusammen, in Schutt und Asche damit, bis es nichts mehr gibt, nur uns!

Denn wir sind wir.

Vorwärts!

Frohen Mutes folgen wir eueren Spuren – –

Wir marschieren über ein hohes Plateau.

Um uns gähnen Abgründe und drunten rauschen die Wasser.

Es ist ein milder Abend mit weißen Wölklein an einem rosa Horizont.

Vor zwei Stunden nahmen wir fünf Zivilisten fest, die wir mit langen Messern angetroffen haben. Wir werden sie hängen, die Kugel ist zu schad für solch hinterlistiges Gelichter. Aber der Berg ist kahl und ganz aus Fels, nirgends ein Busch. Wir führen sie mit uns, unsere Gefangenen, und warten auf den nächsten Baum.

Sie sind aneinandergefesselt, alle fünf an einen Strick. Der Älteste ist zirka sechzig, der Jüngste dürfte so siebzehn sein.

Ihre Sprache ist häßlich, wir verstehen kein Wort.

Ihre Häuser sind niedrig, eng und schmutzig. Sie waschen

sich nie und stinken aus dem Mund. Aber ihre Berge sind voll Erz und die Erde ist fett. Ansonsten ist jedoch alles Essig.

Selbst ihre Hunde taugen einen Dreck. Räudig und verlaust streunen sie durch die Ruinen.

Keiner kann die Pfote geben.

Um uns gähnen Abgründe und drunten rauschen die Wasser.

Zwei Krähen fliegen vorbei.

Wir ziehen über das hohe Plateau.

Die Krähen kommen wieder –

Es war ein milder Abend und jetzt kommt die Nacht.

Einst, wenn die Zeitungen über unseren Kampf wirklichkeitsgetreu berichten dürfen, dann werden sich auch die Dichter des Vaterlandes besinnen.

Der Genius unseres Volkes wird sie überkommen und sie werden den Nagel auf den Kopf treffen, wenn sie loben und preisen, daß wir bescheidene Helden waren.

Denn auch von uns biß ja so mancher ins grüne Gras.

Aber nicht mal die nächsten Angehörigen erfuhren es, um stolz auf ihr Opfer sein zu können.

Geheim waren die Verlustlisten und blieben es lange Zeit.

Nur unerlaubt sickerte es durch, das Blut –

In der fünften Woche unseres Vormarsches fiel unser Hauptmann auf dem Felde der Ehre. Er fiel unter eigentlich eigenartigen Umständen.

Überhaupt ist der Hauptmann ein anderer Mensch geworden, seit wir die Grenze überschritten.

Er war wie ausgewechselt.

Verwandelt ganz und gar.

Wir fragten uns bereits, ob er nicht krank ist, ob ihn nicht ein Leiden bedrückt, das er heimlich verschleiert.

Immer grauer wurd sein Gesicht, als schmerzte ihn jeder Schritt.

Und am 5. Juni kam das Ende.

Ohne Arg näherten wir uns einer Ruine, aus der plötzlich eine Salve über uns dahinkrachte.

Wir werfen uns nieder und suchen Deckung.

Nein, das war keine Salve – das war ein Maschinengewehr. Wir kennen die Musik.

Es steckt vor uns in einer Scheune.

Ringsum ist alles verbrannt, das ganze Dorf –

Wir warten.

Da wird drüben eine Gestalt sichtbar, sie geht durch das verkohlte Haus und scheint etwas zu suchen.

Einer nimmt sie aufs Korn und drückt ab – die Gestalt schreit auf und fällt.

Es ist eine Frau.

Jetzt liegt sie da.

Ihr Haar ist weich und zart, geht es mir plötzlich durch den Sinn und einen winzigen Augenblick lang muß ich an das verwunschene Schloß denken.

Es fiel mir wieder ein.

Und nun geschah etwas derart Unerwartetes, daß es uns allen die Sprache verschlug vor Verwunderung.

Der Hauptmann hatte sich erhoben und ging langsam auf die Frau zu –

Ganz aufrecht und so sonderbar sicher.

Oder geht er der Scheune entgegen?

Er geht, er geht –

Sie werden ihn ja erschießen – er geht ja in seinen sicheren Tod!

Ist er wahnsinnig geworden?!

In der Scheune steckt ein Maschinengewehr –

Was will er denn?!

Er geht weiter.

Wir schreien plötzlich alle: »Herr Hauptmann! Herr Hauptmann!«

Es klingt, als hätten wir Angst –

Jawohl, wir fürchten uns und schreien –
Doch er geht ruhig weiter.
Er hört uns nicht.
Da spring ich auf und laufe ihm nach – ich weiß es selber
nicht, wieso ich dazu kam, daß ich die Deckung verließ –
Aber ich will ihn zurückreißen, ich muß ihn zurückreißen!
Da gehts los – das Maschinengewehr.
Ich sehe, wie der Hauptmann wankt, sinkt – ganz erge-
ben –
Und ich fühle einen brennenden Schmerz am Arm – oder
wars das Herz?
Ich werfe mich zu Boden und benutze den Hauptmann als
Deckung.
Er ist tot.
Da seh ich in seiner Hand was Weißes –
Es ist ein Brief.
Ich nehm ihn aus seiner Hand und hör es noch schießen –
aber nun schützt mich mein Hauptmann.
»An meine Frau«, steht auf dem Brief.
Ich stecke ihn ein und dann weiß ich nichts mehr.

Der Bettler

Es war nicht das Herz, es war nur der Arm, aber leider der
Knochen.
Er wurde zersplittert.
Man holte die Kugel heraus und allmählich wuchsen die
Splitter wieder zusammen. Lange Wochen lag ich im La-
zarett, zuerst noch im Feindesland, dann wurd ich in die
Heimat transportiert. Denn der Schuß war doch kompli-
zierter, als man ursprünglich annahm, und ich hatte hohes
Fieber.
Hoffentlich werd ich nur meinen Arm wieder richtig be-

wegen können, denn sonst müßt man ja das Militär verlassen und was würd ich dann beginnen?

Ich habe ja nichts. Keinen Groschen.

Der Dank des Vaterlandes wär mir zwar gewiß, dessen bin ich überzeugt, aber die Invalidenrenten sind minimal – davon wird keiner satt.

Und wo bleiben die Kleider, die Schuhe?

Vergangene Zeiten, an die ich längst nimmer dachte, tauchen wieder auf –

Der Schnee beginnt zu treiben.

Ich dachte, ich hätt euch vergessen, ihr Tage meiner aussichtslosen Jugend –

Doch die Suppe, die ich löffelte, dampft und die Heiligen auf dem Kirchendach schauen mich wieder an.

Laßt mich in Ruh!

Aber sie weichen nicht.

Sie ziehen an mir vorbei, stumm und schadenfroh, unter einem harten Himmel. Da kommen die kleinen Anzeigen in den großen Zeitungen, die verlassenen Badehütten, der Kriminaler und das dünne Eis –

Es ist eine Schand!

Ich friere.

Es schneit auf das Grab meiner Zukunft –

»Er fiebert noch immer«, höre ich die Stimme einer Frau. Das ist die dicke Schwester, die mich pflegt. Ich seh sie gern, weil sie meist ein bißchen lächelt, als wär sie der zufriedenste Mensch.

Ich schlage die Augen auf und erblicke neben der Dicken einen Offizier.

Er betrachtet mich.

Ich kenne ihn nicht.

Es ist ein Oberleutnant und er spricht mich an. Ich höre, daß ich für die tollkühne Tapferkeit, mit der ich meinen Hauptmann retten wollte, belobt und befördert wurde.

Und er gibt mir einen Stern, meinen dritten silbernen Stern.

Er erkundigt sich, ob ich arge Schmerzen hätte, aber er wartet meine Antwort nicht ab, sondern fährt gleich fort, er wäre überzeugt, daß mein Arm wieder richtig werden und daß mir eine glänzende Zukunft bevorstehen würde. Vielleicht winke mir sogar ein goldener Stern –

Und plötzlich tritt er ganz dicht an mich heran und spricht sehr leise, damit ihn die Schwester nicht hört. Ich solle es nur nie vergessen, sagt er, daß ich nicht als regulärer Soldat, sondern nur als ein sogenannter Freiwilliger mitgekämpft hätte. Im Feindesland tobe nämlich nach offizieller Lesart kein Krieg, sondern eine abscheuliche Revolution, und es stünden unsererseits keinerlei militärische Einheiten drüben, sondern, wie gesagt, nur freiwillige Kämpfer auf Seite aller Aufbauwilligen gegen organisiertes Untermenschentum –

»Ich weiß es schon, Herr Oberleutnant«, sage ich.

»Ich wollt Sie nur erinnern«, meint er und zieht sich wieder etwas zurück von mir.

»Herr Oberleutnant!« rufe ich. »Wie stehts denn eigentlich mit uns?«

Er grinst.

»Ausgezeichnet! Eigentlich habt ihr braven Freiwilligen bereits gesiegt, es wird nur noch gesäubert.«

Aha, gesäubert –

Auch ich muß grinsen.

Der Offizier geht und die Schwester richtet mein Polster. Dann bringt sie Milch und Brot.

Draußen singt ein Vogel.

Schau – schau, wir haben also schon gesiegt. Jaja, schlau muß man sein, wenn man seinem Vaterlande nützlich dienen will. Schlau und nicht nur tapfer. Jetzt wird dann irgendeine Scheinregierung eingesetzt, bestochene Kreaturen, und das Land, das wir holen wollten, fällt uns in den Schoß – geschickt gemacht!

Ich freue mich.

Wenn nur mein Arm wieder richtig wird! Was würd ich nicht darum geben – ich glaub: alles!

Du hast doch nichts, geht es mir wieder durch den Sinn. Was kannst du also für deinen Arm geben?

Zehn Jahre meines Lebens.

Lächerlich! Was weißt du denn, wie lange du lebst? Lauter leere Versprechungen!

Und ich denke, wenn ich noch daran glauben würde, was man mir in der Schule erzählt hat, dann würde ich jetzt sagen: ich verzicht auf meine himmlische Seligkeit und laß mich gern in der Hölle braten.

Aber leider gibts keine Engel und auch keine Teufel –

Halt! durchzuckt es mich. Was denkst du da?

»Keine Teufel?«

Ich muß lächeln.

Denn nun seh ichs wieder vor mir, das verwunschene Schloß. Die Fenster sind vergittert und die Drachen und Teufel, sie schauen heraus –

Ich muß immer lächeln.

Wenn ich auf sein werd – ja, dann geh ich mal wieder hin. Es kann nicht weit sein, denn dieses Krankenhaus liegt auch in der Nähe des Hafens, wo die fremden Schiffe liegen mit den gelben und schwarzen Matrosen. Vielleicht, wenn ich aus dem Fenster schauen könnt, daß ichs sogar erblicken würd, mein verwunschenes Schloß.

Aber das Fenster ist hoch und ich kann nur hinausschauen, wenn mich wer hebt, als wär ich wieder ganz klein.

Jaja, du sitzt noch immer auf dem Boden und bist drei Jahr, nicht älter.

»Es ist kalt«, das bleibt deine erste Erinnerung –

Wenn ich nur meinen Arm wieder hätt! Oh, wenn ich ihn nur wieder hätt! Man merkts erst, was man besessen, wenn mans verloren hat!

Hoffentlich find ich ihn wieder, meinen Arm –

Ich will ihn überall suchen, ich will die Splitter alle zusammenklauben und kunstvoll zusammensetzen, als wärs ein Kinderspiel –

»Er fiebert noch immer«, höre ich die Stimme meiner Schwester.

Ich möcht sie sehen –

Neben ihr steht der Arzt.

Er betrachtet mich nur und sagt: »Hm.«

Dann geht er wieder weiter –

In meinem Saal liegen noch siebzehn andere.

Lauter verwundete Freiwillige.

Ausgerichtet, Mann für Mann.

Manche dürfen schon aufstehen und spielen Karten. Oder Schach.

Einige sind bereits fast wieder ganz gesund.

Nur einem fehlt ein Bein. Der wird nimmer.

Zwei sind schon gestorben.

Der erste vor zehn Tagen, der zweite heut nacht.

Ich wachte plötzlich auf und sah, daß auf seinem Nachtkästchen Kerzen brennen. In der Mitte stand ein Kruzifix.

Es war sehr still.

Schlafen denn alle?

Siehts denn keiner, nur ich?

Nein, alle hatten die Augen offen, aber sie rührten sich nicht.

Es wurde immer stiller.

Die Schwester stand vor dem Nachtkästchen und betete.

Und plötzlich mußt ich denken: jetzt steht dieser Freiwillige vor seinem höchsten Richter.

So hab ichs einst gelernt.

Und die Schwester betet für ihn. Sie bittet für seine unsterbliche Seele –

Was hat er denn angestellt?

Die dicke Schwester sagt zum Richter: »Bitte, sei ihm gnädig« –

Was hat er denn verbrochen?

Warum soll er denn gnädig sein, dein höchster Richter? Dieser brave Mann fiel doch für sein Vaterland, was will man denn noch von ihm?!

Er gab sein Leben, das genügt!

Denn was einer ansonsten privat sündigt, das wird alles ausradiert, wenn er für das ewige Leben seines Volkskörpers stirbt – merk dir das, Schwester!

Du betest noch immer?

He, bet lieber für mich, damit mein Arm wieder richtig wird, das wär gescheiter! Wart nur, du Dicke, ich werds dir schon noch auseinandersetzen bei passender Gelegenheit! –

Und die Gelegenheit kam. Nach wenigen Tagen. Die Dicke brachte Milch und Brot.

Der Arm ist nicht besser geworden.

»Schwester«, sage ich, »betens doch auch mal für mich, damit ich gesund werd.«

Sie horcht auf und sieht mich scharf an, aber nur einen Augenblick lang. Sagte ichs nicht fromm genug? Es war ja auch nicht ernst gemeint, denn ich wollte sie nur in Verlegenheit bringen – warum?

Aus Bosheit.

Ich glaube nicht daran, daß einem die Beterei was nützt, aber ich befleißigte mich, ernst dreinzuschauen.

»Ich bete immer für alle meine Kranken«, sagt sie und jetzt lächelt sie wieder wie immer: »Auch Sie laß ich nicht aus.«

»Und glauben Sie, daß ich gesund werde?«

»Das weiß man nicht.«

Ach so, denke ich und werde immer boshafter.

»Durch das Gebet kann man Gott nur bitten«, redet die Schwester weiter, »aber ob Er einen erhört, dafür kann niemand gutstehen, weil man ja als einfacher Sterblicher die Zusammenhänge nicht kennt.«

»Was für Zusammenhänge?«

»Gott weiß alles, hört alles und läßt keinen einzigen aus den Augen, Tag und Nacht, denn Er hat mit jedem etwas vor.«

»Mit jedem einzelnen?«

Sie sieht mich groß an.

»Natürlich«, sagt sie, »und die Hauptsache ist, daß man Seine Gebote befolgt. Sie haben sie vergessen – nicht?«

Seine Gebote?

Ich starre sie an. Sie fragt mich so mild, als würd sie es gar nicht wundern. Da steht sie dick und sicher vor mir und ihre Zufriedenheit wird mir unangenehm.

Sie verwirrt mich.

»Natürlich kenne ich seine Gebote«, sage ich und muß leicht grinsen, »zum Beispiel: liebe deine Feinde –«

»Ja«, fällt sie mir ins Wort und wird plötzlich sehr ernst, fast streng. »Liebe deine Feinde, aber hasse den Irrtum.«

Den Irrtum?

Ich horche auf.

Jetzt lächelt sie wieder, als hätt sie nichts gesagt.

Sie nickt mir nur zu – freundlich, sehr freundlich – –

Der Arzt kommt.

Er tritt an mein Bett.

Und ich frage ihn: »Herr Doktor, wie stehts mit meinem Arm?«

Er schneidet ein saures Gesicht und gibt keine Antwort.

Dann geht er wieder weiter –

Ich sehe ihm nach und bekomme plötzlich Angst, schreckliche Angst.

Die Schwester steht noch neben mir.

Sie beobachtet mich.

Ich möchte weinen, aber ich beiß nur die Zähne zusammen.

Ich schließ die Augen und es flimmert vor mir.

Alles ist durcheinander –

Ich werd immer schwächer.

Es flimmert, es flimmert!

Mir scheint, mein Arm wird nimmer –

Das Durcheinander kreist um mein Bett und aus dem Kreise tritt ein Hügel.

Ein sanfter Hügel.

Auf dem Hügel steht ein Engel.

Er wartet auf mich und hält meinen Arm in der linken Hand.

In der rechten trägt er ein Schwert.

Die Blumen blühen, aber es ist bitter kalt.

Und ich muß denken, ich werde Gott fragen, warum es so kalt ist.

Denn man kann ja auch mit Gott reden, fällt es mir ein.

Ich erinner mich immer deutlicher, daß man ihm etwas versprechen soll, damit er einem hilft –

Richtig, damit er einem hilft!

Man muß ihm etwas geben, irgend etwas, und wärs das Kleinste, er ist für alles dankbar –

Als wär er ein Bettler.

Schenk ihm etwas –

Schenk dem ersten Bettler, der dir begegnet, wenn du wieder ausgehen darfst – schenk ihm einen Taler!

Nein, nicht einen – drei, vier, fünf!

Jawohl, fünf Taler!

Für fünf Taler kann man sich schon allerhand kaufen, wenn man sich nach der vorhandenen Decke streckt –

Fünf Taler ist viel für mich.

Ich will sie dem lieben Gott geben, damit mir der Engel meinen Arm zurückgibt.

Es flimmert, es flimmert – – –

Die Tage vergehen und nehmen die Nächte mit sich.

Wenn der Arzt kommt, schneidet er keine Grimassen mehr.

Der Arm wird besser.

Heut kann ich ihn schon bewegen, natürlich nur sacht –

Aber er wird besser! Besser, besser!

Wenn er mir nicht so weh tun würd, wollt ich mit ihm die ganze Welt umarmen, so rosig scheint wieder meine Zukunft!

Bald werd ich das Bett verlassen, wenn alles ohne Rückfall vergeht.

Es geht, es geht –

Die Schwester bringt meine Uniform.

Heut darf ich zum erstenmal an die Luft, wenn auch nur für eine halbe Stund.

Ich liebe meine Uniform.

Wo warst du so lang?

»Ich hing in einem Schrank«, sagt die Uniform, »neben einer alten Hose und einem hellen Paletot – lauter Zivilisten, brr!«

Ich zieh mich an.

»Das ist aber allerhand«, wundert sich die Uniform, »wie dünn du geworden bist! Ich schlotter ja direkt um dich herum! Fesch seh ich nicht aus, das muß man dir lassen!«

»Tröste dich«, beruhige ich sie, »ich hab dir auch etwas mitgebracht.«

Und ich zeig ihr meinen dritten silbernen Stern.

Da strahlte sie natürlich und es war ihr egal, ob sie schlottert.

Die Schwester nähte ihn an, den Stern –

Ich betrachte ihn im Spiegel.

In der Tasche steckt was Weißes –
Was ist das für ein Brief?
»An meine Frau«, steht da droben.
Ach, der Brief des Hauptmanns!
»Wir hätten ihn schon expediert«, höre ich die Schwester,
»aber wir wußtens nicht, wem wir den Brief schicken
sollten, Sie sind ja unverheiratet« –
Ach so, die Dicke meint, diesen Brief hätte ich geschrie-
ben –
Nein – nein, ich bin allein.
Meine Mutter ist tot und mit meinem Vater hab ich nichts
mehr zu tun. Der hinkt jetzt sicher in seiner Wirtschaft
herum und das soll er auch.
Ich stecke den Brief ein und geh an die Luft.
Ich habe niemand.
Warum sagt ichs nur nicht, daß der Brief der Witwe
meines Hauptmanns gehört?
Wahrscheinlich, weil ich ihn ihr persönlich überbringen
will.
Das schickt sich nämlich so.
Ich weiß, wo sie ungefähr wohnt.
Wenn ich länger ausbleiben darf, werde ich sie besuchen,
denn sie wohnt außerhalb und vielleicht muß ich dort
übernachten.
Hoffentlich ist es ihr schon bekannt, daß ihr Gatte fürs
Vaterland fiel –
Und plötzlich fällts mir wieder ein: warum ging denn ihr
Gatte seinerzeit auf jene Scheune los? Wollt er denn das
Maschinengewehr allein erobern? Er mußt es doch wis-
sen, daß er in den sicheren Tod geht, es war doch völlig
ohne Sinn – was hat er denn nur bezwecken wollen?
Was bildete er sich eigentlich ein?
Ich biege um die Ecke.
Da hockt ein Bettler –

Der erste Bettler, durchzuckt es mich.

Ich greife in die Tasche, um ihm die versprochenen fünf Taler zu geben.

Der Bettler nimmt von mir scheinbar keine Notiz.

Ist er blind?

Oder trägt er nur eine blaue Brille, weil er mich betrügen möcht?

Fünf Taler sind viel Geld.

Vielleicht sieht er mich genau –

Vielleicht hat der Bettler mehr als ich.

Gib ihm deine Taler –

Nein, ich geb sie dir nicht und geh an dir vorbei.

Ich bin ja gestreckt worden, mein Herr, massiert, gefoltert, und diese Prozeduren gaben mir meinen Arm wieder zurück – verstanden?

Es war die Kunst der Ärzte und mein Gelübde war eine Ausgeburt der Schwäche. Ich fieberte doch in einer Tour und war schon total verzweifelt, als ich dir fünf Taler versprach –

Ja, ich war nicht bei mir.

Aber jetzt bin ich wieder der alte!

Im Hause des Gehenkten

Gott weiß alles, sagte die Schwester. Er läßt keinen aus den Augen, Tag und Nacht –

Wenn das wahr ist, möcht ich nicht der liebe Gott sein. Immer nur jeden einzelnen beobachten, wo der einzelne längst keine Rolle mehr spielt – ein undankbarer Beruf.

Überhaupt wird der liebe Gott immer überflüssiger.

Wahrscheinlich gibts ihn überhaupt nicht mehr, denn er läßt sich ja alles gefallen und tut nichts dagegen. Oder scheint es nur so?

Mit einem Wort: man kennt sich nicht aus und wer kann es wissen, was noch alles kommt? Ich nicht.

Wer hätt sichs zum Beispiel zu ahnen getraut, daß ich einst in diesem Leben mit der Witwe meines Hauptmanns in nähere Beziehungen treten werde?

In sogenannte nähere Beziehungen – und wenn auch nur für eine Nacht.

Wer hätte diese Nacht geahnt?

Sie war mir selbst so unvorstellbar, daß ich hinterher anfing, darüber nachzudenken, was es auf unserer Welt für einfache Gesetze gibt. Gesetze, die keinen Witz verstehen, sodaß man sich manchmal schon fürchten könnt.

Vielleicht gibts doch ein höheres Wesen.

Wenn mir einer vorher gesagt hätt, du wirst mit der Witwe deines Hauptmanns schlafen, hätt ich gesagt: Du Phantast!

Ich weiß es ja auch gar nicht, ob ich es eigentlich wollte.

Ich wußte nur, sie hatte lange Beine.

Sie muß größer sein, als der Hauptmann war.

Jaja, manchmal bin ich imstand und liebe die Beine der Frauen, denn sie hören für mich nicht auf. Und sie können über alles gehen, über alles hinweg, so leicht, als wär alles nur nichts.

Ich habe einmal ein Buch gelesen über die Sprache der Beine. Es war ein Magazin und ich trugs eine Weile mit mir herum.

Der Stabsfeldwebel fand es und nahms mit nach Haus. Seine Gattin verbrannte es im Herd.

»Eine Schweinerei«, sagte sie.

Aber das war keine Schweinerei, sondern es waren stramme Weiber drin abphotographiert, die wenig anhatten oder fast nichts.

Das Titelblatt bestand aus einem Brustbild: die Dame mit dem Hermelin.

Und an dieses Brustbild mußte ich denken, als ich die Witwe meines Hauptmannes zum erstenmal sah.

Sie trug einen Morgenrock, obwohls schon Nachmittag war.

Sie wohnt im ersten Stock einer kleinen Villa. Unter ihr wohnt ein pensionierter Prokurist und über ihr ist schon das Dach.

Die Villa steht weit draußen am letzten Rand der Stadt. Es ist ein neuer Vorort.

Vor fünf Jahren war da noch nichts zu sehen – kein Licht, kein Pflaster, keine Kanalisation, nur Gras. Aber wo einst das Vieh weidete, stehen heut schmucke Einfamilienhäuschen, denn die Welt dreht sich und das Leben läßt sich nicht lumpen. Wir entwickeln uns immer höher hinaus.

Als ich den Vorortzug verließ, fühlte ich plötzlich, daß es schon Herbst geworden war. Drinnen in der Stadt konnte man sich noch täuschen, aber hier draußen schien die Sonne so traurig, als hätte sie verweinte Augen. Ringsum sammelten sich die Nebel und lautlos fielen die gelben Blätter.

Ein alter Mann kehrte sie langsam zusammen –

Was geschieht mit den gelben Blättern?

Herr Hauptmann, wo bist du jetzt?

Ich darf gar nicht an dich denken, sonst fallen die Blätter noch stiller.

Als ich deine Witwe zum erstenmal sah, war es kurz nach sechs Uhr. Mein Zug ist zwar schon um 17 Uhr 9 auf die Minute pünktlich eingelaufen, aber ich ging nicht gleich zu ihr hin, sondern trank noch im Bahnhofsbuffet ein Glas Bier. Denn offen gestanden war es mir peinlich, sie zu sehen. Vielleicht wußte sie es ja noch gar nicht, daß es dich nicht mehr gibt, und dann hätt ich es ihr mitteilen müssen, sie hätt mich entsetzt angestarrt und ich hätt Trostworte finden müssen – nein, das kann ich nicht, das liegt mir nicht, ich mag keine heulenden Weiber!

Aber meine Angst war umsonst. Als ich nämlich zu stottern begann, unterbrach sie mich sogleich, und ich hörte, daß sie es bereits seit Monaten weiß, daß es dich nicht mehr gibt. Ein Oberstleutnant hätt es ihr schonend übermittelt, daß du als Freiwilliger gefallen wärst – sie lächelte bei dem Worte »Freiwilliger« etwas bitter, aber ich bemerkte es dennoch, daß ihr Hauptschmerz bereits überwunden war.

Ich trank also mein Bier umsonst.

Es war ein elendes Bier.

Ja, damals hätt ichs noch nicht gedacht, daß ich mit ihr schlafen werde, und zwar in selbiger Nacht. Wenn mir das damals einer prophezeit hätt, dem hätt ich mein Bier ins Gesicht geschüttet.

Nicht nur, weil ich es für treulos gefunden hätte, mit der Frau meines Hauptmanns etwas anzufangen – doch halt! Eigentlich hab ich ihn doch gar nicht betrogen, denn er weilt ja nicht mehr unter uns Lebenden. Und außerdem ist das Fleisch schwach, das ist ein alter Schnee.

Als ich das dumme Bier trank, betrachtete ich immer wieder seinen Brief mit der Aufschrift: »An meine Frau« –

Komisch, daß die Schwester dachte, ich hätt eine Frau.

Das wär ein Witz, wenn ich verheiratet wär.

Ich glaub, ich taug nicht recht dazu.

Es geht mir in diesem Punkt genau wie dir, mein Hauptmann.

Auch du warst unglücklich in der Ehe – still, wir habens alle gewußt! Drum wohntest du auch bei uns in der Kaserne und deine Gattin hier draußen in der entgegengesetzten Richtung. Du sahst sie nur sonn- und feiertags. Ihr verstandet euch nicht, das war bekannt. Wir hätten es uns auch gar nicht vorstellen können, wie du mit einem Weibe auskommst, so sehr gehörtest du zu uns.

Die Kaserne war auch deine alleinige Heimat, glaub es mir. Wenn du unsere Front abschrittest, dann wußten wirs alle, daß wir deine Kinder sind.

Was war daneben die Liebe eines Weibes?

Ein schwacher Schimmer.

Und trotzdem: wenn man längere Zeit kein Weib sein eigen nannte, dann kommen einem nachts die Träume, in denen man es nimmer weiß, ob man ein Herr ist oder ein Fräulein –

Wie gesagt, es war kurz nach sechs Uhr.

Wir saßen im Salon, sie und ich.

Ihr Morgenrock hatte einen tiefen Ausschnitt und auf dem Tischchen lagen Zigaretten.

Sie nahm sich eine davon und rauchte; und gab mir auch eine davon und ich rauchte auch.

Sie trug schwarze seidene Strümpfe und daran konnte man es auch erkennen, daß sie es bereits wußte, daß es dich nicht mehr gibt.

An der Wand hing ihr Bild, du kennst es.

Ein Ölgemälde. Mit einem Hermelin.

Vielleicht wars auch dieser Hermelin, daß ich unwillkürlich Vergleiche anstellte mit dem Brustbild im Magazin. Aber dies sagte ich ihr erst später.

Doch glaubs mir, bitte – nicht ich wars, der begann, sondern sie. Sie war der aktive Teil. Sie umarmte mich und sagte: warum umarmst du mich? Sie knöpfte mir den Waffenrock auf und sagte: was machst du da? Sie gab mir einen Kuß und sagte: laß mich! Sie preßte mich an sich und sagte: geh von mir –

Aber dies alles tat sie erst nach dem Abendessen.

Sie lud mich nämlich dazu ein, weil mein nächster Zug erst um 9 Uhr 12 zurückfuhr, jedoch damals dachten wir noch nicht weiter.

Ich wenigstens nicht.

Sie vielleicht schon.

Jaja, wir Männer fallen im Feld und die Weiber fallen zu Haus. Wir Männer kommen unter die Erde, die Weiber stehen wieder auf und ziehen sich um.

Auch deine Gattin, mein lieber Hauptmann! Auch die deine!

Doch warum erzähl ich dir das alles? Warum?

Warum denk ich denn immer an dich?

Es klingt ja schon fast, als würd ich mich verteidigen wollen –

Nein, das hab ich weißgott nicht nötig!

Ich tat doch nichts Böses und sie tat auch nichts dergleichen – und du, du bist tot! Verschwind!

Überhaupt ist manches Band zwischen dir und mir zerrissen, seit ich es weiß, was du deiner Frau geschrieben hast, seit ichs mit eigenen Augen las!

Warum beschimpfst du mich in deinem Briefe? Was tat ich dir denn? Wollt ich dich denn nicht retten? Warum nennst du mich einen ehrlosen Verbrecher?

Hauptmann, was soll das heißen?!

Ich kann nur annehmen, daß du krank geworden warst, als du diesen Brief geschrieben hast – und so erzähl ichs auch deiner Witwe, daß du anscheinend nicht mehr bei Sinnen gewesen bist, deine Nerven hätten dich höchstwahrscheinlich verlassen und deine verwirrte Phantasie hätt dir üble Streiche gespielt.

Sie wurde immer bleicher, als sie deine Zeilen las, und dann wurde sie rot, dunkelrot. Dabei ließ sie den Mund offen wie ein maßlos erstauntes Kind. Und dann, dann sah sie mich an – nein, nicht erstaunt, sondern entsetzt. Ich werd diesen Blick nie vergessen.

Sie hat hellgraue Augen, du weißt es. Sie starrten mich an, diese Augen, aber es war mir dabei, als dachte sie an nichts oder als lief ihr alles durch den Kopf.

Sie brachte keinen Ton hervor und der Brief in ihren Händen begann zu zittern. Es wurde mir allmählich unangenehm und ich wollt mich bereits erkundigen, was du geschrieben hättest, aber sie kam mir zuvor. »Entsetzlich«, sagte sie, und zwar sehr leise.

Dann stand sie auf und ging hin und her.

Was hat sie denn?

Plötzlich hält sie dicht vor mir und läßt mich nicht aus den Augen. »Und er – – er gab Ihnen diesen Brief?«

»Ja, das heißt: ich nahm ihn ihm aus der Hand« –

»Still!« unterbricht sie mich schreiend. »Sprechen Sie nicht weiter, Sie Unmensch! Das ist ja zu grauenhaft – kein Wort, kein Wort!« Sie wirft sich auf das Sofa und heult.

Ich kenne mich nicht mehr aus und mir fällt das Wort hysterisch ein.

Was tun?

Ich weiß es nicht und lasse sie heulen.

Sie weint immer leiser und langsam richtet sie sich wieder auf, trocknet ihre Tränen mit einem kleinen Taschentuch und schneuzt sich verstohlen. Dann fängt sie wieder mit mir an: »Hören Sie, Sie müssen mir alles erzählen, alles, alles – jetzt ja« –

Warum jetzt?

»Also«, fährt sie fort und versucht sich zu beherrschen, »Sie nahmen ihm den Brief aus der Hand?«

»Ja, ich bemerkte nämlich, daß er was Weißes in der Hand hält.«

»Sie wollten ihn retten, nicht?«

Es wird mir kalt, denn sie lächelt ganz irr –

»Ja«, sage ich, »ich wollte ihn retten.«

»Aber Sie kamen zu spät?«

»Ja, zu spät.«

Sie lächelt noch immer.

»Und Sie haben ihn abgeschnitten?«

»Abgeschnitten?!«

Ich starre sie an, sie lächelt nicht mehr.

Abgeschnitten? Mir wirds ganz wirr –

Sie beobachtet mich.

»Erzählen Sie mir alles«, sagt sie und wird immer energischer, »ich habe ein Recht darauf, die Wahrheit zu erfahren, ich war ja zu guter Letzt seine rechtmäßige Gattin und ich will es nicht haben, daß man mir hier mit Heldentod und dergleichen Sand in die Augen streut! Ich verzichte auf jedwede ›Schonung‹! Ich fordere die Wahrheit, die nackte Wahrheit!«

Sie ist verrückt geworden, durchzuckt es mich.

»Hier aus diesen Zeilen, aus seinem letzten Briefe, geht es einwandfrei hervor, daß er nicht gefallen ist, sondern daß er sich erhängt hat.«

Ich schnelle empor.

»Erhängt?!«

»Hier stehts schwarz auf weiß! Er schreibt es selber! Und jetzt will ich alles genau wissen, alles, alles!«

»Aber er hat sich doch gar nicht erhängt!«

»Lügen Sie nicht!« schreit sie mich an. »Genug gelogen!«

Jetzt wirds mir zu dumm.

»Ich lüge nicht!« fahr ich sie an. »Was fällt Ihnen eigentlich ein?! Er ist ordnungsgemäß gefallen!«

»Gefallen?!« unterbricht sie mich kreischend und lacht ganz eisig. »Gefallen, sagen Sie?! Hier, lesen Sie seinen Brief, seinen letzten Brief, Sie Lügner!«

Sie wirft den Brief auf den Tisch und ich seh ihn dort liegen.

Aber ich rühr ihn noch nicht an.

Sie tritt ans Fenster und schaut hinaus.

Draußen fährt ein Zug vorbei, ein Vorortzug –

»So lesen Sie ihn doch!« herrscht sie mich plötzlich wieder

an. »Lesen Sie und seien Sie nicht so feig!«

»Ich bin nicht feig«, sage ich und werde wütend.

Rasch pack ich den Brief und beginne zu lesen.

»Meine liebe Frau«, lese ich, »kurz vor meiner langen Reise in die Ewigkeit will ich Dir nochmals danken, danken für all Deine Liebe und Treue. Verzeihe mir, aber ich kann nicht mehr weiterleben, mir gebührt der Strang« –

Ich stocke.

Der Strang?

Was schreibt er da, der Hauptmann?

Und ich lese weiter: »Wir sind keine Soldaten mehr, sondern elende Räuber, feige Mörder. Wir kämpfen nicht ehrlich gegen einen Feind, sondern tückisch und niederträchtig gegen Kinder, Weiber und Verwundete« –

Ich werfe einen Blick auf die Frau.

Sie steht noch immer am Fenster und schaut hinaus.

Gegen Weiber?

Ja, das stimmt.

»Verzeihe mir«, schreibt der Hauptmann, »aber ich paß nicht mehr in die Zeit« –

Ich schau die Frau Hauptmann an und denke: paßt du in die Zeit? Und ich frage mich: paß ich in die Zeit?

»Es ist eine Schande«, lese ich weiter, »und was mich am tiefsten schmerzt, ist der Untergang meines Vaterlandes. Denn jetzt erst hat mein Vaterland seine Ehre verloren und zwar für immer. Gebe Gott mir die Kraft, daß ich ein Ende machen kann, denn ich will nicht als Verbrecher weiterleben, mich ekelt vor meinem Vaterlande« –

Ekelt?

Die Frau schaut noch immer zum Fenster hinaus.

Was gibts denn dort draußen so Interessantes?

Wahrscheinlich nichts.

Ich blick auf sie und denk an den Hauptmann.

Wohin soll das führen?

Wer kann dich noch verstehen?

Warum ekelt dich dein Vaterland?

Ja, es ist wahr: Du wolltest nicht mehr bei uns sein, bei deinen Soldaten.

Du warst uns fremd geworden, das fühlten wir schon damals – erinnerst du dich?

Zum Beispiel, wie du es seinerzeit erfahren hast, daß wir ein paar Gefangene erledigt hatten, was hast du damals nur getrieben! Und derweil wars doch zu guter Letzt nur ein beschleunigtes Verfahren – vielleicht brutal, zugegeben! Man gewinnt keinen Krieg mit Glacéhandschuhen, das müßtest du wissen! Aber du schriest uns an, ein Soldat sei kein Verbrecher und solch beschleunigtes Verfahren wäre frontunwürdig!

Frontunwürdig?

Was heißt das?

Wir erinnern uns nur dunkel, daß dies ein Ausdruck aus dem Weltkrieg ist – wir haben ihn nicht mehr gelernt.

Und du hast dem Kameraden, der auf die Idee gekommen war, eigenhändig seinen Stern vom Kragen gerissen, seinen silbernen Stern –

Sag, Hauptmann, was hat das für einen Sinn?

Am nächsten Tag hat er doch seinen Stern wieder gehabt und du, du hast einen strengen Verweis bekommen – wir wissens alle, was in dem Schreiben stand. Der Leutnant hats uns erzählt.

Die Zeiten, stand drinnen, hätten sich geändert und wir lebten nicht mehr in den Tagen der Turnierritter.

Hauptmann, Hauptmann, es hat keinen Sinn!

Glaub es mir, ich mein es gut mit dir –

Oder sprang ich dir nicht nach?

Wollte ich dich denn nicht vom Tode zurückreißen?

Jetzt weiß ichs ja, warum du in das Maschinengewehr

hineingelaufen bist, jetzt weiß ichs ja, daß ich dir keinen
Gefallen getan hätt –

Aber mein Arm mußte daran glauben.

Er ist noch immer nicht ganz und vielleicht wird ers auch
nimmer.

Wie kannst du mich einen Verbrecher nennen, wo ich dir
helfen wollte?

Wie kannst du dich vor mir ekeln?

Denn ich gehör doch auch zum Vaterland.

Und deine Frau dort am Fenster ebenfalls.

Wenn ihr euch auch immer gestritten habt, es wär ihr doch
sicherlich lieber gewesen, du wärst wieder heimgekehrt –

Sie ist zwar noch ein relativ junges Weib und wird sich
schon trösten.

Aber trotzdem – trotzdem der einzelne keine Rolle spielt,
du hättest es nicht tun dürfen, schau, sie ist ja ganz außer
sich.

Ich werds ihr jetzt auch sagen, daß da keinerlei Strang eine
Rolle gespielt hat, ich werd sie beruhigen, daß es nur ein
feindliches Maschinengewehr gewesen ist –

Und ich sag es ihr.

Sie hört mir aufmerksam zu und fragt dann: »Ist das auch
die Wahrheit?«

»Ja.«

Sie sieht mich traurig an mit ihren hellen Augen und
lächelt ein bißchen, als wär sie müd. Dann schweigen wir
wieder.

Ich wunder mich, wie ruhig sie geworden ist.

Plötzlich fragt sie mich: »Wollen Sie mir etwas versprechen?«

»Natürlich.«

»Behalten wir den Inhalt dieses Briefes für uns, bitte« –
»Bitte« –

Sie nimmt den Brief an sich und fährt sich über die Frisur.

»Es wär mir nämlich sehr, sehr peinlich, wenn jemand den wahren Tatbestand erfahren würde – ich stamme aus einer alten Beamten- und Offiziersfamilie und wenn dieser furchtbare Brief bekannt werden würde, gäbs nur einen himmelschreienden Skandal.«

»Zu Befehl.«

»Die wären ja imstand und ließen ihm selbst im Grab keine Ruhe. Sie würden ihn noch ausgraben und irgendwo verscharren, wo weit und breit kein ehrlicher Mann liegt« –

»Nicht unmöglich.«

Sie sieht mich groß an.

Du stammst also aus einer Beamten- und Offiziersfamilie – muß ich denken.

»Sie sind jetzt mein Mitwisser«, unterbricht sie meine Gedanken und lächelt wieder ein wenig. »Auf Sie kommts an, daß es unter uns bleibt, nur auf Sie, denn der liebe Gott, der wird ja schweigen« –

Sie nickt mir zu und verläßt das Zimmer.

Sie geht in die Küche und richtet das Essen.

Denn, wie gesagt, ich sollte bei ihr zu Abend essen, weil doch mein Zug erst um 9 Uhr 12 zurückfuhr.

Jetzt bin ich allein.

Auf dem Tischchen liegen noch die Zigaretten, ich zünd mir eine an. Im Bücherschrank stehen Erinnerungen an den Weltkrieg. Es sind militärische Bücher, die gehörten ihm. Und blöde Romane, die gehören ihr.

In der Küche klappern die Teller.

Was wirds denn zum Essen geben?

Wahrscheinlich kalt.

Vielleicht einen feinen Aufschnitt, Butter, Käse und Brot –

Draußen beginnt es zu regnen und die Bäume schütteln sich, doch drinnen bleibt alles warm und still.

Ja, es ist Herbst geworden.

Es wird immer dunkler und der Lampe Schein fällt auf den großen Tisch in der Mitte.

Hier haben die beiden gegessen, der Hauptmann und seine Frau.

Und plötzlich gehts mir durch den Sinn: schau, hier hast du ja das bequeme Leben –

Ein Leben, das du so sehr verachtest.

Mit Recht?

Und wie ich mich so frage, fällt mir mein Vater ein.

Der hinkt jetzt in seinem Lokal herum und beginnt mir leid zu tun –

Auch er wollte doch solch ein Zimmer haben.

Solch eine feine Lampe, einen Bücherschrank, den Sorgenstuhl, den großen und den kleinen Tisch.

Und eine Frau, die in der Küche mit den Tellern klappert.

Ob meine Mutter eigentlich gut kochen konnte? Ich weiß es nicht.

Aber ich muß sie mal wieder besuchen, ich war ja schon seit Jahren nimmer an ihrem Grab.

Und plötzlich wirds mir ganz eigenartig, denn es ist mir so, als würd ich selbst das Vaterland vergessen können wegen einer Frau – als würd man das Vaterland nicht mehr fressen wollen, wenn ein Weib für einen kocht.

Ja, die Liebe geht durch den Magen.

Ich muß grinsen und geh auf und ab.

In der Ecke steht ein großer Spiegel, ich seh mich drin gehen und plötzlich durchzuckt es mich: wie ist eigentlich dein Hauptmann gegangen?

Ich versuche, so zu gehen –

Es gelingt mir nicht.

Doch, zwei Schritte waren richtig. So ist er gegangen! Etwas schwer, etwas untersetzt –

Jawohl, so ist er hier auf und ab und hat auf das Essen gewartet.

Ob er auch so lange warten mußte?

Ich hab schon richtig Hunger – was klappert denn die so lang da draußen?

Grad will ich mir die vierte Zigarette anstecken, da kommt sie endlich mit einem Tablett.

Es gibt Schnitzel mit Salat. Bravo!

Sie deckt den Tisch und sagt kein Wort.

Messer, Gabel, Löffel – alles in Ordnung.

Alles in Reih und Glied, ausgerichtet Mann für Mann.

Jetzt werd ich allmählich der Hauptmann.

Ich setze mich auf seinen Platz.

Vielleicht ist es schön, wenn man weiß, daß man zu Hause eine Frau hat, die die Schränke öffnet und schließt.

Die alles in Ordnung hält.

Ja, das wär alles sehr schön, wenn man sichs leisten könnt!

Das Glück ist eine reine Geldfrage und sonst nichts.

Doch halt!

Der Hauptmann konnte sichs ja leisten, dieses häusliche Glück, und wohnte trotzdem in der Kaserne.

Sie sah ihn nur sonn- und feiertags.

Es ist also alles Essig, diese ganze himmlische und irdische Liebe und es bleibt dabei: ich mag keine Seele leiden.

Auch mich nicht.

Eigentlich hasse ich alle.

Selbst der Hauptmann entschwindet mir schon – seit seinem Brief.

Seit es ihn ekelt.

»Trinken Sie Rot oder Weiß?« fragt sie.

»Ich trink alles.«

Sie schenkt Roten ein, zuerst sich, dann mir.

Ich hebe das Glas: »Auf das Wohl der Hausfrau!«

»Danke«, sagt sie leise und nippt nur daran.

Sie ist sehr bleich, und wir reden nichts.

In der Ferne läutet ein Glockenspiel –
Ich horche hin.

»Das ist das Stellwerk vom Bahnhof«, sagt sie. »Wenn es dunkel wird, dann kann man die Signale hören.«

»Was hat das mit der Dunkelheit zu tun?« frage ich, erleichtert, daß sie endlich redet, denn diese schweigsame Esserei ging mir schon auf die Nerven.

»Das weiß man nicht, es ist halt so«, meint sie.

Und ohne mich anzuschauen, erklärt sie weiter: »Es gibt nämlich unerklärliche Dinge auf unserer Erde, seltsame Geheimnisse, unerforschte Zusammenhänge – finden Sie es nicht auch?«

Sie wartet meine Antwort gar nicht ab, sondern fährt fort, indem sie prüfend in ihrem Salat herumstochert: »Ich hatte einst einen schrecklichen Traum. Ich lag hier auf diesem Sofa, träumte ich, und las einen Roman, da trat mein Mann rasch ein und schrie mich an: ›Komm! Es ist höchste Zeit!‹ Und dann schimpfte er mit mir, weil ich noch nicht fertig war – oh, er schimpfte ganz schlimm, denn er konnte ja auch in Wirklichkeit recht ungeduldig werden, obwohl er zwar ein grundguter Mensch gewesen ist. Also ich zieh mich rasch an und da seh ich plötzlich, daß seine Stirne aus einer tiefen Wunde blutet. Ich schrei entsetzt auf, aber er lächelt nur, hält den Finger vor die Lippen und flüstert: ›Still, die Kinder schlafen ja schon‹ – und wir haben doch in Wirklichkeit gar keine Kinder. Ich starr ihn an und sagte: ›Alfons, was ist denn nur mit deinem Kopf?‹ Und er sagt: ›Red keinen Unsinn! Das ist doch nicht mein Kopf, das ist mein Herz‹ – da wachte ich auf.«

»Sonderbar«, sage ich.

»Und das Sonderbarste ist, daß ich das genau an dem Tage träumte, an dem er seinen Tod fand.«

»Sehr sonderbar. Und dann ist er so plötzlich verschwunden – ich meine: im Traum?«

»Ja, das heißt: er ging durch diese Türe, aber direkt durchs Holz hindurch, als hätt er kein Fleisch und Blut.«

»Und wohin geht diese Türe?«

Sie starrt mich einen Augenblick an, dann sagt sie: »In mein Schlafzimmer.«

Sie wird rot.

Warum?

Sie leert ihr Glas, fast hastig.

Plötzlich beginnt sie wieder: ›Was sind Sie denn von Beruf? Student?«

Ich?! Ein Student?

Seh ich denn so aus?

Soll ich es ihr sagen, daß ich ohne Uniform nichts bin?

Daß ich sogar vorbestraft wäre, wenn der Kriminaler nicht über das Eis gerutscht wär –

Und ich sage: »Ja, ich bin Student und bin dann mittendrin eingerückt – freiwillig.«

»Ach!« sagt sie und wird bitter ernst.

Wahrscheinlich fiel er ihr wieder ein bei dem Wörtchen »freiwillig« –

Aber ich muß nur lächeln, denn es schmeichelt mir, daß sie mich für einen Akademiker hält.

Es dreht sich also nicht nur alles ums Geld, sondern auch um die persönliche Wirkung. Wer hat, der hat!

Und auf einmal kann ich so frei zu ihr reden, als kämen mir die Worte und Sätze ganz von allein.

Ursprünglich war ich nämlich befangen, aber während ich nun daherrede, denk ich immer wieder dasselbe: schau, auch mit einer Dame der Gesellschaft läßt sichs leicht essen, vorausgesetzt, daß sie dich für einen Akademiker hält.

Ich erzähle ihr allerhand Zeug und einmal lacht sie sogar hellauf – aber mittendrin stockt sie und schaut sich ängstlich um, als dürfte sie heute nicht lachen.

Und ich erzähle ihr von meinem Arm, der noch immer nicht ganz ist, aber ich verschweig es ihr, warum er verletzt wurde – weil ich nämlich unseren Hauptmann retten wollte.

Warum red ich nur nichts darüber?

Warum sag ichs ihr nicht, daß mich mein Arm selbst beim Trinken noch schmerzt, weil ich ihren Gatten tollkühn zurückreißen wollte?

Warum protz ich denn nicht damit, daß ich eigentlich ein Held bin?

Ich wußte es selber nicht.

Es war nur eine leise innere Stimme da, die mir sagte: erwähne seinen Namen nicht mehr, nur seinen Namen nicht –

Er hat jetzt nicht mehr da zu sein.

Sein Schatten soll nicht mehr auf unseren Tisch fallen.

Weg damit!

Weg, vielleicht weil sie vorhin gelacht hat –

Sie soll sich nicht mehr umschauen!

Weg damit! –

Es wird immer später.

»Ich muß jetzt gehen«, sage ich.

»Wir haben noch Wein«, sagte sie.

Und ich habe so lang keinen Wein mehr getrunken, er steigt mir zu Kopf und ich erzähle von einem Fräulein, das mir nachlief und das ich nicht mochte, weil es zu jung für mich war – da bemerke ich, daß sie mich betrachtet. Ich stocke, denn sie lächelt spöttisch.

Jetzt läutet es wieder, das Stellwerk.

Sie horcht auf und zuckt etwas zusammen.

»Was gibts?«

»Das war Ihr letzter Zug.«

»Der letzte? Na gute Nacht!«

Aber sie beruhigt mich.

»Sie können ruhig hier übernachten, hier auf dem Sofa, vorausgesetzt, daß es Ihrem Arm nichts schadet« –

»Aber das geht doch nicht« –

»Warum soll das nicht gehen? Mich stören Sie nicht, im Gegenteil: ich bin gar nicht so gern allein in der Wohnung, im Parterre ist alles verreist und mein Mädchen erscheint erst morgen früh, es ist also niemand im Haus und oft kommen so unheimliche Bettler« –

Bettler?!

Das Wort versetzt mir einen Stich, denn ich muß an meine fünf Taler denken, die ich noch in der Tasche hab.

Und an denjenigen, dem ich sie nicht gab.

Ich erblick mich im Spiegel.

Es fällt mir erst jetzt auf, daß ich mich von meinem Platz aus erblicken kann.

Ich gefalle mir nicht.

Und sie sagt:

»Diese Bettler werden immer unverschämter.«

Der Hund

Sie hatte sich in ihr Schlafzimmer zurückgezogen und ich zog mich aus. Den Rock legte ich über einen Stuhl, aber dann zog ich ihn wieder an, denn die Nacht wurde bitterkalt.

Es ist nämlich ein Sturm gekommen und die Vorhänge bewegen sich. Besonders der linke und es zieht auf meinen kranken Arm.

Ich krieche tiefer unter die Decke, die sie mir gab, aber ich schlaf nur für Augenblicke ein. Dann wach ich wieder auf – sein Brief läßt mich nicht los.

Immer länger wird die Nacht, und der Sturm setzt sich auf das Dach.

Dort geht er jetzt hin und her –
Dieser Brief, dieser Brief!
Schlaf, blöder Hund, und grübel nicht weiter –
Siehst du die hohen Berge rings um den Tisch?
Im Spiegel brennt eine Stadt.
Marschier nur zu – über das hohe Plateau.
Vorwärts, Soldaten der Diktatur!
Um uns gähnen Abgründe und drunten rauschen die Wasser.
Wir haben fünf Zivilisten gehenkt.
Einen nach dem anderen.
Zwei Krähen fliegen vorbei –
Was ist nur mit dem Hauptmann los?
Es freut ihn scheinbar kein Schuß.
Wir schütteln oft alle die Köpfe.
Du hast von deiner Beliebtheit schon viel verloren –
Einige murren sogar.
Zwar schreitest du noch jeden Morgen unsere Front ab,
aber du siehst nur noch unsere Ausrüstung und nicht mehr
durch sie hindurch in uns hinein.
Manchmal fühlen wir uns schon direkt einsam, trotzdem
wir in Reih und Glied stehen. Als wären wir hilflos in
einer drohenden Nacht und es wär niemand da, der uns
beschützt –
Die Krähen kommen wieder.
Und mit Sehnsucht denken wir an die schönen Tage im
Kasernenhof zurück. Wie schön wars, wenn er uns ab-
schritt, wenn er beifällig nickte in seiner sicheren Art, weil
alles stimmte, außen und innen.
Ach, Hauptmann, wohin soll das führen? Wohin?
So fragte ich, als deine Witwe plötzlich in der Schlafzim-
mertür erschien.
Sie war käsweiß und zitterte.
Ich fahre hoch –

Sie hat wenig an, setzt sich auf einen Stuhl, legt ihr Gesicht auf den Tisch und weint.

»Was ist Ihnen?« frage ich.

»Ich kann nicht mehr drüben bleiben«, wimmerte sie, »wahrscheinlich sinds nur die Nerven, aber ich kann nicht mehr allein sein, immer hör ich so Geräusche, als ging was um mein Bett herum« –

»Was denn?«

Sie sieht mich groß an mit ihren verweinten Augen und sagt dann langsam: »Ein Hund.«

Ein Hund?

»Nein!« schreit sie plötzlich los. »Ich geh da jetzt nimmer zurück! Nie wieder, nie wieder!«

Sie heult immer heftiger.

Ich erheb mich, denn ich hatte ja nur die Stiefel ausgezogen, und biete ihr mein Sofa an, aber sie will im Sorgenstuhl schlafen. Das laß ich nicht zu und berühr dabei ihre Schulter. Da fährt sie wütend herum und haut mir auf meinen Arm. Ich werde wild und geb ihr einen Stoß –

»Was fällt Ihnen ein?!« brüllt sie.

»Ruhe!« herrsch ich sie an. »Mein Arm ist ja kaputt! Dort ist das Sofa und kein Wort mehr!«

»Kein Wort mehr?« fragt sie gedehnt und läßt mich nicht aus den Augen.

Als wär sie mein Todfeind, so steht sie vor mir. Still und bös.

Ich muß an das Brustbild mit dem Hermelin denken – aber ich schau nicht hinab.

Es wird immer stiller.

Jetzt fliegt ein Engel durch das Zimmer, sagen die Kinder.

Ich seh nur ihren Mund.

Sie schließt ihn nicht –

Ihre Lippen sind naß.

»Leg dich hin«, sag ich leise.

Sie fährt hoch: »Was fällt Ihnen ein, mich zu duzen, Sie?!«
Hab ich du gesagt? Weiß ich gar nicht –
Ich will mich schon entschuldigen, da fährt sie mir langsam durch das Haar. Ihre Lippen bewegen sich –
»Was sagten Sie?«
»Nichts.«
Aber ich hab es gehört, daß sie lügt.
Sie sagte nämlich: »Was machst du aus mir?«

Der verlorene Sohn

Eigentlich wollt ich sie nimmermehr wiedersehen, die Witwe meines Hauptmanns, und sie wollt mich auch nimmer sehen. Als damals der Morgen graute und ich mich rasch verabschiedete, um noch den ersten Vorortzug zu erreichen, sagte sie nur: »Vergessen wir es, mein Freund« –
Sie hielt mich für einen Studenten.
Und das tut mir heute noch wohl.
Ja, es war nur ein sogenanntes Abenteuer, wie es millionen- und millionenmal Tag und Nacht zustande kommt, wenn auch jedesmal unter anderen Voraussetzungen. Aber vielleicht sind alle diese Bedingungen nur rein äußerlicher Natur.
Offen gestanden war ich sogar froh darüber, daß wir zwei es vergessen sollten, denn wir waren zu guter Letzt nicht füreinander erschaffen. Ich weiß es natürlich nicht, wars ihre Haut oder war sie mir zu lebhaft – kurz: trotz allem kam keinerlei innere Verbindung zustande und das einzige, was mir blieb, war meine alte Ahnung, daß nämlich die Damen der Gesellschaft auch nur Weiber sind. Ich fühlte mich bestätigt und wollt nichts mehr von ihr wissen, denn selbst das Brustbild mit dem Hermelin erschien mir danach nur als optische Täuschung.

Aber es gibt eben in unserem Leben unerforschte Zusammenhänge, die keinen Witz verstehen – das wird mir allmählich dennoch immer klarer.

Ich sollte sie noch einmal wiedersehen, die Witwe meines Hauptmanns, wenn auch in einer ganz anderen Angelegenheit.

Zirka drei Wochen nach unserer Nacht stand ich wieder auf jenem Vorortbahnhof – »Frisches Bier!« rief das Mädchen am Buffett. Nein danke, sauf ihn selber, deinen Mist!

Daß ich wieder zu ihr hinausfuhr, daran war nur mein Vater schuld – jawohl, mein Herr Vater! Diese Idee war auf seinem Mist gewachsen, er hat mir diesen Floh ins Ohr gesetzt, er und sonst niemand!

Mein Arm wurd und wurd nämlich nicht besser und mein Schicksal schien besiegelt, weil eben zu viele Nerven zerrissen waren.

Am Tage nach jener Nacht untersuchte mich der Arzt und sagte: »Was ist denn das? Der Knochen ist ja schlechter geworden!«

Ich erschrak sehr.

»Haben Sie denn etwas Schweres gehoben oder getragen, gezogen?«

»Nein«, antwortete ich und mußte unwillkürlich lächeln, obwohl es mir eher zum Weinen war.

»Trauen Sie sich nur nicht allzuviel zu!« meinte der Arzt und trat zu meinem Nebenmann.

Ich hätte sie wecken sollen, als sie auf meinem Arm schlief. Aber ich wollt sie in Frieden ruhen lassen und jetzt steht es schlimm um mich.

Undank ist der Welten Lohn.

Ich hätte den Hund hereinrufen sollen, der in ihrem Schlafzimmer saß. Dann wär sie schon aufgesprungen – Was wiegt denn so ein Weib?

Sie war ja schwer wie ein Kalb.

Sicher 70 Kilo.

Ich will ihr zwar keine Vorwürfe machen, daß mein Arm nimmer ganz wird – seit vorgestern steht dies nämlich medizinisch erhärtet bereits felsenfest – aber sie trug halt auch ihr Steinchen dazu bei, ihr Steinchen zu dem Haufen, der meinen Arm endgültig zerquetschte.

Ja, das war ein harter Schlag, als es sich unwiderruflich herauskristallisierte, daß ich das Militär verlassen muß. Aber harte Schläge machen hart.

Und ohne mit der Wimper zu zucken, sagte ich: Adieu, ihr silbernen Sterne!

Zwar darf ich die Uniform noch tragen, doch nimmer lang. Nur als Übergangsmaßnahme –

Ich weiß es noch nicht, was nun kommen soll.

Ich weiß nur, man erntet nichts Gutes, wenn man gut ist. Bös muß man sein, berechnend und immer kälter –

Rücksichtslos bis zum Äußersten!

Denn es kümmert sich keiner um dich, wenn du ihn im Frieden ruhen läßt. Weckst du ihn auf, zertritt er dir deine Zukunft.

Oh, hätt ich ihn doch nur niemals retten wollen, diesen Hauptmann!

Diesen altmodischen Ritter mit seinen überspannten Ansichten –

Der so zart besaitet war, daß es ihm übel wurde, wenn er mal irgendwo tote Kinder sah –

Richtig, er paßte nicht in seine Zeit!

Hätt ich dies nur schon früher gewußt, dann hätt ich heut noch meinen Arm! Denn wer nicht in seine Zeit paßt, den soll man nicht abschneiden. Hoch droben soll er hängen an seinem freiwilligen Galgen, bis ihn die Krähen holen!

Hörst du mich, Hauptmann?

Hörst du mich da drunten?!

Lieg nur in deinem Heldengrab – aber ich soll von einer jämmerlichen Invalidenrente leben, was? Mit ehernen Lettern steht dein Name im Ehrenbuch unseres Volkes, doch ich darf sehen, was sich findet – wie bitte?!

Paß auf, es dauert jetzt nimmer lang und ich werd dich endgültig hassen!

Denn du warst ein Schwächling, der für sein Vaterland nicht einmal das Opfer bringen konnte, ein paar feindliche Weiber niederzuknallen – Jawohl, ein Schwächling!

Ein Bursche, dens vor seinem Volke ekelt!

Wer kümmert sich jetzt um mich?!

Ich gab dir meine Zukunft, aber du läßt mich allein zurück und kümmerst dich in deinem Sarg einen Dreck darum, ob ich satt bin oder nicht.

Erschein mir doch wenigstens als Geist und erleuchte mich, was ich jetzt beginnen soll! Aber du denkst nicht daran zu geistern, du verwest ruhig weiter, als hättest du nichts verbrochen!

Wenn ichs deiner Witwe nicht versprochen hätt, würd ich deinen Brief in alle Welt hinausposaunen – alle sollens wissen, daß du feige in den Tod marschiert bist, ein Fahnenflüchtiger, ein Schurke, ein Schuft!

Ausgraben sollen sie dich aus deinem Heldengrab und verscharren in der hintersten Ecke, wo sich die Verbrecher gute Nacht sagen –

Ich will von deinem Brief erzählen, jedem, der mir in den Weg läuft, alle sollens wissen, was du für eine Seele gewesen bist – garantiert!

Doch halt – halt!

Deine saubere Witwe würde natürlich alles prompt ableugnen, jeden Meineid würde sie schwören, wahrscheinlich hat sie auch den Brief schon längst verbrannt, sie ist ja ein raffiniertes Stück – und ich würd dann dastehen als der blöde Hund und würd vielleicht gar noch verurteilt werden als öffentlicher Verleumder.

Vorsicht, Vorsicht, lieber Freund!

Überhaste nichts, überleg dir alles haargenau!

Du stehst jetzt wieder am Anfang und nicht mehr in Reih und Glied.

Heut steht keiner neben dir, weder rechts noch links.

Du bist allein, nur du –

Aber diesmal packs gescheiter an. Gescheiter!

Nimm einen Bleistift in die Hand und rechne nach, was dir bleibt.

Es bleibt dir nur ein einziger Mensch.

Dein Vater. Dein lieber Vater.

Er hat dich in die Welt gesetzt, ohne sich zu erkundigen, ob du es haben wolltest – er muß dir also helfen und wenn er Blut schwitzen sollte.

Du magst ihn zwar nicht, doch das ist egal.

Nütze ihn aus!

Sei freundlich zu ihm! Halt das Maul, wenn er in seiner dummen Art auf die Rüstungsindustrie schimpft –

Wer weiß, vielleicht hat er gar nicht so unrecht damit!

Denn wenn ein Rüstungsindustrieller seinen Arm opfert, verliert er noch nicht seine Aufträge.

Er liefert trotzdem weiter.

Prima Kanonen, Munition und den ganzen Behelf –

Eine Invalidenrente ist für ihn kein Problem.

Widersprich also deinem Vater nicht, er hat dich ja auch gezeugt.

Im Jahre 1917.

Es muß im Fasching gewesen sein, denn ich hab im Herbst das Licht dieser Welt erblickt.

Ehre deinen Vater, auf daß du ihn auspressen kannst.

Geh zu ihm hin, fall auf die Knie und bitte ihn um seinen Segen! Er muß dir Geld geben.

74

Geh, du kennst ja das Lokal, in dem er sich sein Brot
verdient!

Geh! – – –

Ich ging also zu meinem Vater, bis in die Vorstadt hinaus.
Der herbstliche Abend lag mild auf den weiten Plätzen
und durch die engen Gassen kam leis eine traurige Nacht.
Ohne jedes Licht am Himmel, als wären sie alle herunter-
gefallen, die schönen silbernen Sterne.

Jetzt muß ich noch einmal nach rechts, dann links und
quer hinüber – dort neben der Molkerei und dem photo-
graphischen Atelier, dort werd ich den lieben Vater treffen.

Ich steh vor der kleinen Gastwirtschaft und lese das
Schild: Zur Stadt Paris.

Die Stadt Paris hat nur zwei Fensterscheiben. Die Vorhänge sind vorgezogen, und ich schau durch einen Riß
hinein.

Die Luft da drinnen ist matt und grau. Ich seh nur wenig
Gäste, aber sie rauchen fürs doppelte. Und da – da kommt
er selbst!

Mein Vater.

Er bringt zwei Gläser Bier und stellt sie auf einen Tisch.
Dort hocken drei Chauffeure und würfeln.

Mein Vater hat sich kaum verändert.

Er ist nicht älter geworden und es kommt mir sogar vor,
als würd er weniger hinken. Ist es denn möglich, daß ein
Schuß besser wird?

Oder ists nur die Macht der Gewohnheit, daß man mit der
Zeit elastischer wirkt? Oder hab ich ihn nur hinkender in
der Erinnerung?

Der eine Chauffeur zahlt, mein Vater kassiert und verbeugt sich untertänig. Jaja, er ist der alte geblieben. Ein
Trinkgeldkuli –

Sicher verdient er ganz hübsch.

Trinkgelder summieren sich nämlich.

Auch die allerwinzigsten.

Vielleicht hat er schon ein Palais.

Ich muß grinsen –

Führst wieder ein flottes Junggesellenleben, was? Mit Weibern und Kartenspiel, wie vor deinem Weltkrieg?

Vorbei, vorbei!

Das war einmal – vor mindestens dreihundert Jahren.

Wie alt bist du heut eigentlich?

Ich schau mich um und betrete die Stadt Paris.

In der Nähe der Türe setz ich mich gleich.

Mein Vater erkennt mich nicht, denkt, ich wär ein gewöhnlicher Gast, und kommt zu mir, jedoch drei Schritt vor mir zuckt er sehr zusammen und starrt mich fassungslos an.

Ich lächle verbindlich.

Endlich findet er seine Sprache wieder.

»Du?« fragt er gedehnt –

»Ja, ich bins.«

Er rührt sich noch immer nicht und schaut und schaut mich nur an, fast forschend. Ich steh auf und reich ihm die Hand. »Guten Abend, Vater!«

Langsam nimmt er meine Hand, als wär sie zerbrechlich, und erholt sich allmählich von der Überraschung.

Dann sagt er: »Schön von dir, daß du noch an mich denkst. Was soll ich dir bringen, was willst du trinken?«

»Was du mir gibst.«

Er lächelt geschmeichelt.

»Dann bring ich dir etwas ganz Besonderes, einen Extratropfen – aber dann mußt du mir auch alles erzählen, von A bis Z« –

Er nickt mir zu und ich hör ihn an der Schenke sagen: »Für meinen Sohn!«

»Oh!« höre ich eine weibliche Stimme und dann beugt

sich ein dicker, alter Schweinskopf über das Pult und glotzt mich neugierig an.

Aha, seine Herrin und Meisterin!

Ich nicke ihr ehrerbietig zu und sie verzieht befriedigt ihr Fett. Jetzt kommt mein Vater mit einem Glas Wein.

»Ich darf mich nicht setzen«, sagt er, »ich bin im Dienst.«

»Auf dein Wohl!« sage ich.

»Nein, auf dein Wohl!«

Ich leere das Glas mit einem Zug.

»Hoho!« lacht mein Vater. »Wie der säuft!«

»Recht hat er!« ruft der Schweinskopf. »Franz! Bringen Sie ihm noch einen Wein, tapfere Soldaten haben immer Durst!«

Franz ist mein Vater. Er bringt mir noch einen Extratropfen, beugt sich zu mir nieder und flüstert: »Du hast ja das Herz dieses alten Drachen im Sturm erobert, sie ist nämlich sonst der Geiz in persona, aber ich sags ja: man ist nicht umsonst mein Sohn!«

Stolz blickte er in der Runde umher und plötzlich bleiben seine Augen auf meinem Kragen kleben: »Was? Wir haben schon drei Sterne? Drei silberne Sterne?! Gratuliere – gratuliere« –

»Danke«, fall ich ihm ins Wort, »ich hab sie doch nimmer lang.«

»Nimmer lang?!«

Er ist vor den Kopf geschlagen.

Und ich erzähl ihm von meiner militärischen Zukunft, als ich nämlich noch eine hatte, denn ich bin doch einst der beste Schütze der Kompanie gewesen und hab hintereinander ins Schwarze getroffen. Aber dann meldete ich mich freiwillig, um an der Säuberungsaktion gegen diese vertierten Untermenschen –

Er unterbricht mich hastig: »Du warst auch dabei?«

»Ja, natürlich!«

»Aha!«

Was meint er mit diesem »Aha«? Ich werde nicht klug daraus und erwähne vorsichtig das kleine Land, das wir uns holen wollten –

»Es ist schon unser«, unterbricht er mich wieder.

Ich schau ihn mißtrauisch an. Meint er dieses »unser« spöttisch? Dem ist nämlich alles zuzutrauen, jeder Hohn und jede Zersetzung –

Und während ich ihn heimlich beobachte, fahre ich fort zu erzählen. Von den braven Fliegern, die ich zwar persönlich nicht riechen kann, die jedoch ungemein präzis ihre waghalsige Pflicht erfüllten, von den fremden Städten und Dörfern, die wir zerstörten, von dem niederträchtigen feindlichen Gesindel, das uns oft genug mit der Waffe in der Hand entgegentrat, von der häßlichen Sprache jener Verbrecher, ihren dreckigen Hütten und räudigen Hunden.

Er steht aufmerksam neben mir und plötzlich stört es mich, daß er nicht sitzen darf, und ich fasse mich immer kürzer.

Ich berichte von meiner schweren Verwundung, weil ich nämlich unseren Hauptmann retten wollte, aber ich verschweige ihm den Brief des Hauptmanns, denn der wär ja nur Wasser auf seine Mühle – und ich rede natürlich auch kein Wort von der Nacht mit seiner Witwe, denn in diesen Punkten bin ich Kavalier und nenne nie einen Namen, sondern rede nur im allgemeinen mit.

»Hm«, meint er, als ich geendet hatte, »ein zerschossener Arm ist natürlich nichts. Armer Kerl, hast wirklich Pech! Aber zunächst mach dir nur keine besonderen Sorgen – wenn du morgen oder übermorgen das Krankenhaus verlassen mußt, dann sollst du es wissen, daß du immer bei deinem Vater wohnen kannst.«

Ausgezeichnet! denke ich. Und ich sage: »Das wäre sehr lieb von dir« –

»Das ist gar nicht lieb«, fällt er mir wieder mal ins Wort, »das ist nur selbstredend! Sehr bequem wirst du es zwar nicht haben, denn ich hab jetzt ein anderes Zimmer.«

»Ein anderes?«

»Ja, es ist etwas kleiner, eigentlich sogar um ein ziemliches kleiner als das frühere – die allgemeine wirtschaftliche Lage ist eben nicht gerade rosig, obwohl wir das Land erobert haben.«

Wir? Du hast das Land erobert?

Was redet er da für Zeug?

»Aber all diese mißlichen Strömungen, Stockungen und Schwierigkeiten sind sicherlich nur vorübergehender Natur. Wir werden die Früchte unseres Sieges noch ernten, verlaß dich drauf!«

Himmelherrgott, meint er das ernst oder nicht?!

Es wird mir allmählich zu dumm.

»Das wundert mich, daß du so redest«, sage ich.

»Warum, wieso?«

»Früher hast du doch immer behauptet, jeder Sieg ist zu guter Letzt eine Niederlage und es würd nur eine Macht profitieren, ob Sieg oder Niederlage, nur eine Macht, nämlich die Rüstungsindustrie« –

»Unsinn!« unterbricht er mich barsch. »Für uns ist das kein Problem mehr, darüber sind wir gottlob hinaus! Seit dem 1. Januar steht doch unsere Rüstungsindustrie unter staatlicher Kontrolle, gewissermaßen ist sie sogar eigentlich bereits verstaatlicht und drum liegen natürlich heutzutag die Dinge diametral anders im Raum! Heutzutag profitiert die Allgemeinheit von jedem Sieg, wir alle, ich, du, das ganze Volk – – was glotzt du mich denn so geistreich an?«

Ich glotze ihn dumm an, weil ich plötzlich denken muß: wieso du und wieso ich? Ich gab doch meinen Arm und du hast ein kleineres Zimmer –

Nein, ich will nicht weiterdenken!

Denken tut weh –

Aber es hilft mir nichts, es kommt eine Frage und setzt sich an meinen Tisch. Sie läßt mich nicht aus den Augen, während mein Vater dahinredet wie ein reißender Fluß.

»Tröst dich nur, es wird schon werden, Sorgen hat ein jeder, ob reich, ob arm« – so rauscht der Fluß an mir vorüber, und die Frage lächelt undurchsichtig. Sie lehnt sich zurück wie ein höhnischer Lehrer in der Schule: »Nun, mein Kind, so antworte doch! Was heißt das eigentlich: die Allgemeinheit?«

Es wird mir einen Augenblick schwarz vor meinem Hirn, und ich hör meinen Vater aus der Ferne: »Es ist zwar richtig, daß du nichts gelernt hast, keinen richtigen zivilen Beruf, das ist allerdings arg, denn heut wärst du zum Lehrling schon zu alt und als ungelernter Arbeiter kannst auch nicht unterkommen, dazu fehlt dir ja die Vollkraft deines Armes – aber hunderttausend anderen gehts akkurat ebenso, du bist nicht der einzige, merk dir das! Du bist eben leider ein Kriegskind, die haben alle nichts Ordentliches gelernt, immer nur alles versäumt, entweder warens zu früh dran oder zu spät – doch halt–halt! Mir fällt grad etwas ein und das dürft einen Ausweg aus dem Labyrinth bedeuten, hör her, dein Vater ist nicht der Dümmste! Ich denk nämlich, du müßtest eine kleine Protektion haben« –

»Protektion?«

»Ja, vielleicht hilft dir der liebe Gott, und du kennst jemand, der dich protegieren könnt – kennst du den niemand persönlich?«

»Nein.«

»Keinen Offizier oder dergleichen?«

»Nein, das heißt: ich kenne jemand, aber das ist kein Offizier, sondern eine Frau, die Witwe meines Hauptmanns« –

»Du kennst sie?«

»Ja, ich hab ihr mal einen Dienst erwiesen.«

»Wunderbar! Die wird dir helfen, die muß dir helfen! Paß auf, mein Kind: alles im Leben erreicht man nur durch die Weiber« – – –

So kam es, daß ich wieder zur Witwe meines Hauptmanns hinausfuhr. Sie erschrak sehr, als sie mir die Tür öffnete, aber sie beruhigte sich sogleich, als sie hörte, warum ich kam. Und sie versprach es mir, mich zu protegieren, sie kenne nämlich den Bruder eines Ministerialrates, vielleicht daß mir der eine staatliche Hilfsdienerstelle verschaffen könnte – und während sie mir dies versprach, beobachtete ich sie heimlich und wunderte mich sehr, wie sie mir jemals hatte gefallen können.

Denn sie lebte in meiner Erinnerung um zwanzig Jahre jünger.

Oder schien es mir nur so?

Das denkende Tier

Nun wohne ich bei meinem Vater. Er geht gegen Mittag weg und kommt erst nach Mitternacht heim. Sein Zimmer ist wirklich arm.

Ein Schrank, ein Tisch, ein Bett, zwei Stühle und ein schiefes Sofa – das ist alles. Das Sofa ist übrigens obendrein zu kurz für mich.

Dafür hab ich den halben Tag Musik.

Nebenan wohnt nämlich eine stellungslose Verkäuferin mit einem heiseren Grammophon. Sie hat nur drei Platten, lauter Tanz. Also immer dasselbe, aber das stört mich nicht, was Lustiges hört man immer gern.

Ich lese ein Buch über Tibet, das geheimnisvolle Reich des Dalai-Lama am höchsten Punkte der Welt. Mein Vater hats von einem Stammgast bekommen, der Stammgast konnte nämlich plötzlich seine Zeche nicht mehr bezahlen, weil er wegen einer geringfügigen Unterschlagung seinen Posten verloren hatte. Ein kleines Menu ist das Buch wert. Aber ohne Kompott.

Die Verkäuferin ist nicht hübsch.

Sie wird also schwer eine Stellung bekommen.

Wenn sie nicht verhungern will, wird sie sich wohl verkaufen müssen.

Viel wird sie ja nicht bekommen –

Eigentlich ist sie zu dürr. Zumindest für meinen Geschmack. Ich lieb nämlich nur das Gesunde.

In den Zeitungen steht zwar, wir hätten keine Arbeitslosen mehr, doch das ist alles Schwindel. Denn in den Zeitungen stehen nur die unterstützten Arbeitslosen – da aber einer nach kurzer Zeit nicht mehr unterstützt wird, kann er also auch nicht mehr als Arbeitsloser in den Zeitungen stehen. Auch wenn er sich umbringt, um nicht zu verhungern, kann er nicht drinstehen, denn darüber zu berichten ist strengstens verboten. Nur wenn einer etwas stiehlt, das darf drinstehen und zwar in der Rubrik: Aus dem Rechtsleben.

Es gibt keine Gerechtigkeit, das hab ich jetzt schon heraus.

Daran können auch unsere Führer nichts ändern, selbst wenn sie auf außenpolitischem Gebiet noch so genial operieren. Der Mensch ist eben nur ein Tier und auch die Führer sind nur Tiere, wenn auch mit Spezialbegabungen.

Warum bin ich nicht so begabt?

Warum bin ich kein Führer?

Wer bestimmt da mit einem Menschen? Wer sagt zu dem einen: Du wirst ein Führer. Zum anderen: Du wirst ein Untermensch. Zum dritten: Du wirst eine dürre stellungslose Verkäuferin. Zum vierten: Du wirst ein Kellner. Zum fünften: Du wirst ein Schweinskopf. Zum sechsten: Du wirst die Witwe eines Hauptmanns. Zum siebten: gib mir deinen Arm –

Wer ist das, der da zu befehlen hat?!

Das kann kein lieber Gott sein, denn die Verteilung ist zu gemein.

Wenn ich der liebe Gott wär, würd ich alle Menschen gleich machen.

Einen wie den anderen – gleiche Rechte, gleiche Pflichten! Aber so ist die Welt ein Saustall.

Meine dicke Schwester im Krankenhaus sagte zwar immer: Gott hat mit jedem einzelnen etwas vor –

Heut tuts mir leid, daß ich ihr nie geantwortet hab: Und mit mir? Was hat er denn mit mir vor, dein lieber Gott?

Was hab ich denn verbrochen, daß er mir immer wieder die Zukunft nimmt?

Was will er denn von mir?

Was hab ich ihm denn getan?!

Nichts, radikal nichts!

Ich hab ihn immer in Ruhe gelassen – –

Das Grammophon spielt, ich lese im Buch über Tibet von dem salzigen See Tschargut-tso, aber meine Gedanken sind weiter weg.

Ich hab nämlich keine Angst mehr vor dem Denken, seit mir nichts anderes übrigbleibt. Und ich freu mich über meine Gedanken, selbst wenn sie Wüsten entdecken.

Denn ich bleib durch das Denken nicht mehr allein, weil ich mehr zu mir selber komm. Dabei find ich meistens nur Dreck.

Die Uniform darf ich noch immer tragen, ich hätt ja auch keinen anderen Anzug und das Jahr in der Kaserne war mein goldenes Zeitalter.

Vielleicht hätt ich jenem Bettler meine fünf Taler geben

sollen, vielleicht wär dann heut mein Arm wieder ganz –
nein, das ist ein zu dummer Gedanke!

Weg damit!

Mein Vater sagte: wir haben gesiegt – jawohl: wir. Als wär
er auch dabei gewesen und einst hat er doch den Krieg
verflucht, seinen Weltkrieg, weil er dabei gewesen ist.
Aber mein Krieg, der versetzt ihn in einen Taumel der
Begeisterung –

Ja, er ist und bleibt ein verlogener Mensch.

Ich bin ihm nicht bös, wenn ich mir dieses Zimmer überleg.

Wer arm ist, darf sich was vorlügen – das ist sein Recht.

Vielleicht sein einziges Recht.

Ich trete ans Fenster und schau hinaus.

Drunten auf der Straße gehen zwei Kinder.

Mit kleinen steifen Schritten – so bist du auch mal gegangen.

Ein Radfahrer fährt vorbei.

Dann kommt eine alte Frau und ein Mann mit einem
Rucksack.

Ein Herr mit einer Zigarre und ein Lastauto –

Das alles gehört zu deinem Volk.

Schau dirs an, dein Vaterland – das ist dein alles.

Das hat dein alles zu sein.

Du hast es beschützt – jetzt bist du ein Krüppel.

Ich stutze.

»Beschützt?«

Wer hats denn eigentlich bedroht?

Jenes kleine Land?

Lächerlich!

Der Radfahrer sah das Lastauto, er begann zu wackeln
und stieg vorsichtshalber ab, denn die Gasse ist eng.

Auch mein Vaterland beginnt zu wackeln.

Immer größer werden die Lastautos –

Die Rüstungsindustrie ist verstaatlicht, sagt mein Vater.
Also verdient der Staat.
Und der Staat ist das Volk.
Warum verdien ich also nichts?
Gehör ich denn nicht zu meinem Volk?
Ich hab doch nur verloren –
Warte nur, bald gibts nichts zum Lachen!
Wie kalt das Licht wird, wenn man denkt –
Mein Herz beginnt zu frieren.
In der Zeitung steht, wir kriegen Schnee.
Heuer kommt der Winter rasch.
Wir heizen bereits, mein Vater und ich.
Ihm kanns nicht heiß genug sein und ich schlaf schlecht,
wenn das Fenster nicht offen ist. Das ergibt häufig Wort-
wechsel.
Ich wohne ja bereits seit Wochen bei ihm, und ich hab das
deutliche Gefühl, daß er aufatmen würde, wenn ich end-
lich verschwunden wär. Er sagt jedoch nichts dergleichen,
nur ab und zu schießt er mit vergifteten Pfeilen. Beson-
ders, wenn ich mich mit seinen Klingen rasier.
Aber was bleibt mir denn übrig? Ich hab ja keine eigenen
Klingen!
Soll ich mir einen Vollbart wachsen lassen?
Nein, nie! Niemals!
Ich will glattrasiert leben, ganz glatt.
Lieber rauch ich nichts!
Ich schau nicht mehr hinaus, sondern leg mich aufs Sofa,
aber das Buch über Tibet laß ich auf dem Tisch.
Die Erforschung der weißen Flecke auf der Landkarte –
nein, mich interessieren heut andere Gebiete!
Wie gern würd ich auf alle Expeditionen verzichten, wenn
mir die Post nur endlich ein kleines Brieflein bringen
würde –
Nur ein paar Zeilen müßten es sein.

»Sie werden hiermit aufgefordert, sich am nächsten Donnerstag zwischen 10 und 11 unter Vorweisung Ihrer Militär- und Zivildokumente zwecks Einstellung als Hilfsdiener einzufinden« – unleserliche Unterschrift.

Und die unleserliche Unterschrift würde meine Dokumente prüfen und würde dann sagen: »Sie haben Glück, denn Sie haben die höchste Protektion! Sie sind also hiermit ein staatlich angestellter Hilfsdiener mit Pensionsberechtigung – man gratuliert!«

Der Dienst wär ausgesprochen leicht.

Dreimal täglich muß ich zur Post, Briefe holen und befördern. Das ist eigentlich alles.

Ich wohne nun nicht mehr bei meinem Vater, sondern bewohne ein eigenes Zimmer, direkt im Amtsgebäude. Es ist groß und hell und geht auf einen vornehmen Park hinaus, in dem sich der Efeu um die alten Bäume rankt.

Die Uniform hängt im Schrank, ich hab mir einen blauen Anzug auf Raten gekauft, denn das kann ich mir nun leicht leisten, es ist ja nimmer so wie früher –

Das Grammophon spielt noch immer.

Wann wirst du dich verkaufen, liebe Nachbarin?

Von mir kriegst nichts.

Schad, daß jetzt meine dicke Schwester nicht da ist, der würd ich gar manches erzählen!

»Warum pflegst du kranke Menschen?« würd ich sie fragen. »Es gibt doch Gesunde mehr als genug, bet lieber für die, damit sie sich nicht verkaufen müssen, und laß die Kranken krank sein!«

Was würde sie antworten? Ich weiß es schon.

Sie würde sagen: »Liebe deine Feinde, aber hasse den Irrtum« –

Was ist Irrtum?

Ich mag es nicht, dieses Wort!

Weil man sich nicht auskennt damit und weil er dann immer wieder vor mir steht, mein Hauptmann!

»Was gibts denn?« fragt er mich.

»Melde gehorsamst, nichts.«

Ich dreh mich um –

Nein–nein, denk nur weiter, sei nicht feig!

Es ist ja so kalt geworden, daß du nichts mehr spüren kannst – keinen Stich, keinen Hieb.

Los–los! Was regt dich denn auf?

Was läßt dir denn keine Ruh?

Ich hör es wieder, wie sichs mir nähert –

Hatte er recht, frage ich mich, daß er sich vor seinem Vaterlande ekelte? Ja oder nein?

Gewiß, er war ein Schuft – aber hatte er recht?

Kann ein Schuft recht haben?

Als wir zum Beispiel seinerzeit zusahen, wie unsere Flieger das feindliche Lazarett mit Bomben belegten und die herumhüpfenden Insassen mit Maschinengewehren bestrichen, da drehte sich unser Hauptmann plötzlich um und ging hinter unserer Reihe langsam hin und her.

Er sah konstant zur Erde, wie in tiefe Gedanken versunken.

Nur ab und zu hielt er und blickte in den stillen Wald. Dann nickte er mit dem Kopf, als würde er sagen: »Jaja« –

Oder zum Beispiel, als wir damals in der Siedlung beschlagnahmten, da stellte er sich uns in den Weg. Er wurde ganz weiß und schrie uns an, ein ehrlicher Soldat plündert nicht!

Er mußte erst durch unseren Leutnant, diesen jungen Hund, aufgeklärt werden, daß die Plünderung nicht nur erlaubt, sondern sogar anbefohlen worden war. Höheren Ortes.

Da ging er wieder von uns, der Hauptmann.

Er ging die Straße entlang und sah weder rechts noch links.

Am Ende der Straße hielt er an.

Ich beobachtete ihn genau.

Er setzte sich auf einen Stein und schrieb mit seinem Säbel in den Sand. Merkwürdigerweise mußte ich plötzlich an das verwunschene Schloß denken und an das Fräulein an der Kasse, das die Linien zeichnete –

Sie wollte mich nicht sehen.

Ja richtig, das verwunschene Schloß – das gibts ja auch noch!

Komisch, daß ich jetzt so lang nicht daran dachte –

Natürlich, die Fenster sind vergittert und die Drachen und Teufel, sie schauen heraus.

Fast hätt ichs vergessen.

Und ich wollt doch immer wieder hin –

Wie ist denn das nur gewesen?

Stimmt, ich kaufte mir zwei Portionen Eis.

Der Mond schien, die Luft war lau und die Katzen konzertierten.

Aber ich mag kein Eis und vielleicht ist sie nur eine Sitzschönheit, ich kenn ja nur das von ihr, was über die Kasse herausschaute.

Vielleicht hat sie krumme Beine –

Nein–nein, das ist nicht möglich!

Erinner dich nur!

Sie zeichnete ihre Linien und einen Augenblick lang war dir doch alles so fern, die ganze Welt, und du dachtest, das Herz bleibt stehen. Es rührte sich kein Blatt, nur aus dem verwunschenen Schlosse tönte leise die alte Musik.

Wolltest du ihr denn nicht schreiben?

Ach jaja –

»Wertes Fräulein«, wollte ich schreiben, »gestern war Donnerstag und heut ist schon Freitag. Wann ich wiederkommen werd, das weiß ich noch nicht, aber Sie werden immer meine Linie bleiben« –

Ich muß lächeln.

Morgen geh ich mal hin.

In der Nacht hat es geschneit und jetzt ist alles weiß. Ich geh zu meinem verwunschenen Schloß.

Die Stadt ist stiller geworden durch den Schnee, man hört seine eigenen Schritte nicht.

Und wie ich so dahingeh, bemerk ich es wieder, daß ich mich spiegle. In den vornehmen Auslagen.

Jetzt geh ich durch einen Schinken.

Jetzt durch Bücher und dann durch Perlen, Puderquasten – Einst wollt ich das alles zertreten, zertrampeln – wie dumm!

Heut möcht ich den Schinken fressen, die Bücher lesen und die Perlen und Puderquasten, die möcht ich jemand schenken –

Aber wem?

Vielleicht dem Fräulein an der Kasse – vielleicht kommt es noch dazu.

Werden sehen!

Eigentlich bist du sehr allein –

Werden sehen, werden sehen!

Ich geh zum Hafen hinab.

Die breite Allee wird immer breiter und lauter.

Ja, hier ist immer Betrieb, Sommer und Winter.

Die schwarzen und gelben Matrosen, sie weichen mir aus, denn ich hab noch die Uniform an.

Mit meinen drei silbernen Sternen –

Wenn diese Exoten wüßten, daß ich nichts mehr bin!

Rechts und links beginnen die Sehenswürdigkeiten – die großen und kleinen Affen, sie frieren im Chor. Schießbuden und Spielautomaten, das Schaf mit den fünf Füßen und das Kalb mit den zwei Köpfen – nichts ist geschlossen, trotz der eisigen Luft, die über das Meer gekommen war.

Es ist alles noch da.

Auf der Achterbahn quietschen die Leut und aus dem Hippodrom treten zwei Weiber, eine Größere und eine Kleinere. Sie sind geritten und richten sich noch immer die Röcke. Ja, die könnten mir beide gefallen, aber sie haben schon einen Kavalier.

Ein kleines Männchen, eine elende Ratte.

Es hat sich nichts verändert.

Es ist alles beim alten geblieben, nur daß inzwischen Schnee gefallen ist.

Auch jene Ratte ist mein Volksgenosse und auch für diesen Mist gab ich meinen Arm –

Ich muß grinsen, denn heut weiß ichs, daß, wenn ich was zu sagen hätte, daß ich dann dieser Ratte meinen Arm um den Schädel schlagen würde. Bis sie verreckt.

Rascher wandle ich die Buden entlang, denn mein verwunschenes Schloß kommt ja erst ganz am Schluß.

Rechts gibts den Mann mit dem Löwenkopf und links die Dame mit dem Bart.

Und dort – richtig, dort steht er noch immer, mein Eismann! Dort kauft ich mir einst die beiden Portionen, obwohl ich kein Eis mag.

Aber heut ist es Winter geworden und er verkauft kein Eis mehr, sondern gebrannte Mandeln.

Ich würd mir auch keine gebrannten Mandeln kaufen, obwohl ich die sehr gern hab – nein, heut geh ich direkt auf sie zu!

Paß nur auf, jetzt komme ich!

Doch – was ist denn das?!

Ich stocke –

Ich halte an.

Als wär plötzlich eine Wand vor mir –

Was ist los?!

Was heißt das?!

Mein verwunschenes Schloß – es ist ja nimmer da!

Es ist verschwunden – weg, ganz weg!

Wo ist es denn hin?!

Hier steht ja jetzt etwas ganz anderes, eine Autohalle oder irgend sowas dergleichen –

Und meine Linie – meine schöne Linie?

An der Kasse sitzt ein anderes Fräulein.

Ich schau noch immer hin.

Und einen Augenblick lang wirds mir so weh um das Herz, als hätte ich etwas verloren, das ich niemals besessen hab. Der Schnee fällt immer stiller, und es geht eine Sehnsucht durch meine Seele –

Ja, es war mal ein Frühling, aber ich mußte weg.

Das Vaterland rief und nahm auf das Privatleben seiner Kinder mit Recht keine Rücksicht.

Mit Recht?

Der Wind weht, kalt und naß, die Katzen konzertieren nicht mehr und ich spür meinen kaputten Arm, er wird nimmer ganz –

Wo ist mein Fräulein geblieben?

Ich geh weiter und stolpere.

Über was?

Über nichts. Es ist ja nichts da.

Aber nun lächelt das andere Fräulein, weil ich gestolpert bin. Sie hat es gesehen. Sie lächelt noch immer und schaut mich an.

Schau mich nur an, du gefällst mir nicht!

Ich will weg, aber ich komme nicht weit. Nur über die Straße. Dort steht mein Eismann und ich kauf mir gebrannte Mandeln.

Sie sind sehr gut.

Ich blicke auf die Autohalle, wo die Menschen in kleinen Autos herumfahren, immer im Kreise, immer einer allein, und ich frage den Eismann: »Hier stand doch einst das verwunschene Schloß, nicht?«

»Ja«, sagt er, »das war einmal.«

»Und warum gibts das jetzt nimmer?«

»Es hat sich nicht mehr rentiert.«

Ach so –

»Es war zu altmodisch«, höre ich den Eismann, »es paßte nicht mehr in unsere Zeit.«

Ich horche auf.

Wie sagte er? Nicht in die Zeit?

Wo hab ich das nur schon mal gehört –

Richtig, der Hauptmann! Der schrieb es in seinem Briefe!

Dort las ichs zum erstenmal, schwarz auf weiß: ich passe nicht mehr in diese Zeit –

Was soll das eigentlich heißen?

Warum paßt denn mein verwunschenes Schloß nicht mehr in unsere Zeit? Paßt denn diese Autohalle besser hinein?

Diese blöde Autohalle, wo ein jeder wie der andere für sich allein herumfährt und sich einbilden darf, daß er in seinem eigenen Auto fahren kann, wohin er will –

Derweil gehts immer im Kreis.

Es ist zu dumm!

Da waren doch meine Drachen und Teufel ganz andere Leut!

Und erst das Skelett persönlich – ich erinner mich noch genau.

Und die allgemeine Finsternis, in der man das Gruseln lernen sollte, wenn man immer wieder mit einem Fuß ins Nichts getreten ist – weißgott, das hat mir besser gefallen, obwohls natürlich auch nur eine Dummheit gewesen ist.

Aber es war eine schönere Dummheit.

Oder: paß ich denn auch nicht mehr in die Zeit?

Unsinn!

Ich bin da und kann nirgends heraus, ich laß mir da nichts dreinreden! Natürlich paß ich in meine Zeit, nur in diese jämmerlichen Autos paß ich nicht hinein!

Ich mag nicht immer im Kreis herumfahren, ich bin ja nicht blöd!

Genug gegrübelt – Schluß!

Ich hau die gebrannten Mandeln auf die Erde, daß es nur so klatscht, und geh hinüber. Schnurgerade. Zur Autohalle. ›

»Eine Eintrittskarte?« fragt das Fräulein an der Kasse.

»Nein«, sage ich, »ich möchte nur eine Auskunft haben.«

»Bitte?«

»Hier stand doch einst etwas anderes« –

»Jawohl«, fällt sie mir ins Wort, »das verwunschene Schloß, mein Herr.«

»Stimmt. Und damals saß doch hier ein Fräulein an der Kasse, ein anderes Fräulein, wie soll ich sie Ihnen nur beschreiben« –

»Ich weiß schon«, unterbricht sie mich wieder, »aber jenes Fräulein ist jetzt nicht mehr bei uns.«

»Sondern?«

»Darüber kann ich Ihnen leider keine Auskunft geben, ich hab auch keine Ahnung. Doch bemühen Sie sich bitte ins Bureau, sehen Sie drüben die weiße Wand und die schwarze Tür – die werdens wahrscheinlich wissen, wo das Fräulein jetzt steckt.«

Ich bedanke mich und geh auf die weiße Wand zu.

An der Türe steht: Nicht klopfen!

Ich klopf also nicht, sondern trete gleich ein, aber eine schrille Stimme kreischt mich an:

»Können Sie nicht klopfen?!«

Ich wollt schon grob erwidern, da seh ich, wer vor mir steht.

Es ist ein Zwerg, ein Liliputaner.

Er hat ein verkniffenes boshaftes Gesicht. Kein Wunder, er ärgert sich halt immer, daß er so klein geblieben ist.

Er scheint gerade auf und ab gegangen zu sein, der Liliputaner, und er hielt inne, da ich eintrat. Ich bemerke erst jetzt einen zweiten Menschen – der steht vor einem Pult und schreibt in dicken Büchern, eine Art Buchhalter oder so. Er betrachtet mich über seine Brille hinweg.

Der Zwerg winkt ihm mit einer herrischen Geste, dreht mir ostentativ den Rücken und blättert wichtigtuerisch in Papieren. »Sie wünschen?« erkundigt sich der Buchhalter.

Ich frage nach dem Fräulein, aber ich komme nicht weit – Mit einem Ruck dreht sich der Zwerg um und sagt: »Ah« –

Er sagt das gedehnt und fixiert mich. Dann grinst er. Und auch der Buchhalter grinst.

Was haben denn die Beiden.

Was soll das?

Der Zwerg mustert mich noch immer und meint dann ironisch: »Also Sie sind derjenige, welcher« –

Welcher? Wieso?

»Sie mußten in den Krieg?« fährt er mit seiner Fragerei fort.

»Ja, das heißt: ich ging als Freiwilliger« –

Der Zwerg unterbricht mich mit einer Handbewegung, als wollte er sagen, lassen wir das, das kennen wir schon, wir sind unter uns –

Er betrachtet mich wieder von oben bis unten und sagt dann zum Buchhalter: »Er ist es.«

Der Buchhalter kichert wie eine alte Jungfer.

Mir wirds zu dumm.

»Wer bin ich?« frag ich fast drohend.

»Sie sind ein Soldat, mein Herr«, antwortet der Liliputaner mit einer spöttischen Höflichkeit, »und das Fräulein, nach dem Sie sich erkundigen, das hatte sich nämlich in einen Herrn Soldaten verliebt, anscheinend gleich so auf den ersten Blick, sie soll ihn kaum gekannt haben, wahrscheinlich nur so vom sehen aus – na und dann ist halt eines Tages jener Herr Soldat nicht mehr erschienen.«

Ich starre ihn an.

»Sie hat geschrieben?«

»In einer Tour, aber er hat nicht geantwortet. Nicht eine Zeile, mein Herr« –

Der Buchhalter kichert noch immer. Schadenfroh, sehr schadenfroh.

»In einem Krieg gehen eben oft viele Briefe verloren«, meint der Zwerg und lacht kurz.

Mir wirds ganz wirr im Kopf.

Sie hat mir geschrieben?

Gleich auf den ersten Blick?

Woher wußte sie denn meinen Namen, wer ich bin und dergleichen –

Wahrscheinlich nur so vom sehen aus?

Ausgeschlossen! Ausgeschlossen –

Und ich sage: »Meine Herren, hier scheint eine Verwechslung vorzuliegen« –

»Kaum!« fällt mir der Zwerg ins Wort.

»Aber das ist doch unmöglich« –

»Es ist alles möglich!«

»Nein, das kann ich nicht glauben, das kann nicht sein!«

»Moment, mein Herr!« unterbricht mich wieder der Zwerg. »Wir sind hier kein Auskunftsbureau und haben zu arbeiten. Bitte, überzeugen Sie sich selbst, der Herr Buchhalter wird Ihnen die Adresse der Dame geben« –

Er verbeugt sich knapp und geht durch eine Tapetentür.

Ich schau ihm nach und der Buchhalter blättert in einer Kartothek.

»Wer war denn dieser kleine Herr?« frage ich automatisch.

»Der Direktor unserer Liliputanertruppe.«

Aha.

Ich warte auf die Adresse.

Und auf ihren Namen.

Wie wird sie wohl heißen?

Eulalia?

Ich muß grinsen.

Nein, das kann ich wirklich nicht glauben, daß ich es bin, dem sie geschrieben hat – sie wird einem anderen Soldaten geschrieben haben, aber ich werde der Sache mal nachgehen, obwohls doch nur eine einfache Verwechslung sein kann.

Mir wars ja schon im Frühjahr klar, daß sie bereits einen haben mußte, irgendeinen Budenkönig.

Ich dachte an einen Seiltänzer, Messerschlucker, dummen August – aber ein Soldat, das fiel mir nicht ein.

Eher noch ein Liliputaner – sofern er nämlich nach Geld stinkt.

Doch jetzt will ich, wie gesagt, der Sache nachgehen, denn wenn ich mich nicht verwechsle, dann wärs allerdings ein Traum.

Der Buchhalter blättert noch immer und ich schau mich in seinem Bureau um.

An den Wänden hängen Plakate, Zirkus und so. Eine Dompteuse zum Beispiel. Mit bengalischen Königstigern.

Ein Balance-Akt und ein Magier.

Ein brauner und ein weißer Bär.

Und die dickste Dame der Welt.

Nein, die wär nichts für meinen Arm –

»Hier«, höre ich plötzlich den Buchhalter, »jetzt haben wir sie endlich, diese verflixte Adresse – einen Augenblick, ich schreib sie Ihnen nur auf!«

»Danke vielmals« –

»Keine Ursache!«

Er nimmt seine Brille ab, setzt sich eine schärfere auf, und während er die Adresse meines Fräuleins auf einen Zettel schreibt, meint er so nebenbei: »Das war ein braves Fräulein, ein freundliches. Sie tat mir sehr leid« –

»Warum?«

Er lächelt sonderbar. »Sie wurde eben krank und da hat man sie entlassen.«

»Krank?!«

»Jaja, ziemlich« – er kichert wieder und es wird mir unangenehm.

»Was hat ihr denn gefehlt?«

»Mein Gott«, sagt er, »nichts besonderes« –

Jetzt hat er meinen Zettel fertig, er erhebt sich, nimmt die Brille ab und wendet sich mir zu –

Er stockt und glotzt mich mit seinen wässerigen Augen entsetzt an.

Oder ist er nur kurzsichtig?

Nein, er hat Angst.

Warum?

Ich lasse ihn nicht aus den Augen.

Langsam reicht er mir den Zettel, fast zögernd, als fürchte er sich, mir den Zettel zu geben –

»Hier«, sagt er und seine Stimme klingt plötzlich anders, hohl, wie aus einer Gruft.

Ich nehm ihm den Zettel ab und lese das erste Wort:

Anna –

Anna, die Soldatenbraut

Gott hat mit jedem einzelnen etwas vor, sagte meine dicke Schwester und ich glaube allmählich, sie hatte recht.

Denn ich trag keine Schuld an dem, was vor einer Stund geschah, es mußte so sein.

Wenn ichs mir jetzt überlege, wieso es dazu gekommen ist, dann flimmert der Schnee vor meinen Augen, als hätt ich noch Fieber.

Es steht ein Engel in der Nacht und hält meinen Arm in

seiner Hand, meinen armen Knochen, den ich diesem Vaterland gab, das seine Ehre verlor und zwar für immer –

Ja, der Hauptmann hatte recht!

Jetzt ekelts auch mich vor meinem Vaterland. – –

Die Kirchturmuhr schlug Mitternacht, als ich langsam über den leeren Platz ging, quer hinüber zur Stadt Paris.

Als ich eintrat, atmete mein Vater sichtbar auf. »Menschenskind, wo warst denn so lang?!« erkundigte er sich überstürzt. »Ich hab schon die größten Sorgen gehabt, ob dir nicht vielleicht etwas zugestoßen ist, es werden ja täglich mehr Leut überfahren!«

Ich beruhigte ihn – zufällig hätte ich einen Freund getroffen und dieser Freund, der hätt mich ins Kino eingeladen und hinterher auf ein Glas Bier.

Das war natürlich gelogen, aber mein Vater glaubte es mir.

»Hoffentlich hast du schon gegessen«, sagte er, »denn jetzt ist die Küche schon zu« –

»Ich hab keinen Appetit.«

Er sah mich forschend an.

»Du bist doch nicht krank? Paß nur auf mit deiner Verletzung, die ist noch lang nicht in Ordnung – hast du nicht Fieber?«

»Nein.«

»Trau dir nur nicht allzuviel zu! Wart, ich will sehn, ob ich nicht doch noch was Eßbares auftreib, was Kaltes – essen muß der Mensch, sonst geht er vor die Hunde!«

Er verschwand hinter dem Schanktisch, ich zog mir den Mantel aus und setzte mich, wo ich immer saß, gleich neben die Tür.

Es waren nur noch wenig Gäste da, Chauffeure vom nahen Standplatz. Sie würfelten wie immer.

Hier hast du nun viele Wochen gegessen, denke ich, Mittag und Abend, wenn auch zu ermäßigten Preisen, aber auf Kosten deines Vaters.

Er ist ein braver, verlogener Mann.

Es wäre wirklich arg, wenn ich ihm etwas antun würde. Denn ich werd vielleicht nimmer lang auf seine Kosten essen können, vielleicht heute nacht zum letztenmal –

Vielleicht kommt sie schon morgen früh, die Polizei, und holt mich ab.

Unsinn! Woher soll denn das die Polizei wissen?

Wer hats denn gesehen?

Kein Mensch.

Aber die Kriminaler sind raffiniert, ich kann mich noch gut erinnern. Es stehen ihnen alle Apparate und Hilfsmittel zur Verfügung, sie bringen ja das Unglaublichste an den Tag, früher oder später – und vielleicht hats doch wer gesehen, jemand, an den man gar nicht denkt, wär ja auch möglich, daß mich einer genau beobachtet hätt, eine Uniform fällt immer auf, besonders eine mit drei Sternen, mit drei silbernen Sternen –

Mein Vater bringt mir Käse und Brot. Und ein Glas Wein von dem Extratropfen.

Ich schau ihn überrascht an. »Wein?«

»Ausnahmsweise!« lächelt er. »Weil ich mich freu, daß du nicht überfahren worden bist, aber dann auch, damit du dich tröstest – erschrick nur nicht! Du hast nämlich heut abend einen Brief bekommen, meine Wirtin ist so lieb gewesen und hat ihn mir extra hergebracht, sie hat nämlich gleich richtig gedacht, daß es etwas Wichtiges sein muß, weil ich doch niemand kenne, der mir schreiben sollte, und es ist auch etwas Wichtiges, doch leider etwas Trauriges« –

»So red doch schon!«

»Nanana, nur nicht gar so ungeduldig! Ich red ja schon! Also, dieser Brief stammt von deiner Hauptmannswitwe,

sie schreibt – da lies es übrigens selbst! Mit der Hilfs-
dienerstellung ist es Essig, nichts zu wollen, nichts zu
machen« –

Ich lese den Brief und leg ihn dann weg.

»In Ordnung«, sage ich und beginne den Käse zu essen.
Mein Vater glotzt mich verwundert an.

»In Ordnung, meinst du? Das war doch der letzte Stroh-
halm, eine Katastrophe« –

»Es gibt ärgere Katastrophen.«

»Kaum, mein liebes Kind, kaum! Was wollen wir denn
jetzt anfangen? Du kannst doch nicht bis in alle Ewigkeit
hier an diesem Katzentisch essen, ich persönlich hätt ja
nichts dagegen – ich zahls ja gern, aber einmal wirds auch
damit Schluß! Vergiß nicht, ich bin ein alter Mann, mich
kann jeden Tag der Teufel holen, und du, du bist noch
jung – du mußt etwas in Angriff nehmen!«

»Franz!« ruft der eine Chauffeur. »Zahlen!«

Mein Vater geht.

Ich esse ruhig meinen Käse und denke: ja, du mußt etwas
in Angriff nehmen –

Der Hilfsdiener – der ist vorbei. Der kommt mir ja fast
schon komisch vor. In einem eigenen Zimmer zu wohnen,
direkt im Amtsgebäude, mit Aussicht auf einen vornehmen Park, in dem sich der Efeu um die alten Bäume
rankt – wie lächerlich!

Ich hab mir einen blauen Anzug auf Raten gekauft und
dreimal täglich muß ich zur Post – nein–nein, ich bin nicht
zum Hilfsdiener geboren!

Ich bin etwas anderes geworden.

Die Hauptsache ist und bleibt: es kommt nicht auf.

Dann wär wirklich alles in Ordnung.

Denn ich hatte ja auch recht mit dem, was ich tat, jawohl:
recht!

Ich erinner mich noch genau, wie ekelhaft mir jener Buchhalter war, als ich ihn fragte: »Und was macht sie jetzt, das Fräulein Anna?«

Er zuckte nur die Schultern: »Das wissen die Götter!«

Auf die Götter reden sich alle hinaus, aber an den lieben Gott denkt keiner.

Vor vier Stunden dachte ich noch: ausgeschlossen, daß du es bist, dem sie ihre Briefe schrieb. Woher hätte sie es denn wissen können, wer ich gewesen bin? Sie hätt mir ja seinerzeit heimlich nachschleichen und hätt sich beim Posten in der Kaserne erkundigen müssen, um meinen Namen zu erfahren – nein, das ist ausgeschlossen!

Als ich heut abend den Buchhalter verließ, dachte ich nur: jetzt weißt du es wenigstens, wo sie wohnt.

Sie wohnt sehr weit.

Wenn du zu Fuß gehst, brauchst du gut anderthalb Stunden, aber du sparst dabei das Trambahngeld, es dämmert zwar schon, doch die Nacht ist noch fern.

Rasch ging ich die Buden entlang.

Es gibt Millionen Annas auf der Welt, jede ist anders und keine ist die, die du suchst. Blond oder braun oder schwarz – es wird auch rote Annas geben. Dicke und dünne, lange und kurze, ältere und jüngere.

Wieviel Annas hast du denn schon gehabt?

Ich glaub, nur zwei, wenn mich nicht alles täuscht –

Von einigen weiß ichs zwar nicht, wie sie geheißen haben, die kannt ich nämlich nur so für die Nacht.

Wie gehts jetzt wohl deinen beiden gewesenen Annas?

Laßt mich in Ruh!

Ob die noch leben, das ist mir egal, jetzt kümmert mich nur eine dritte Anna –

Warum?

Was hast du denn an ihr gefressen?

Vielleicht, weil ich einst um ihretwillen etwas tat, was ich eigentlich nicht tun wollte –

Ich hab ja einst zwei Portionen Eis gefressen.

Spöttel nicht!

Man braucht sich noch lang nicht zu schämen, wenn man sich freut!

Lieben ist keine Schand! –

Rasch ging ich die Straßen entlang.

Die Stadt wurd immer stiller.

Wie kalt einem die Welt werden kann –

Und plötzlich, da flog, ich weiß nicht woher, ein Gedanke in meine Seele hinein – und es wurd mir so licht und warm, daß ich unwillkürlich stehen blieb.

Ich hatte so etwas Schönes noch nie gesehen.

Es war ein Lied, aber ich konnte die Worte nicht verstehen.

Wer singt denn in meiner Nacht?

Ist das mein Fräulein?

Still, jetzt will sie mir etwas sagen –

»Hör mich an«, sagt sie, »als ich dich damals vor unserem verwunschenen Schlosse sah, dachte ich, du würdest mich wiedererkennen« –

Wiedererkennen?

»Erinner dich, erinner dich – du und ich, wir waren uns ja schon bekannt« –

Schon bekannt?

»Von früher her, von früher – und ich hoffte immer, du würdest wieder zu mir kommen, aber du hast dir nur eine Eintrittskarte gekauft und hast dein Fräulein nimmer gekannt« –

Wer bist du?

»Später, später – damals sagt ich natürlich kein Wort, sondern zeichnete nur meine Linien, denn jeder Mensch hat seinen Stolz« –

Seinen Stolz?

»Kein Wort, kein Wort – geh nur zu, ich wart schon lange auf dich« –

Du wartest?

Ich schau mich um.

Der Wind weht, und der Schnee tanzt.

»Komm nur, komm – du hast nimmer weit.

Siehst du das gelbe Haus vor dir? Dort wohne ich, dort wohne ich« – –

Ja, hier wohnst du. Ich bin am Ziel.

Auf dem Zettel steht im dritten Stock.

Hinter welchem Fenster?

Ich weiß es noch nicht –

Im Haustor treff ich die Hausmeisterin. Sie scheuert den Boden. Ich grüße und frage, ob hier das Fräulein wohnt.

Sie glotzt mich an und sagt kein Wort.

Auf einmal schreit sie: »Jesus Maria! Sie sinds?!

Jetzt erkenn ich Sie erst wieder, ich dachte, Sie wären schon tot!«

Was? Ich?!

Tot?!

»Ich dachte, Sie wären im Krieg geblieben«, sagt sie und erhebt sich vom Boden. »Das arme Fräulein hat ja so lang auf einen Brief von Ihnen gewartet« –

Ich starre sie an.

»Sie kennen mich?«

Sie betrachtet mich langsam von oben bis unten. Dann lächelt sie hinterlistig: »Nein–nein, ich will nichts gesagt haben« –

»Wer bin ich denn?«

»Das wird der Herr wohl selber wissen. Auf alle Fälle ist es schön von Ihnen, daß Sie doch noch gekommen sind« – Sie stockt im Satz und verstummt.

Mir wirds immer wirrer im Kopf, unschlüssig blick ich ins Treppenhaus – und auf einmal kommts mir hier so bekannt vor, als hätt ich dieses Treppenhaus schon einmal geträumt. Richtig, hier kennst du ja alles! Rechts gehen die Stufen empor und links um die Ecke wohnt diese Hausmeisterin und droben gibts einen dunklen Gang mit drei Türen in jedem Stock –

Es wird mir unheimlich.

Wo bin ich da?

»Das Fräulein wohnt jetzt zwar nicht mehr hier«, höre ich die Stimme der Hausmeisterin, »sie ist schon vor einem halben Jahr ausgezogen.«

»Wohin?«

Sie lächelt wieder tückisch. »Gehens nur in den dritten Stock hinauf, die Frau, bei der sie gewohnt hat, die wirds Ihnen schon sagen, wo Sie sie besuchen können – das ärmste Fräulein wird ja eine Riesenfreud haben, wenn Sie wieder auftauchen unter den Lebendigen, besonders nach dem vielen Unglück, das sie hat erdulden müssen« –

»Unglück?«

»Nun ja, einfach wars gerade nicht« –

»Was war nicht einfach?«

Sie schweigt und grinst.

Ich lasse nicht locker.

»So redens doch, ich hab ja keine Ahnung!«

Sie fixiert mich frech und beginnt zu lachen.

»Natürlich–natürlich, die Herren der Schöpfung sind immer absolut unschuldig und haben keine Ahnung, als könntens nicht bis drei zählen, auch mein lieber Herr Mann« –

»Hören Sie«, unterbrech ich sie grob, »was schwätzen Sie da für dummes Zeug?!«

Sie zuckt die Schultern.

»Denkens nur nach, junger Herr, Sie werdens schon erraten« –

»Ich kann nichts erraten!«

»Und ich sag kein Wort mehr, kein Sterbenswort – werd mich hüten! Mit der Sache will ich nichts zu tun haben!

Gehens halt hin zu ihr selbst, persönlich, sie wird Ihr Gedächtnis schon auffrischen! Gute Nacht!«

Sie läßt mich stehen und wendet sich wieder ihrem Boden zu.

Sie scheuert ihn verbissen.

Ich schau ihr noch ein Weilchen zu, dann geh ich in den dritten Stock hinauf.

Zu der Frau, von der mein Fräulein fortzog.

Wohin denn nur?

Diese Hausmeisterin ist eine bissige Bestie –

Es gibt gottlob nicht nur solche, ich kenn auch sehr annehmbare.

Überhaupt gibts zweierlei Menschen.

Aber nur ein Fräulein –

Es ist wahr, dieses Treppenhaus kommt mir wirklich bekannt vor.

Warte nur, bald kennst du dich aus –

Jetzt bin ich im dritten Stock.

Ich läute an der zweiten Tür, wies auf dem Zettel steht.

Eine Dame öffnet ängstlich und ich sehs auf den ersten Blick, daß sie nicht alt werden kann. Ihre Haare sind grau, aber schwarz wie Pech, und sie trägt einen grellen Bademantel – ein altes Stück.

Mißtrauisch mustert sie mich, ich merks ihr an, daß sie ihre Tür zuschlagen würde, wenn ich keine Uniform anhätte.

Aber zur Uniform haben die Leute Vertrauen.

»Sie wünschen?« erkundigt sie sich.

Sie lispelt stark.

»Verzeihen Sie, daß ich noch so spät am Abend störe, ich möchte nämlich nur eine Auskunft haben« – und ich sage es ihr, daß ich das Fräulein suche.

Sie mustert mich immer mißtrauischer.

»Wen sucht der Herr?«

Ich verbeuge mich.

»Verzeihen Sie, aber diese Hausmeisterin schickt mich zu Ihnen herauf, sie redet so wirres Zeug durcheinander, daß ichs schon selbst nicht mehr weiß, wer ich bin« –

»Darf man fragen«, fällt sie mir ins Wort, »in welchem Verhältnis der Herr zu dem Fräulein steht – ich meine: sind Sie mit ihr verwandt?«

Ich lächle verbindlich.

»Die Frau Hausmeisterin meint, ich wär des Fräuleins Bräutigam« –

»Aber – aber!« unterbricht sie mich entrüstet. »Diese unmögliche Person schwätzt wahrlich lauter ungereimtes Zeug, dabei verwechselt sie auch noch alle Leut, mir scheint, die Person ist nicht ganz normal – Sie, mein Herr, sind doch hier kein Bräutigam, der richtige Bräutigam war zwar auch ein Herr vom Militär, aber für diese idiotische Person da drunten ist Uniform eben Uniform und außerdem kann sie ja auch den richtigen Bräutigam nur einmal gesehen haben, flüchtig, denn er war nur ein einziges Mal hier – ach jaja, Glück währt nur kurze Zeit!«

So, denke ich, also du bist nicht der, dem sie ihre Briefe schrieb – es war ein anderer Soldat. »Hm«, sag ich nur und eigentümlicherweise ists mir jetzt völlig gleichgültig, ob es ein anderer war oder ich – als wüßt ichs bereits, daß die Hauptsache erst kommt.

»Sie waren auch im Krieg?« fragt mich die Alte interessiert.

»Ja, das heißt: als Freiwilliger« –

Jetzt macht sie eine Handbewegung wie zuvor der Liliputaner. Ja, das kennen wir schon, lassen wir das, wir sind unter uns –

Dann fordert sie mich auf, in ihre Wohnung einzutreten, denn »man könne sich doch nicht mit einem Helden in einem kalten Treppenhaus unterhalten«.

Sie führt mich in ihr Zimmer. »Entschuldigen Sie, daß ich Sie in mein Schlafgemach führe, aber das ist der einzige Raum, den ich heize, obwohl wir ja allerhand erobert haben« –

Sie tut ironisch und ich tu nichts dagegen.

Ja, wir haben gesiegt!

»Ob wir allerdings die Früchte unserer Siege noch ernten werden«, parliert sie mit mir, »glaub ich kaum. Ich fürchte – fürchte, daß zumindest meine Wenigkeit jene prophezeiten Segnungen nicht mehr erleben wird, man ist ja schon steinalt« –

»Aber gnädige Frau!«

»Nanana!« droht sie mir mit dem Zeigefinger.

»Sie sind mir einer!«

»Ich sag nur die Wahrheit«, lüge ich.

»Das ist sehr lobenswert, doch zumeist kein ungefährliches Unterfangen – Schauen Sie, das alles war einst ich!«

Sie deutet auf ihre vier Wände, die sind übersät mit Photographien.

Ich erkenne verschwommen eine junge Frau in weißem Trikot.

Das war einst mein Gegenüber?

Sie nimmt ein Bild von der Wand. »Ich und mein Bruder.«

Eine Artistin?

Trapez und Ringe und Scheinwerfer –

»Mein guter Bruder, er blieb im großen Krieg. Jaja, wir zwei, wir waren mal eine große Nummer – gesucht, sehr gesucht! Ich bin damals noch ein Kind gewesen.«

Ein Kind?

Also das ist übertrieben.

Nein, mit einem solchen Busen warst du sicher schon achtzehn. Und ich rechne rasch nach, wie alt dies Kind heutzutag sein muß.

»Das waren noch Zeiten!« seufzt sie. »Aber heutzutag? Was leisten schon diese neumodischen Artisten? Alles Bluff! Eine hübsche Larve, das genügt! – doch ich rede und rede da von mir und meinen privaten Interessensphären und wir kommen dabei ganz ab vom Zweck Ihres Besuches! Sie wollten sich doch nach dem armen Fräulein Anna erkundigen? Nun, verzeihen Sie meine Indiskretion, aber ich möchte es natürlich aus diversen Beweggründen heraus gerne wissen, warum, das heißt: wieso, mit welchem Recht Sie das interessiert? Sind Sie mit dem Fräulein verwandt?«

Ich? Was soll ich nur sagen?

Irgendwie muß ich zu ihr gehören, sonst wär ich ja jetzt nicht da – aber verwandt?

Nicht daß ichs wüßte – .

Ich möchte grinsen, aber das alte Kind beobachtet mich scharf, fast lauernd. Und ich sage ohne mit der Wimper zu zucken: »Ich bin ihr Bruder.«

»Ihr Bruder?!«

»Ja.«

»Nicht möglich!«

»Warum nicht?«

Sie gibt keine Antwort vor lauter Überraschung. Wir schweigen.

»Also Sie sind der Bruder«, fängt sie endlich wieder an, »und Sie haben sich nicht um Ihre Schwester gekümmert« –

»Ich hatte keine Zeit.«

»Ausreden! Nichts als Ausreden! Für einen Menschen muß man immer Zeit haben – der Mensch kommt an erster Stelle und dann kommt erst alles andere!«

»Möglich« –

»Sicher! Wo kämen wir denn sonst hin?«

Ja, wohin?

So frag ich mich und der Nebel wird immer gelber –

Dick und schmutzig, so senkt er sich auf meine Seele.

Es wächst ein Baum, ein toter Baum.

Am Rande eines hohen Plateaus.

Um uns gähnen Abgründe und drunten rauschen die Wasser –

Wir haben fünf Menschen gefangen, jetzt hängen wir sie an den Baum.

Zuerst den Älteren, dann den Jüngsten.

Denn dem Alter gebührt der Vortritt.

Wir säubern, wir säubern!

Und der Hauptmann reißt einen Stern herunter, einen silbernen Stern –

Hauptmann, Hauptmann, was schreibst du nur in deinem Brief?

»Wir sind keine Soldaten mehr, sondern elende Räuber, feige Mörder. Wir kämpfen nicht ehrlich gegen einen Feind, sondern tückisch und niederträchtig gegen Kinder, Weiber und Verwundete« –

Komisch, ich weiß noch jedes Wort!

Es ist mir geblieben.

Und die Krähen, sie ziehen wieder vorbei und der Hauptmann, er ist von uns gegangen –

Er sah weder rechts noch links.

Jetzt sitzt er auf einem Stein und zeichnet mit seinem Säbel in den Sand. Er will mich nicht sehen.

Was zeichnet er dort?

Linien?

Und wie ich mich so frage, wird der dicke Nebel dünn, der Schmutz weiß, und auf einmal wirds mir klar:

Immer, wenn es mir heimlich einfiel, jetzt geschieht etwas Niederträchtiges, dann fiel mir auch sie wieder ein, meine liebe Schwester, dann mußt ich immer denken: eigentlich wollt ich zu dir –

»Wenn der Herr Bruder früher gekommen wären«, höre

ich die Stimme meines Gegenübers, »dann wäre vielleicht alles anders gekommen, dieses ganze Unglück.«

»Unglück?«

»Es tut mir sehr leid, daß ausgerechnet ich vom Schicksal dazu ausersehen wurde, es Ihnen mitzuteilen, aber mit dem Schicksal läßt sichs bekanntlich nicht streiten – kurz und gut: es ist eine böse Sache und ist dennoch mit paar Worten erzählt. Ihre arme Schwester hatte eine ganz hübsche Anstellung« –

»Im verwunschenen Schloß« –

»Jawohl, aber eines schönen Tages wurde sie abgebaut« –

»Wegen der Autohalle?«

»Autohalle? Aber nein! Sie wurde fristlos entlassen, weil sie etwas erwartete, etwas Kleines – ein Kind.«

»Ein Kind?!«

»Ja, und unter solch gesegneten Umständen hätte sie ihren Dienst naturnotwendig nicht immer auf die Minute pünktlich versehen können, sie hätte vielleicht mal ab und zu einen halben Tag pausieren müssen und deswegen hat sie die Firma abgebaut. Die Firma hätte es zwar überhaupt nicht gespürt, wenn sie mal ein paar Groschen für eine Aushilfe draufgezahlt hätte, Sie müssen nämlich wissen, daß das eine sehr große Gesellschaft ist, den Leuten gehört dort fast die halbe Allee, jede größere Sehenswürdigkeit, sie konnten sich eben in unseren fortwährenden Krisenzeiten alles zusammenkaufen – aber so sind nun mal diese Leute, die keine Rücksicht auf den einzelnen Menschen nehmen, sie bauen und bauen ab, ob dabei einer unter die Räder kommt, was kümmert sies? Es gibt noch genug, meinen sie, genug, die sichs gefallen lassen – und obendrein war doch der Vater des Kindes sogar ein Soldat, ein tapferer Vaterlandsverteidiger, auch solch ein berühmter ›Freiwilliger‹!

Ihre arme Schwester, sie hat ihm in einer Tour geschrieben

und nie eine Antwort erhalten – wieso denn auch? Eines Tages kamen alle ihre Briefe ungeöffnet zurück mit einem staatlichen Begleitschreiben: Adressat bei einer militärischen Übung tödlich verunglückt. Da war sie natürlich riesig verzweifelt, sie hatte ja nichts, kein Geld, keine Stellung – ja, und da hat sie sich eben leider zu einer Dummheit hinreißen lassen, zu einer unüberlegten Dummheit. Sie ließ sich von irgendeiner obskuren Person das Kind wegnehmen, die Sache kam ans Licht und jetzt, jetzt sitzt sie.«

»Sitzt?«

»Stellen Sie sichs vor: zwei Jahre hat sie bekommen!«

»Zwei Jahre?!«

»Es ist schrecklich« –

Wir schweigen.

Mir fällt der Liliputaner ein.

Er ist der Direktor der Liliputanertruppe –

Sicher ist er auch finanziell an der Firma beteiligt, sonst hätt er sich nicht so herrisch benommen. Er hat ein verkniffenes, boshaftes Gesicht – kein Wunder, er ärgert sich halt immer, daß er so klein geblieben ist. Und seine Wut, die läßt er an den anderen aus.

Er baut ab.

Rücksichtslos.

Man müßt ihm eins auf den Schädel geben –

Einem Zwerg?

Willst du einen Krüppel schlagen?

Warum nicht?

»Vielleicht wär, wie gesagt, alles anders gekommen, wenn der Herr Bruder früher gekommen wär«, schwätzt die Alte weiter. »Ich sags ja immer, es wär vieles besser auf der Welt, wenn sich die Männer mehr um die Weiber kümmerten, anstatt daß sie sich nur um sich selber kümmern. Der liebe Gott hat Adam und Eva erschaffen und nicht Regimenter, Kompanien und Divisionen« –

»Wo sitzt sie denn?« frage ich.

»Am anderen Ende der Welt, sonst hätt ich die Ärmste schon längst besucht, jeden dritten Monat hat sie nämlich einen Besuchstag – auf alle Fälle: schreiben Sie ihr doch gleich einen lieben Brief?«

»Ja, schreiben werde ich auch« –

Ich erhebe mich und sie begleitet mich aus dem Zimmer.

»Da reden die Zeitungen in jeder Nummer vom Geburtenrückgang und Schutz des keimenden Lebens der ungeborenen Volksgenossen, vom drohenden Volkstod und dergleichen, aber ein armes Mädel wird auf die Straße gesetzt, wenn sie Mutter zu werden droht – hier sollten unsere Führer mal eingreifen!«

Ich muß grinsen.

»Greifen sie denn nicht ein?«

»Lieber Herr, wo leben Sie? Auf dem Mond?«

»Nein, nicht mehr« –

»Bei uns hier unten auf der Erde kann eine stellungslose Mutter mit Kind im günstigsten Falle eine kleine Rente bekommen, von der weder Mutter noch Kind leben können, vorausgesetzt, daß sie nicht einen Menschen haben, bei dem sie essen und wohnen können – hören Sie das zum ersten Mal, weil Sie mich so perplex betrachten?«

»Nein«, sage ich und sehe meinen Vater vor mir. Er hinkt. Und meine Rente. Die hinkt noch mehr.

Wir stehen nun im Treppenhaus.

»Unsere Führer«, sage ich langsam, »sind eben große Betrüger« –

»Pst!« fällt sie mir erschrocken ins Wort und sieht sich ängstlich um. »Um Gotteswillen, nicht so laut! Und noch dazu in Uniform – geben Sie acht!«

»Ja.«

»Es hätt auch wenig Sinn« –

»Möglich.«

Leben Sie wohl – und kümmern Sie sich lieber um Ihre Schwester!«

»Gute Nacht, gnädige Frau!«

Ich geh das Treppenhaus hinab – Stufe für Stufe.

Ruhig, sehr ruhig.

Man merkt mir nichts an.

Aber drinnen in mir sitzt eine schreckliche Wut, ein entsetzlicher Haß –

Jetzt möcht ich säubern!

Säubern, daß die Fetzen fliegen!

Jetzt möcht ich ein Flieger sein, ein schwerer Bomber, und über unseren Führern kreisen –

Wenn sie alle beieinander hocken und das Land verteilen, das kleine Land, das auch ich euch holte.

Jenes lebensunfähige Gebilde, beherrscht von einer kläglichen Regierung, die immer nur den sogenannten Rechtsstandpunkt vertritt –

Ein lächerlicher Standpunkt – wie?

Das glaub ich euch gern!

Sagt, ihr Führer tief unter mir, wer kriegt wohl jenes eroberte Land?

Wer kriegt das Erz, das Fett, das Brot?

Wer?!

Ich seh nur ein Zuchthaus.

Ihr redet immer von einer welthistorischen Sendung –

Ihr habt keine welthistorische Sendung zu haben!

Macht uns nicht blöd, wenn ihr stehlen wollt! –

Rasch geh ich durch die dunkle Nacht, wieder zum Hafen hinab.

In das Reich des Liliputaners.

Denn ich will seine Firma zur Rede stellen, warum sie ein Fräulein entlassen hat.

Es geht mich zwar direkt nichts an, aber man kann doch nicht alles hinnehmen!

Wer läßt sich alles bieten?

Ein Schuft.

Und ich bin kein Schuft, mein Herz ist ein schwarzes Meer.

Unter einem wilden Himmel.

Die Wolken, sie ziehen so zornig dahin –

Gib acht, gibt acht!

Du hast noch die Uniform an, und es kostet dich den Kopf.

Laß dir nichts anmerken –

Deck es zu, dein Meer und deinen Himmel!

Verstell dich, bis du dich beruhigt hast!

Vestell dich! – –

Ich geh an der Autohalle vorbei, da rodeln die letzten Gäste im Kreis.

Viel Vergnügen!

Und dort ist die weiße Wand mit der schwarzen Tür.

Sie ist schon zu.

»Wann ist denn hier wieder jemand?« frage ich einen Schaukelburschen.

»Morgen um acht.«

Schön, dann werde ich morgen wiederkommen. –

Langsam wander ich die Allee zurück, denn heut hab ich nichts mehr zu verlieren.

Die meisten Buden sind schon zu. Die Messerschlucker und Feuerfresser, sie schlucken und fressen nicht mehr.

Die Frau mit dem Bart, der Mann mit dem Löwenkopf und die dickste Dame der Welt, sie liegen schon in ihren Bettchen und träumen blauen Dunst.

Nur ein kleiner Affe friert noch in der Nacht.

Er möchte um die Wette zittern, aber es ist kein zweiter Affe da, mit dem er zittern könnte.

Die Pferde im Hippodrom, sie stehen bereits im Stall, und auch die Schießbuden schließen schon.

Jetzt werden die Tage immer kürzer.

Links fällt ein Licht auf den Schnee. Aus einem Bierpalast.

Der bleibt natürlich ewig offen – dort kauf ich mir jetzt ein Glas.

Es wär schön, wenn man sich wieder mal einen richtigen Rausch leisten könnte, um wieder eine Zukunft zu spüren –

Ich leg schon die Hand auf die Klinke, da halt ich im letzten Moment.

Denn drinnen in diesem Bierpalast erblick ich einen alten Bekannten.

Den Mann, der mir den Zettel gab – mit der Adresse meiner Schwester.

Er ist es, der Buchhalter.

Er verzehrt gerade einen Hering.

Wie fein der frißt – oder scheints mir nur so, weil er kurzsichtig ist?

Er wußte es natürlich, warum sie ihre Stellung verlor, er wußte es genau –

Er hat doch auch gesagt: »Das Fräulein wurde krank.«

Und ich hab gefragt: »Was hat ihr gefehlt?« Und er hat gesagt: »Nichts besonderes« –

Nichts besonderes? Na warte nur!

Er frißt noch immer.

Ich sehe, daß er Pulswärmer trägt, damit er nicht friert.

Und ich muß plötzlich denken, du sollst frieren. Und du sollst auch keinen Hering fressen –

Er wirft einen Blick auf die Glastür und zuckt etwas zusammen. Der Bissen fällt von seiner Gabel. Hat er mich erkannt?

Er sah gleich wieder weg –

Jawohl, er weiß es, wer ich bin – trotz seiner Kurzsichtigkeit.

Jetzt läßt er den Hering stehen –

Ist dir der Appetit vergangen?

Er steht auf von seinem Tisch, doch er bleibt noch im Bierpalast, obwohl er sich nichts mehr kauft. Er kommt und kommt nicht, nur ab und zu blickt er verstohlen nach der Glastür, ob ich noch vorhanden bin.

Ja, ich bin noch draußen und geh nicht hinein.

Ich warte, bis der Herr zu erscheinen geruht –

Denn ich will dich nun unter vier Augen fragen, warum ihr das Fräulein entlassen habt.

Unter vier Augen, denn es besteht die Möglichkeit, daß ich dir eine herunterhau.

Warte nur, dich bring ich schon heraus! –

Ich verlasse die Türe und geh ein paar Schritte nach rechts – jetzt wird er denken, ich bin fort.

Ich drücke mich an die Wand.

Die Tür geht auf, es erscheint aber nur ein Betrunkener.

Er singt vor sich hin und torkelt der Heimat zu. Endlich kommt mein Mann.

Mißtrauisch bleibt er in der Türe stehen und sieht sich um – ja, du weißt es genau, daß es eine Schweinerei gewesen ist –

Er kann mich nicht sehen.

Ich steh im Schatten einer Schaukel.

Plötzlich geht er los – nach links.

Ich geh ihm nach.

Er biegt in eine Seitenstraße – die kenn ich noch nicht.

Es kommen zwei kleine Brücken, hier ist alles Kanal.

Wir sind hinter den Häusern, lauter Magazine –

Jetzt geht er an einem Zaun entlang.

Geh nur zu, ich hol dich schon!

Es weht ein kalter Wind.

»Herr Buchhalter!« rufe ich. »Einen Moment!«

Er sieht sich um, erblickt mich und erschrickt –

Er beginnt noch rascher zu werden.

Nun bin ich schon dicht hinter ihm.

»Sie gehen schnell«, sage ich, »aber ich kann auch schnell gehen« –

Mit zwei Schritten steh ich vor ihm und versperr ihm den Weg.

Jetzt muß er halten.

»Was wollen Sie denn von mir?« fragt er und sieht sich nach einem Menschen um. Doch es kommt niemand mehr, es bleiben nur wir zwei.

»Ich möcht Sie etwas fragen, was die Firma betrifft« –

»Kommen Sie morgen ins Bureau«, fällt er mir ins Wort und versucht krampfhaft sicher zu scheinen.

»Morgen?« grinse ich. »Wer weiß, ob ich morgen noch leb!«

»Das wollen wir doch nicht hoffen«, sagt er und lächelt ängstlich.

»Hören Sie«, sage ich streng, »es dreht sich um das Fräulein aus dem verwunschenen Schloß. Sie sagten mir heut nachmittag, das Fräulein sei seinerzeit krank geworden« –

»Leider, leider« –

»Sie wußten es, was ihr gefehlt hat?«

Er starrt mich einen Augenblick an, dann fährt er sich mit der Hand über die Augen und blickt zum Himmel empor – suchst du dort Hilfe? Such nur, jetzt gehörst du mir!

Plötzlich gibt er sich einen Ruck und erkundigt sich kleinlaut: »Verzeihen Sie – sind Sie tatsächlich der Herr Papa?«

»Nein.«

»Nein?« fragt er gedehnt und mustert mich.

Er wird frech.

»Was geht denn dann Sie jenes Fräulein an?«

»Es geht mich was an und Schluß!«

»Lassen Sie mich weiter!«

»Noch nicht! Sie finden es also in Ordnung, daß jenes Fräulein entlassen wurde?«

»Ich weiß nicht, was Sie von mir wollen« –

»Antwort will ich haben!«

»Bitte – bitte! Da das Fräulein Anna ihren Dienst nicht mehr korrekt bewältigen konnte, mußten wir sie natürlich abbauen. Vergessen Sie doch nicht, wir sind eine große Firma und tragen also auch eine große Verantwortung« –

»Für wen?«

»Wir haben für rund 240 Personen zu sorgen, Angestellte, Artisten und dergleichen – in einem solchen Zusammenhang kann es niemand von uns verlangen, daß wir uns um jeden einzelnen kümmern« –

»Warum nicht?«

»Weil der einzelne keine Rolle mehr spielt.«

Ich starre ihn an.

Keine Rolle?

Das hab ich doch auch mal einst gesagt –

Wie dumm, wie dumm!

»Wir müssen rentabel bleiben«, redet er weiter, »auch der geschäftliche Konkurrenzkampf ist nur ein Krieg, mein Herr, und ein Krieg läßt sich bekanntlich mit Glacéhandschuhen nicht gewinnen, das sollten Sie eigentlich schon wissen« –

Mit Glacéhandschuhen? Das waren doch meine Worte –

Als der Hauptmann schrie, ein Soldat sei kein Verbrecher.

Der Buchhalter schaut mich einen Augenblick höhnisch an und kichert. Oder schiens mir nur so?

Dann redet er weiter sein Zeug und ich höre mich, ich höre mich –

All die hohlen Sprüche und Phrasen, unverschämt und überheblich, nachgeplappert, nachgebetet –

Es wird mir übel vor mir selbst.

Mich ekelts vor meinem Schatten der Vergangenheit – Ja, der Hauptmann hatte recht!

Ich haßte das bequeme Leben und schwärmte für das unbequeme –

Was war ich für ein Lügner!

Jawohl, ein feiger Lügner – denn wie bequem ist es doch, seine Untaten mit dem Vaterland zu verhüllen, als wär das ein weißer Mantel der Unschuld!

Als blieb eine Untat kein Verbrechen, ob im Dienste des Vaterlandes oder irgendeiner anderen Firma –

Verbrechen bleibt Verbrechen und vor einem gerechten Richter zerfällt jede Firma zu nichts.

Für das Gute und für das Böse, da hat sich nur der einzelne zu verantworten und keinerlei Vaterland zwischen Himmel und Hölle.

Was war doch mein heißgeliebtes unbequemes Dasein für ein verlogener bequemer Morast!

Ich stand in Reih und Glied und es kam mir nicht darauf an, ob meine Schwester sitzt oder nicht.

Pfui Teufel, was war ich für ein Vieh!

Nein, ich war kein Mensch!

Wenn ich mir heute begegnen würde, so wie ich damals gewesen bin, ich glaube, ich könnte mich selber erschlagen –

Und dieses kurzsichtige Luder vor mir, jetzt sagt er sogar: »Der Krieg ist der Vater aller Dinge« –

»Ruhe!« unterbreche ich ihn schroff. »Wissen Sie denn, was mit dem Fräulein geschah?«

»Keine Ahnung!«

»Sie wurde eingesperrt.«

»Eingesperrt? Warum?«

»Zu guter Letzt, weil sie ihre Stellung verloren hat« –

»Das tut mir leid.«

Leid?

Er sagt es, aber es scheint ihm doch Spaß zu machen, daß sie leiden muß, denn er schaut gar so zufrieden und gesichert drein – als hätt er mich ganz vergessen.

Aber ich bin noch da und lasse dich nicht aus den Augen.

Jetzt zuckt er die Schultern.

»Lieber Herr, es bleibt dabei: auf den einzelnen Menschen kommts leider nicht an« –

Er lächelt und ich muß denken: du bist eine Kreatur, eine verlogene Kreatur –

Mich wunderts, daß ich so ruhig bin.

»Sie sind ein Hund«, sage ich.

Er glotzt mich an, als hätt er falsch verstanden, aber dann braust er auf: »Erlauben Sie« –

»Ich erlaub Ihnen gar nichts, denn Sie sind ein Hund, jawohl, ein blöder Hund, der nicht denkt, daß er eines schönen Tages genauso seine Stellung verlieren könnt wie jenes Fräulein, weil es ja auf den einzelnen ›leider‹ nicht ankommt!«

Er mustert mich gehässig.

»Junger Mann«, sagt er, »vergleichen Sie mich nicht mit irgendeiner erstbesten Angestellten. Ich bin der Oberbuchhalter und bereits seit sechsunddreißig Jahren bei derselben Firma« –

»Deshalb sind Sie auch nicht mehr!«

»Oho, junger Mann!«

Jetzt grinst er höhnisch.

»Und außerdem vergessen Sie, daß ich nicht in der Lage wär, in gesegnete Umstände zu geraten« –

Er kichert und es wird mir rot vor den Augen.

Ich pack ihn an seinem Kragen und schlag ihm die Faust ins Gesicht – seine Brille fällt zu Boden.

»Sie schlagen mich?!« brüllt er. »Sie schlagen einen alten Mann?! Hilfe! Hilfe!«

Ich stürz mich auf ihn und halt ihm den Mund zu, er krallt sich in meinen Mantel und ich versetz ihm noch ein paar Hiebe –

Er torkelt.

Auf einmal erblick ich den Kanal.

War denn der immer schon da?

Er beißt mir in die Hand.

Wart, du Schuft! Weg mit dir!

In den Kanal, in den Kanal –

Weg! – – –

Ich schau mich nicht mehr um.

Der Wind weht und der Schnee tanzt – ich ging in die Stadt Paris.

Seine Brille, die hob ich auf und warf sie ihm nach. Damit er den Schlamm besser sieht.

Jetzt wird ers ja schon gesehen haben, ob ein einzelner keine Rolle spielt.

Es geht mir ganz gut.

Denn jeder, der da sagt, auf den einzelnen kommt es nicht an, der gehört weg.

Der Schneemann

Zwei Tage sind vorbei und heut bin ich wieder der alte.

Gestern und vorgestern war ich nämlich schon sehr unruhig vor lauter Unsicherheit, ob es nämlich aufkommt oder nicht, daß ich es gewesen bin. Ich fing sogar schon wieder an, mit dem lieben Gott zu reden.

Man muß ihm etwas geben, erinnerte ich mich dunkel, irgend etwas, und wärs das kleinste, er ist für alles dankbar –

Als wär er ein Bettler.

Schenk ihm etwas –

Schenk dem ersten Bettler, der dir begegnet, schenk ihm fünf Taler –

Doch halt! Du hast ja nur noch einen.

Aber auch ein Taler ist viel Geld und er wird für dich immer mehr.

Schenk alles dem ersten Bettler, damit es nicht ans Licht kommt!

So ging ich ruhelos durch die Stadt, aber ich traf nirgends einen Bettler, als hätte sie alle die Hölle verschluckt, die Herrschaften wollten anscheinend nichts mehr von mir wissen –

Und das war auch sehr gut so, denn im heutigen Morgenblatt steht endlich eine kurze Notiz, daß ein Buchhalter auf dem Heimweg tödlich verunglückt ist. Infolge seiner starken Kurzsichtigkeit scheint er in der herrschenden Finsternis auf dem vereisten Gehsteig ausgeglitten und in den Kanal gestürzt zu sein. Er hinterläßt eine trauernde Witwe, einen verheirateten Sohn und zwei ledige Töchter.

Ja, es kommt nicht auf.

Es gibt doch noch eine höhere Gerechtigkeit.

Und das Morgenblatt fragt die zuständige Behörde: wann kommt endlich das Geländer am Kanal?

Ja, wann?

Jetzt ist es Nachmittag – vor zwei Tagen um diese Zeit war es noch hell.

Über Nacht ist es Winter geworden und die Eisblumen blühen im Fenster.

Ich sitze im Zimmer meines Vaters und habe gerade einen Brief geschrieben, einen Brief an das Fräulein, das mein Schwesterlein geworden war.

»Wertes Fräulein«, hab ich geschrieben, »Sie werden sich wahrscheinlich nicht mehr an mich erinnern, aber ich wollt Ihnen immer schon schreiben. Ich war Soldat und war einst gerne Soldat. Zwar kenn ich Sie nur vom Sehen aus, aber ich hab oft an Sie gedacht und hab Sie auch überall gesucht. Heut kenne ich Ihr trauriges Unglück und vertrauen Sie mir, daß ich Sie nicht vergessen werde und Ihnen immer nach besten Kräften helfen will, denn ich liebe die Gerechtigkeit« –

Ich klebe den Brief zu und geh hinab auf die Straße, um ihn aufzugeben.

Seit gestern ist es bitterkalt.

Die Luft verdämmert dunkelblau – ja, jetzt regiert das Eis.

Und da ich den Brief in den Kasten warf, hielt ich nichts mehr in der Hand. Die Hand gehört zu meinem Arm und den werd ich wohl nie verschmerzen, solang ich noch zu leben hab.

Der wird mir keine Ruhe geben –

Wer weiß, ob sie meinen Brief bekommt.

Wer weiß, ob sie antworten wird.

Sie darf es ja nie erfahren, was ich ihretwegen schon alles tat.

Denn das wär zu gefährlich für mich.

Weiber schwätzen immer –

Und was hat sie denn auch davon, daß die Behörde noch immer kein Geländer gebaut hat?

Egal!

Ob es ihr nützt oder nicht: es kümmert mich nicht, was werden soll, es kümmert mich nur, was nicht sein darf.

Es darf nicht sein, daß der einzelne keine Rolle spielt, und wärs auch nur ein letztes Fräulein.

Und jeder, der das Gegenteil behauptet, der gehört ausradiert – mit Haut und Haar!

Was hinterher kommt, das steckt noch im Nebel der Zukunft.

Jetzt ist er fort, mein Brief. –

So geh ich die Straßen entlang.

Langsam oder schnell, es wird mir nicht klar und ich

versuche alles in mir zu ordnen, aber so sehr ich mich auch anstreng, immer wieder muß ich von vorne beginnen und plötzlich fühl ich mich ganz verlassen, als wär das Herz hinaus aus mir – vielleicht auf Nimmerwiedersehen.

Einst dachte ich, mit dem Haß werden wir weiterkommen.

Da marschiert ich in Reih und Glied –

Wie dumm ich war, wie dumm ich war!

Denn wenn auch immer einer neben dir marschiert, rechts und links, Tag und Nacht, so bleibst du doch immer ein einsamer Gletscher.

Und die Berge, sie wachsen Tag und Nacht, aber du, du gehst zurück.

Du ziehst dich in dich hinein und hockst in dir drinnen wie eine alte Eule.

Am Tag bist du blind und in der Nacht fängst du nichts.

Denn wo du umherfliegst, hört das Leben auf.

Verhunger oder friß dich selbst! –

Ich halte und schau mich um.

Wohin geh ich da eigentlich?

Du bist schon so weit von zu Haus –

Kehr um!

Du bist ja bereits so müde geworden – natürlich–natürlich, kein Wunder! Das ist nur das Resultat dieser beiden letzten Tage und besonders der Nächte, die möcht ich nicht noch einmal haben, es strengt nämlich an, wenn man sich fürchtet.

Unwillkürlich muß ich lächeln.

Jetzt ist ja alles in Ordnung!

Er ist auf dem vereisten Gehsteig ausgeglitten usw., usw.

Geh nur zu –

Bleib noch etwas an der Luft, damit du besser schlafen kannst.

Ich kehre nicht um, und die Häuser werden weniger.

Rechts beginnt ein eiserner Zaun und hinter ihm stehen viele weiße Bäume und Sträucher, groß und klein –
Aha, ein Park.
Es ist niemand zu sehen und ich atme tief.
Es riecht nach Schnee.
Hier ist es wirklich schön.
Ein hohes Tor taucht vor mir auf und auf dem Tor hängt eine Tafel: »Geöffnet von 8 Uhr früh bis zum Einbruch der Dunkelheit.«
Es ist zwar schon dunkel geworden, aber das Tor ist noch offen – komm, tritt ein!
Die silbernen Sternlein funkeln so klar, als wär der Himmel schwarzer Samt. Aber im Osten hängt eine Wolkenwand, ein ganzes Wolkengebirge – jaja, es wird wieder schneien in der Nacht.
Und wie ich so durch den Park geh, wirds mir ganz eigen zumut, denn wenn mich nicht alles täuscht, muß nach der nächsten Ecke ein Kinderspielplatz kommen – richtig, da kommt er auch schon, mein Platz!
Hier hast du ja mal im Sand gespielt, erinner dich nur! Hast Burgen gebaut und eine Stadt – wo blieb die Burg, wo blieb die Stadt? Der Sand ist verschneit.
Vorbei, vorbei!
Es kommt eine neue Zeit.
Ich setze mich auf eine Bank und schließe die Augen.
Wie still die Welt werden kann –
Und wie lautlos manches geht und kommt.
Zum Beispiel die Erinnerung –
Auch aus den fernsten Winkeln.
In den Bäumen tickt eine Uhr – schlaf nur nicht ein!
Ich gähne und gähne, als käm eine große Nacht. Ja, es wird Zeit, daß du umkehrst, sonst schließt man noch das Tor.
Ich schrecke zusammen – was dachtest du da? Was war das für ein komischer Satz?

Der hatte doch gar keinen Sinn? – –

Jetzt kommt der Schnee.

Der Wind treibt ihn mir ins Gesicht – es juckt und zwickt, als wärens lauter Ameisen.

Sie kriechen und bauen.

Es wird immer schärfer und kälter.

Und auf einmal, da find ich ihn wieder, meinen Satz, diesen komischen Satz von vorhin – jetzt kann ich ihn sogar auswendig:

Am Anfang einer jeden neuen Zeit stehen in der lautlosen Finsternis die Engel mit den erloschenen Augen und den feurigen Schwertern. Ob die Frau meines Hauptmanns den Brief zerriß?

Oder ob ihn einst jemand finden wird?

Andere Menschen – –

Geh heim, sonst schließt man noch dein Tor!

Laß nur, laß! Jetzt schlafen auch schon die Ameisen und die Kälte wird wärmer werden –

Es schneit, es schneit – wie in einem Märchenbuch.

Wo bin ich denn schon?

Das Zimmer ist dunkel, ich sitz auf dem Boden.

Die Fenster sind hoch, ich kann nur hinausschauen, wenn mich wer hebt.

Jaja, nach einem Krieg gibts oft keine Kohlen –

Ich werde den lieben Gott fragen, warum es Kriege geben muß.

»Es ist kalt«, das bleibt meine erste Erinnerung – – –

Die Nacht vergeht, langsam kommt wieder ein Tag.

Ich bin voll Schnee und rühre mich nicht.

Es kommt eine junge Frau mit einem kleinen Kind.

Das Kind erblickt mich zuerst, klatscht in die Hände und ruft: »Schau, Mutti! Ein Schneemann!«

Die Mutti schaut zu mir her und ihre Augen werden groß.

Sie starrt mich entsetzt an und kreischt dann: »Um des Himmels willen!« Sie reißt das Kind mit sich weg und ich hör sie schreien: »Hilfe! Hilfe!«

Jetzt kommen die beiden wieder zurück, und noch einer ist dabei: ein Polizist.

Er bückt sich zu mir nieder und betrachtet mich aufmerksam. »Ja«, meint er, »der ist allerdings erfroren. Damit ists vorbei« –

Die Mutter wagt nicht mehr herzuschauen, aber das Kind kann sich kaum von mir trennen. Immer wieder dreht es sich um und schaut mich mit seinen runden Augen neugierig an.

Schau nur, schau!

Es sitzt ein Schneemann auf der Bank, er ist ein Soldat.

Und du, du wirst größer werden und wirst den Soldaten nicht vergessen.

Oder?

Vergiß ihn nicht, vergiß ihn nicht!

Denn er gab seinen Arm für einen Dreck.

Und wenn du ganz groß sein wirst, dann wirds vielleicht andere Tage geben und deine Kinder werden dir sagen: dieser Soldat war ja ein gemeiner Mörder – dann schimpf nicht auch auf mich.

Bedenk es doch: er wußt sich nicht anders zu helfen, er war eben ein Kind seiner Zeit.

Vorarbeiten und Varianten

Es war einmal ein Soldat. Er war ein Kind seiner Zeit.

Name: Peter XY.

Geboren: 7. XI. 1915.

Geburtsort: die Haupt- und Residenzstadt.

Zuständigkeitsort: ein Dorf.

Ständiger Wohnsitz: ohne.

Beruf: Kellner.

Name des Vaters: Peter XY.

Beruf des Vaters: Oberkellner.

Name der Mutter: Karoline XY, geborene Z.

Wohnsitz der Eltern: Vater gefallen in Galizien Mai 1916.
Mutter gestorben an der Grippe Herbst 1919.

Statur: mittelgroß, schlank.

Haare: dunkelblond.

Augen: braun.

Mund: regelmäßig.

Nase: regelmäßig.

Besondere Kennzeichen: keine.

Bemerkungen: Kriegerwaise. Vorbestraft wegen Bettelns.

Etwas außerhalb des Städtchens, wenn man zur Mühle geht, zum Müller-Restaurant, liegt das Waisenhaus in einem idyllischen Park. Die dunklen, alten Bäume wachsen dort. Eine Allee. Man geht zum Friedhof. Die Frau von Skadletzky erinnert sich noch genau. Es ist sozusagen ihre erste Erinnerung. Sie hieß damals noch Fräulein Marianne von Klausewitz, und sie geht mit ihrem Kinderfräulein spazieren. Sie sitzt in dem Wagen und da sieht sie plötzlich einen großen Hof mit vielen Kindern, alle gleich angezogen. »Es sind Waisenkinder«, sagt das Kinderfräulein, »sie haben weder Vater, noch Mutter!« Und die kleine Marianne sieht sie und sie tun ihr so leid. Sie sehen sie und schauen hin. Sie gingen zwei und zwei. Und der sechste von hinten, das war der Peter XY. Er hat die Kleine vergessen, aber das Fräulein nie die Kinder. Sie hat sehr reich geheiratet und wenn sie ihren Mann betrügt, denkt sie an die Waisenkinder. »Recht geschiehts ihm!« sagt sie.

Es war einmal ein Soldat. Er war ein Kind seiner Zeit. Es gibt gute Zeiten und fette Jahre, aber als unser Soldat geboren wurde, waren die Jahre mager und die Zeiten bös. Es war nämlich Krieg.

Er lag in der Wiege und die Mutter sang: »Flieg Maikäfer, flieg, Vater ist im Krieg ––«
Und die Maikäfer flogen um den Apfelbaum und der Vater blieb im Krieg. Da weinte die Mutter die ganze Nacht und hat nie mehr gesungen.
Die Wiesen blühten und die Mutter wurd immer stiller.
Der Sommer kam und im Herbst war der Krieg zu Ende. Die einen siegten, die anderen verloren. Aber der Mutter war das gleichgültig, denn sie hatte ihren Mann verloren. Sie bekam eine kleine Rente, aber die Rente war zu niedrig, von ihr konnte sie nicht leben. Und ihre Arbeit hatte sie auch verloren, denn nun kamen die Männer zurück und nahmen die Stellen der Frauen ein. Da ging sie ins Wasser. Ihr Name stand in der Zeitung unter der Rubrik »Die Lebensmüden des Tages«. Ja, sie war sehr müde. Es war nur eine kleine Notiz.
Sie wollte das Kind mitnehmen, aber da saß der Schutzengel an der Wiege und sagte: »Tu es nicht!« Und die Mutter fragte: »Wirst du denn mein Kind beschützen?« Und da lächelte der Engel: »Wenn mir alle so folgen, wie du, dann ja ––«
Die Mutter begriff es nicht, was der Engel sagte, aber sie folgte ihm. Sie ließ das Kind zurück.
Heut sinds zirka zwanzig Jahre her.
Ja, unser Soldat ist ein sogenanntes Kriegskind.
Aber er kann sich an den Krieg nicht mehr erinnern.
Wenn der Soldat heute nachdenkt, an was er sich als erstes in seinem Leben erinnern kann, dann sieht er sich in einem großen Raume auf dem Boden sitzen. Der Boden besteht

aus Brettern und er fährt mit dem Finger die Striche
entlang. Er weiß nicht, was er tut. Er weiß nur, die Fenster
sind hoch, sehr hoch, überhaupt ist alles so hoch, als wär
droben der Himmel, als wäre der Plafond der Himmel.
Noch ist alles so groß, was die Menschen gebaut haben.
Warte nur, es wird schon kleiner! Und er weiß, daß wenn
er groß sein wird, daß wenn er bei den Fenstern hinausschauen könnt, dann läg draußen die große Welt. Wie ein
böser Hund. Oder ein braves Pferd.
Aber das weiß er alles nicht so genau.
Er weiß nur, daß er fror, wie er so auf dem Boden saß.
Und das stimmte auch. Denn in dem Waisenhaus, wo er
heranwuchs, wurde oft nicht geheizt. Nicht, als wollte
man sparen, nein – man hatte keine Kohlen. Denn nach
dem Krieg gibts oft keine Kohlen. Keine Waggons und
die Arbeiter streikten. Und es wurde um die Gruben gekämpft. Denn die Arbeiter meinten, nur durch einen
Krieg könnte es dahin kommen, daß es keinen Krieg
mehr gibt.
Aber an die Kohlen, die es nicht gab, erinnert er sich nicht
mehr.
Heut weiß er nur, daß er fror.
Es ist kalt, das ist seine erste Erinnerung.

Und dann kommen viele Erinnerungen. Es wurde Frühling, die Sonne wurde immer wärmer. Und sie durften in
den Garten. Eine brave Frau, er weiß nicht, wie sie aussah,
er hört nur manchmal ihre Stimme noch, sagt ihm, das
darfst du tun, das mußt du tun und das darfst du nicht tun,
ein artiges Kind. Er erinnert sich an einen verschütteten
Teller, an ein Hündchen, das er am Schwanz reißt und das
schreit. Und dann hustet er und ein Arzt kommt und er
sagt Aah! Es waren die ersten Hände eines Mannes, sie
rochen nach Seife. Und dann spielt er im Garten.

Sie spielen mit Sand und haben einen grauen Ball. Und da kommt plötzlich ein bunter herrlicher Ball hereingeflogen. Woher kam er?

Sie blicken in den Himmel und staunen über den Ball.

Sie haben sowas schönes noch nie gesehen.

Da hören sie ein Kind weinen, jenseits der Mauer. Sie laufen zum Gitter. Da steht ein Fräulein und hat ein kleines Mädchen im Arm.

»Sieh, die armen Kinder!« sagt das Fräulein. Und sie reichen ihr den Ball durch das Gitter. »Sag danke!« »Tante!« sagt das Mädel und dann gehen sie weg.

Sie war ganz in Weiß gekleidet, in einen feinen Stoff mit einem roten Schal und roten Schühchen. Sie ist noch schöner, wie der Ball.

Wer war das? denken die Kinder. Wir sind grau.

Ja, sie wußten es noch nicht damals, wer das war.

Es war der Reichtum. Das Geld.

Eines Tages kommt der Kellner mit der Frau, die ihn abholen.

Er spielte gerade im Sand. Er war der Dreckigste. Mit Begeisterung spielte er. »Den nehm ich«, sagte der Kellner.

Es war ein kinderloses Ehepaar. Er bekam viele Geschenke und Spielsachen. Aber er weinte nach seinen Kameraden. Er hatte Sehnsucht nach dem Waisenhaus.

Eines Tages hörte er, wie die Frau sagt: »Tu mir nicht weh!« Er stand im Gitterbett, es wurde Licht gemacht. Sie lagen nebeneinander. Dann schlief er ein und träumte von einem Engel, der sagt: »Tu mir nicht weh!«

Am nächsten Tage bekam er eine Kammer nebenan wurde

sein Bett gestellt. Er schlief das erste Mal in seinem Leben allein. Er hatte Angst vor dem Zimmer und klopfte nebenan. Er darf bei den Eltern schlafen, es ist schön.

Die Zeit verging, er lernte lesen und schreiben. Und lernte den lieben Gott kennen. Die Kirche. Er fragte die Eltern, warum geht ihr nicht in die Kirche? Wir gehen schon, sagt die Mutter. Und der Vater: das ist nur was für Kinder, Erwachsene brauchen das nicht.

Er erzählt das in der Schule dem Katecheten. Der geht zum Kellner. Der Kellner sagt, er hört ihn: seit dem Krieg kenne ich keine Kirche mehr. Warum seit dem Krieg?

Die schlechte Zeit.
Die Eltern nebenan. Er: Ich wollt ihn nicht. Sie: Ja, es war ein Blödsinn. Jetzt seh ichs ein. – Aha, sie wollen ihn nicht. Und zum ersten Mal trauerte er, wer will ihn denn? Wer sind seine Eltern?

Es war einmal ein Soldat. Er war ein Kind seiner Zeit.
Er kannte seine Eltern nicht, ja, er wußte es gar nicht genau, wann er eigentlich geboren worden war, er war nämlich ein Findelkind. Er wußte nur, wann er gefunden worden war. Das ist noch im Weltkrieg geschehen, aber schon ganz am Schluß, wo die Landkarten bereits begannen, sich zu verändern, neue Linien, neue Farben – kurz: wo sich die alten Berge und Felsen neue Kleider anzogen, wo die einen bereits wußten, wir haben gewonnen, und die anderen wußten, wir Sieger sind besiegt. Da gingen die Besiegten nach Haus, verjagten ihre Könige und die Sieger jubelten den ihren zu. Es hätt auch umgekehrt kommen können, aber das wär nicht wahrscheinlich gewesen.
Eine Bäuerin fand ihn vor ihrer Türe. Er lag in einer alten Decke und ein Zettel lag auf ihm: »Der liebe Gott beschütze Dich!« Das war alles. Der Schnee fiel lautlos in großen Flocken und man konnte nicht sehen, wer ihn dahingelegt hatte. Es waren alle Spuren verweht.
Nur eine Spur war zu erkennen, er war ein Kind armer Leut.
Es gibt gute Zeiten und fette Jahre, aber als unser Soldat geboren wurde, waren die Jahre mager und die Zeiten bös.
Heute sinds schon zwanzig Jahre her.
Jaja, unser Soldat ist ein sogenanntes Kriegskind. Er kann sich an den Krieg nicht mehr erinnern.
Der Onkel, bei dem er aufwuchs, war ein eingefleischter Junggeselle. Er liebte die kleinen Kinder und konnte die Weiber nicht ausstehen. Auch er ist im Kriege gewesen, aber er hatte unwahrscheinliches Glück. Dreimal wurde er verschüttet, zweimal verwundet, aber man merkts ihm kaum an. Nur manchmal zuckt er ein bißchen.
Wegen dieses Zuckens gabs schon viel Krach, besonders als unser Soldat seinerzeit in die Flegeljahre gekommen

war. Da mußte er nämlich immer lachen, wenn der Onkel zuckte, und wenn er lachte, bekam er eine Ohrfeige und dann weinte er, und dann hörte der Onkel auf zu zucken. Aber einmal weinte er nicht und darüber regte sich der Onkel so auf, daß er ganz furchtbar zu zucken begann. Man mußte den Arzt rufen und der Soldat kam aus dem Haus. Von dieser Zeit ab wollte der Onkel nichts mehr von ihm wissen.

Er kam in die Lehre. Zu einem braven Buchdrucker.

Ob der Onkel ein Sonderling war? Wer weiß!

Der Soldat

Ich bin Soldat. Und ich bin gerne Soldat.

Wenn morgens der Reif auf den Feldern liegt oder wenn abends die Nebel aus den Wäldern kommen, Frühling und Herbst, Sommer und Winter, ob es regnet oder schneit, Tag und Nacht – – immer wieder freut es mich, in Reih und Glied marschieren zu dürfen.

Links und rechts, links und rechts.

Es ist immer einer neben dir und du bist nie allein.

Links und rechts.

Auch wenn du allein auf Wache stehst, auch dann bist du nicht allein, denn du mußt die anderen [be]wachen und du bist nicht allein, wenn du weißt, wofür du lebst.

Ich bin so glücklich, daß ich Soldat bin!

Ich bin es erst seit einem halben Jahre, aber ich habe schon einen Stern. Und ein kleines silbernes Bändchen. Ich bin schon etwas mehr, wie die anderen.

Denn ich bin der beste Schütze meines Zuges. Ich hab die sicherste Hand und das schärfste Auge.

Oh, wie bin ich glücklich, daß ich Soldat bin! Jetzt hat mein Leben plötzlich wieder Sinn! Ich war ja schon ganz verzweifelt, was ich mit meinem Leben beginnen sollte. Am liebsten wär ich ein Bauer geworden, aber dazu braucht man Geld und da ich kein Geld habe, blieb mir doch nichts anderes übrig, als in einem Büro zu sitzen und das wäre doch eine ewige Sklaverei. Nein, nur beim Militär bin ich frei, nur hier habe ich eine Zukunft! Und außerdem ist Militär etwas ähnliches wie Sport – – und ich gebe gerne meinen letzten Tropfen Blut hin fürs Vaterland!

Denn ich liebe mein Vaterland und besonders jetzt, da es stark wieder ist und seine Ehre wieder hat.

Es war eine Zeit, da liebte ich mein Vaterland nicht. Es

wurde von vaterlandslosen Gesellen regiert und beherrscht, aber jetzt ist es wieder stark und mächtig – – ich glaube, ich hatte damals gar kein Vaterland.

Aber jetzt ja! Jetzt soll mein Vaterland wieder mächtig werden und stark! Ein leuchtendes Vorbild, es soll auch die Welt beherrschen.

Wir müssen rüsten. Hier beim Militär habe ich eine Zukunft. Denn es gibt sicher bald einen Krieg, wieder einen Weltkrieg und den werden wir gewinnen und dann werden wir diktieren! Den Frieden!

Der Führer spricht zwar immer vom Frieden, aber wir zwinkern uns nur zu. Der Führer ist ein schlauer, kluger Mann, er wird schon die anderen hereinlegen. Sie sollens nur glauben, daß wir den Frieden wollen, sie sollen nur – – wir schlagen dann plötzlich los! Blitzartig!

Es ist schon alles vorbereitet.

Was wissen auch die Anderen schon?! Nichts! Sie wissen gar nicht, wieviel wir sind. Denn wir haben keine Kasernen mehr, wir liegen in Baracken im Wald. Niemand weiß, wo – –

Es darf niemand in die Nähe.

Auch die Flugplätze liegen unter der Erde. Kein feindlicher Flieger wird sie finden. Dort liegen die Flugzeuge, die schweren Bomber auch. Und täglich gibts neue Erfindungen.

Es darf niemand in die Nähe.

Wer es verrät, darüber spricht, der wird erschossen. Und dem geschieht recht. Denn das ist Landesverrat.

Ja, wir sprechen von dem Frieden – – aber das ist alles Quatsch.

Gewalt geht vor Recht!

Wir sind eine harte Generation, wir lassen uns nichts vormachen!

Mein Vater sagt immer: »Hoffentlich kommt kein Krieg mehr« – –

Unsinn!

Hoffentlich ja!

Und ich sage ihm: glaubst du denn nicht, daß all die Bürohocker begeistert mitzögen, wegen der Frau loswerden und so, alle Möglichkeiten – –

Er sagt: Ja, die sich nicht mehr erinnern können!

Ich sage: Die sich erinnern können, die zählen eh nicht mehr, die sind ja alle schon alt! Tröste dich, du kommst nicht mehr dran und wegen mir mußt du dir keine Sorgen machen!

Er sagt: Du bist noch naß hinter den Ohren!

Ich bin am 5. November 1915 geboren.

Ich bin ein Kriegskind. Aber ich kann mich an den Weltkrieg nicht mehr erinnern.

Ich bin Soldat.

Und ich bin gerne Soldat.

Wenn morgens der Reif auf den Feldern liegt und wenn abends die Nebel aus den Wäldern kommen, Frühling und Herbst, Sommer und Winter, ob es regnet oder schneit, Tag und Nacht – – immer wieder freut es mich, in Reih und Glied zu stehen.

Jetzt hat mein Leben plötzlich wieder Sinn! Ich war ja schon ganz verzweifelt, was ich mit meinem Leben beginnen sollte. Die Welt war so aussichtslos geworden, so ganz ohne Zukunft, und die Zukunft so tot. Ich hätt es zwar schon gewußt, was ich hätt werden wollen, aber dazu hätt ich Geld gebraucht, ein Anfangskapital – – nicht viel, nur wenig, aber immerhin Geld und dann hätt ich mir schon eingerichtet, mein Leben. Am liebsten wär ich Bauer geworden oder Verwalter auf einem Gut. Ich bin zwar in der Großstadt geboren, aber die Stadt gefällt mir nicht, und ich liebe das Land. Ich weiß zwar nicht, ob ichs am Land immer ausgehalten hätte, so ohne Kino, ohne Café, aber ich hatte halt die Sehnsucht darnach, denn in der Stadt ohne Geld ist es dreifach schwer. Und dann hat ein junger Mensch meiner Generation gar keine Aussicht, etwas werden zu können, er findet ja gar keinen Posten, so ist es mir gegangen. Ich habe die Buchdruckerei erlernt, und wie ich fertig war, stand ich da. Und es war keine Aussicht, etwas zu bekommen, und auch keine, daß es [anders] besser wird. Es gibt immer weniger Zeitungen, es wird immer weniger gelesen, das macht der Sport. Die Leut treiben Sport, statt zu lesen, das ist nun mal unsere Welt. Ich kann es begreifen, daß man nichts liest. Es ist fad und geht einen nichts an. Wenn in einem Roman drin stehen würde, wo du einen Posten bekommst, dann würd jeder lesen, aber es stehen nur so fade Liebesgeschichten drin oder Expeditionen, in ferne Länder, wo du dann vor Sehnsucht vergehst. Aber selbst, wenn man eine Stelle hätte, was wäre dann? Es wär Tag für Tag das gleiche, immer im Büro sitzen, und du weißt schon, was du verdienst, wenn du siebzig wirst. Vorausgesetzt, daß das Büro nicht pleite geht. Nein, das ist alles keine Zukunft! Da schlaft man ein bei seinem eigenen Leben! Das kann alles nur durch etwas Großes anders werden, durch ein großes Ereignis. Zum Beispiel durch einen Krieg.

Erst unlängst sagte der Hauptmann: »Der Krieg ist der Vater aller Dinge.« Und er hat recht. Natürlich im übertragenen Sinn.

Mein Vater hat nämlich gar nicht recht, wenn er auf den Krieg schimpft, nur weil er im Weltkrieg in Kriegsgefangenschaft geraten ist. Früher, wie ich noch bei meinem Vater gewohnt hab, da haben wir uns oft gestritten. Er sagte immer: »Hoffentlich gibts keinen Krieg mehr!« Unsinn! Hoffentlich gibts bald einen! Kriege wirds immer geben, mein Vater ist ein leibhaftiger Pazifist und wenn er nicht mein Vater wär, dann hätt ich ihn schon ein paar Mal angezeigt, weil er gar so schimpft über die Generäle. Ich habs ihm auch mal gesagt, daß ich ihn anzeigen werd, aber da ist er sehr bös geworden. »Zeig mich nur an!« schrie er. »Was redest denn du übern Krieg?! Du kannst dich doch an den Weltkrieg gar nicht mehr erinnern!« »Tröste dich nur«, sagte ich, »die, die sich erinnern können, die zählen eh nicht mehr, die sind ja schon alle zu alt! Hab nur keine Angst, du kommst eh nimmer dran!« »Eine Frechheit!« plärrte mein Vater. »Das wagst du mir? Ich hätt Angst, wo ich drei Mal verwundet worden bin, ein Mal verschüttet, zwei Jahr in der Gefangenschaft?! Du gemeiner Schuft, liderlicher!« Er wollte mir eine herunter hauen, aber ich bin rasch weg, denn ich hab mich nicht hauen lassen. Das war vor drei Jahren, damals war ich siebzehn. Ich hab ihn noch im Treppenhaus schreien gehört, er hat einen Stuhl zur Erde gehaut, das tut er immer, wenn er wütend ist. Ich warte schon darauf, bis der Stuhl kommt. Dann schwellen ihm die Adern an und er brüllt. Dann geh ich fort. Ich mag ihn nicht. Er gehört zu der Generation, die unser Land, ja die ganze Welt ins Unglück gebracht haben. Wie er jung war, hat er genug Stellungen gehabt. Er hat auch Aussichten gehabt, aber wir, das heißt: ich? Nichts. Keine Aussicht, ich kann auch in kein Land. Alles hat diese Generation verpatzt. Es war noch zu wenig für ihn, diese Kriegsgefangenschaft. Sie hätten noch ein bisserl behalten sollen. Nein, ich mag meinen Herrn Papa nicht! Ich kann ja in kein anderes Land, überall Not und Arbeitsbewilligung! Und das ist ja schlimmer als der Krieg. Im Krieg hättest du wenigstens Aussichten, da ist alles unvorhergesehen, es stimmt schon: »im Felde, da ist der Mann noch was wert«. Aber diese Generation ist verschwommenen, blöden Idealen nachgehängt, sie haben die Welt ruiniert, und habens nicht erfaßt, daß man nicht denken, sondern handeln muß. Und es gibt nur das eigene Nest, ob es mir gut geht, meinem Volk, meinem Vaterland! Was gehen mich die anderen an?! Da gründen sie Vereine für Unterstützung der armen Ausländer, Quatsch! Hoffentlich gibts bald einen Krieg, jawohl: hoffentlich! Da gehe ich gerne mit! Ich schon, ich bin noch jung und will was haben vom meinem Leben! Ich will nicht ein ganzes Leben über in einem Büro sitzen! Ich hasse das bequeme Leben! Ich bin ein Kriegskind, geboren am 5. November 1915, aber ich kann mich an den Weltkrieg nicht mehr erinnern. Ich will auch nicht. Der nächste Krieg wird anders, ganz anders. Das wird ein Vernichtungskrieg, einer wird ausgerottet werden und dieser eine wird nicht wir sein. Garantiert!

»Angetreten!« kommandiert der Vizeleutnant.

Wir treten an. In Reih und Glied. Es klappt alles haargenau. Scharf und scharf. Ich bin ja jetzt auch schon ein halbes Jahr dabei und hab bereits einen Stern. Ich bin Gefreiter geworden. Erstens, weil ich gut schießen kann, zweitens weil ich sehr ausdauernd bin. Außerdem gefalle ich unserem Hauptmann.

Unser Hauptmann ist ein feiner Mensch. Wir lieben ihn alle. Er ist sehr gerecht und ist wie ein Vater, der einem auch etwas gibt. Er schreitet die Front ab und sieht genau nach, er ist sehr für Ordnung, aber wir haben das Gefühl, daß er uns liebt, jeden einzelnen extra. Er schaut nicht nur darnach, ob alle Ausrüstung richtig sitzt, nein, er sieht durch die Ausrüstung durch in unsere Seele. Das fühlen wir alle.

Er lächelt selten, aber lachen hat ihn noch keiner gesehen. Er hat manchmal traurige Augen. Aber dann kann er auch wieder ganz scharf schauen. Und streng. Man kann ihm nichts vormachen. So wollen wir auch mal werden. Wir alle.

Da ist unser Oberleutnant ein ganz anderes Kaliber. Er ist zwar auch gerecht, aber kann leicht jähzornig werden oder vielleicht ist er auch nur nervös. Er ist nämlich sehr überarbeitet, weil er in den Generalstab hineinmöcht und da lernt er Tag und Nacht. Er steht immer mit einem Buch in der Hand und liest und lernt.

Dagegen ist der Leutnant eigentlich für uns kein Offizier. Er ist höchstens ein Jahr älter, wie wir, also so dreiundzwanzig. Und manchmal ist er unsicher, dann möcht er schreien, aber er traut sich nicht recht. Wir lachen oft heimlich über ihn, aber wir folgen natürlich. Er ist ein großer Sportsmann und der beste Hundertmeterläufer. Wirklich gediegen! Er läuft einen prächtigen Stil.

Wir sind alle sehr für den Sport. Nur der Feldwebel hat

das Exerzieren lieber, aber neulich hat er sich doch so aufgeregt, wie unser Regiment gegen die Artillerie im Fußball gewonnen hat, daß er ganz weiß war. Er hat sich ganz vergessen und hat den Unteroffizier umarmt. Seither ist er auch mehr für den Sport, den sportlichen Gedanken.

»Abzählen!« kommandiert der Feldwebel.

Wir zählen ab.

»1, 2, 3, 4, 5, 6, –« Usw.

Ich bin Nummer vierzehn. Von rechts, von den größten her. Der Größte ist einsachtundachtzig, der Kleinste einsechsundfünfzig, ich bin ungefähr einssechsundsiebzig, gerade die richtige Größe, nicht zu groß, nicht zu klein. Ich möcht auch nur so die normale Größe haben. So äußerlich gesehen gefall ich mir ja.

Neulich hab ich mich lang in den Spiegel geschaut, denn es ist mir plötzlich aufgefallen, daß ich gar nicht genau weiß, wie ich aussehe, ich kenne gar nicht genau meine Nase und meinen Mund. Ich hab mir gefallen. Ich hab mich auch im Profil betrachtet und zwar mit zwei Spiegeln, bis der Feldwebel hereingekommen ist und gefragt hat: »Was ist? Bist du eine Primadonna? Betrachtet sich im Spiegel wie eine alte Badhur!« Dann hat er mir den Spiegel aus der Hand genommen und hat sich selber betrachtet. »Männer müssen nicht schön sein«, hat er dabei gesagt, »Männer müssen nur wirken, insbesondere aufs gegenteilige Geschlecht!« Ich hab ihn mir angeschaut und hab mir heimlich gedacht, melde gehorsamst, aber du wirkst sicher nicht. Plötzlich dreht er sich mir zu und fragt mich: »Kennst du Kitty?« »Wer ist Kitty?« frage ich. »Du kennst sie also nicht?« »Nein.« »Dann freu dich«, sagte er und verläßt den Saal.

Was ist mit dieser Kitty?

Am Abend frage ich den Karl, der neben mir liegt. »Kennst du eine Kitty?« »Ich nicht«, sagte er, »aber der

Hans der Rote kennt sie«, er grinst. »Es wär ihm sicher lieber, wenn er sie nicht kennen würde. Sie ist die Tochter der Greislerei und kriegt ein Kind.« »Von wem?« »Das ist es ja grad: sie gibt den Roten an, aber der weiß, daß noch andere dabei waren. Und jetzt hat der Hauptmann die Sache in die Hand genommen, er sagt, er duldet sowas nicht, ein Soldat muß ehrlich dafür einstehen, und wenn es mehrere waren, dann müssen eben mehrere zahlen!« »Ich versteh den Hauptmann nicht«, sagte der Franz, »wieso kommen Unschuldige dazu darunter zu leiden? Da lauft einem so ein Weibsbild nach und am Schluß hat sies Kind gar noch von einem Zivilisten! Verstehst du das?« fragt er plötzlich mich, wendet sich.

»Ich muß mirs erst überlegen«, sage ich. »Der Hauptmann ist ein gerechter Mann und er wirds schon wissen, wenn uns jetzt auch nicht gleich die Motive einfallen.«

»Aus bevölkerungspolitischen Gründen muß natürlich so ein Kind richtig erzogen werden, das ist klar, aber da sollte der Staat dafür eintreten. Wie komm ich dazu?«

»Das sind Ausreden«, sagt der eine. »Hättest halt achtgegeben!«

»Ich hab schon achtgegeben, aber sie hat nicht achtgegeben!«

»Man sollte ein Kind nur dann in die Welt setzen, wenn man es wirklich ernähren kann. Mein Vetter hat geheiratet, die haben gespart, sind in kein Kino und nichts, und wie sie so viel Geld gehabt haben, hat er zu ihr gesagt, so Luise, jetzt gehts auf. Dann hat er ihr ein Kind gemacht. Man muß Verantwortungsgefühl haben.«

Am nächsten Morgen hat der Hauptmann beim Appell eine Rede gehalten. Er hat gesagt, das wäre eine Schweinerei und eines Soldaten unwürdig. Gesetzlich sagte er, müßte keiner was zahlen, aber moralisch ja, es gibt noch ein anderes Gesetz und das müsse ein jeder Soldat befolgen. Er brachte es soweit, daß die vier sich einigten und zahlten. Es blieb ihnen nichts anderes übrig.

An diesem Tage rückten wir auf acht Tage aus zu einer kleinen Übung. Der Sommer war heiß und wir lagen mit unseren schweren Maschinengewehren auf einem verdorrten Felde. Gut in Deckung.

Es hatte schon seit Wochen nicht mehr geregnet und die ganze Ernte war verdorrt. Die Bauern klagen, aber tröstet euch nur. Wir können uns noch nicht selber ernähren, wir müssen autarkisch werden und uns darnach strecken, denn finstere Gewalten sind gegen uns gerichtet und hindern, daß unser Volk frei und glücklich wird, hindern seinen Platz an der Sonne. Aber tröstet euch, ihr Bauern, wir werden bald alles haben, große fruchtbare Ebenen, wo alles wächst. Dort werden wir uns ausbreiten und ansiedeln. Und dann wird jedes Kind etwas haben und um keines muß mehr gestritten werden, auch die Kitty kann hundert Kinder haben, denn dann können wir uns das leisten. Jeder wird Raum haben!

Wir liegen jetzt im Staub und haben Durst.

Wir müssen die Straße, die dort unten zieht, beherrschen.

Es ist Sommer, ein heißer Sommertag und wir liegen mit unseren schweren Maschinengewehren auf einer verdörrten Wiese. Gut in Deckung.

Es hat schon seit Wochen nicht mehr geregnet und die ganze Ernte ist verdorrt.

Die Bauern klagen, aber tröstet euch nur: bald werden wir große fruchtbare Ebenen haben, wo alles wächst: im Osten. Dort werden wir uns ausbreiten und ansiedeln.

Wir liegen im Staub und haben Durst.

Es sind kleine Manöver.

Wir müssen die Straße, die dort unten vorbeizieht, beherrschen.

Auf der Straße kommen zwei radfahrende Mädchen. Sie sehen uns nicht, wir hören ihr Lachen. Sie schieben die Räder aufwärts, dann wieder setzen sie sich aufwärts und fahren hinab.

Plötzlich halten die beiden, und die eine hält beide Räder. Dann geht die andere in das Unterholz. Wir schauen alle hin, sehen aber nichts. Der Hauptmann lächelt, der Feldwebel grinst. Wir auch.

Dann fahren die beiden Mädchen die Straße hinab. Fröhliche Fahrt! meint der Hauptmann.

Jetzt surrt es auf dem Himmel. Das Mädchen blickt empor.

Es ist ein Flieger.

Wir schauen auch hinauf. Er kann uns nicht sehen, denn wir sind gut gedeckt, mit Laub und Zweigen.

So ein Flieger hats gut, meint der Eine. Ein Flieger hat nie Durst.

Und ich denke, ja so ein Flieger ist die bevorzugte Truppe des Vaterlandes. Die Flieger haben die schönsten Uniformen, die schönsten Autos, die teuersten.

Von ihnen wird am meisten gesprochen. Sie sind die jüngste Truppe.

Aber auch wir sind jung, aber von uns wird nicht so viel gesprochen. Wir sind zu viele. Wir liegen da und müssen marschieren, werden voll Staub und Dreck, das ist freilich nicht so elegant. Wir sind ja noch nicht einmal motorisiert, zwar sind wir schon motorisiert, aber trotzdem! Wer ist das heutzutag nicht!

Die Flieger sind überhaupt furchtbar eingebildet. Ihr General war im Weltkrieg ein berühmter Kampfflieger, er hat 24 abgeschossen.

Überhaupt bei den Fliegern sind alle jung, so einen Alten, wie den Hauptmann, der jetzt hinter mir steht, gibt es gar keinen.

Aber es muß sich erst herausstellen, ob die Flieger wirklich im Krieg so viel taugen, ob sie wirklich einen Krieg entscheiden können, wie sie es sich einbilden, daß sie einfach über einer Stadt erscheinen und sie zusammenschießen und daß wir Infanteristen eigentlich überflüssig sind.

Der Hauptmann sagt immer, wir sind es nicht. Und er glaubt, daß im Krieg doch nur die Infanterie entscheiden wird.

Wir wissen es nicht, wir werdens ja sehen.

Nein, ich mag die Flieger nicht!

Sie sind so eingebildet − − erst unlängst wieder, wie die angegeben haben, als wären wir ein Dreck und sie die oberste Garde!

Und die Mädchen sind auch so blöd, sie wollen nur einen Flieger!

Das ist ihr höchster Stolz!

Nein, ich mag die Flieger nicht!

»Um Gottes Willen!« ruft der Hauptmann.

Was gibts?!

Er blickt auf den Himmel – –

Ich sehe hin – – dort, der Flieger. Er stürzt ab.

Warum? Die eine Tragfläche hat sich gelöst.

Jetzt stürzt er ab.

Mit einem langen Rauch hinterher.

Wir starren alle hin.

Und es fällt mir ein: »Komisch, hab ich nicht gerade gedacht: stürz ab!«

Der Gedanke läßt mich nicht mehr los.

»Es sind sicher fünf Kilometer von uns«, meint der Hauptmann. »Mit denen ists vorbei.«

»Es waren zwei Mann«, sagte einer.

»Ja«, sagt der dritte.

Wir waren alle aufgesprungen.

»Deckung!« schreit jetzt wieder der Hauptmann. »Deckung! Ihr könnt denen so nicht mehr helfen, die macht keiner mehr lebendig!«

Der abgestürzte Flieger blieb in meiner Seele.

Als wir abends das Dorf erreichten, in dem wir einquartiert lagen. Abends in der Kaserne beim Essen saß der eine neben mir und sagte: »Gib mir was von deinem Fleisch!« Der andere: »Nein«, darauf läßt er es fallen. »Du hast es mir nicht vergönnt«, sagte er.

Da fiel mir der Flieger wieder ein.

Und ich sagte: »Glaubt ihr an die Magie der Gedanken?« Sie sahen mich groß an. »Ja«, sagte der eine, »das ist schon möglich, daß wenn einer dem anderen was Böses wünscht, daß das in Erfüllung geht. Ich hab mal gelesen, daß man das die schwarze Magie nennt.«

»Es sind Strahlungen und da kennt man sich noch nicht so aus.«

Es ist Sonntag und wir haben frei. Von zwei Uhr Nachmittag, von vierzehn bis zweiundzwanzig Uhr. Nur die Bereitschaft bleibt zurück.

Gestern bekam ich meinen zweiten Stern und heute werde ich zum ersten Mal mit zwei Sternen am Kragen ausgehen. Der Frühling ist nah, aber er ist noch nicht da. Doch es weht eine laue Luft und nachts konzertieren die Katzen. Die Straßen der Stadt sind leer, jetzt essen die Leute oder schlafen.

Ich gehe mit drei Kameraden. Wir haben weiße Handschuhe an.

Wohin?

Zuerst gehen wir in ein Café und trinken einen Kaffee. Wir lesen die Zeitung und die Illustrierten. Dann sagt der eine: gehen wir doch auf die Wiese! Die Wiese ist ein Rummelplatz mit Karussels, Ausrufern, in der Straße. Sie ist sehr lang und wird immer breiter. Da stehen Karussels und Schießbuden und kleine dressierte Affen und große Affen und Hunde spielen Theater und Wahrsagerinnen und Abnormitäten. Und ein Hippodrom ist da und Tanzpaläste. Und ganz unten steht das verwunschene Schloß.

Wir wissen nicht, was wir tun sollen und schießen. Wir treffen ins Schwarze und das Fräulein, das unsere Gewehre lädt und einkassiert, lächelt uns respektvoll und einladend an.

Meine Kammeraden lernen zwei Mädchen kennen beim Tanzen, aber mir gefallen sie nicht. Denn ich bin anspruchsvoll. Sie sind mir nicht hübsch genug. Ich will aber meinen Kameraden nicht im Wege stehen und trenne mich von ihnen. Ich gehe ins Hippodrom. Dort reiten schöne Mädchen. Man sieht die Stelle zwischen Strumpf und Rock. Ich habe diese Stelle an den Mädchen sehr gerne.

Überhaupt glaube ich, daß diese Stelle jeder Mann gerne hat. Ja, es wären schon zwei hübsche Mädchen da, aber sie sind für mich nichts. So viel Geld hab ich nicht, denn die müßt man einladen usw. Ich gehe also weg. Auf die zwei Sterne geben die nichts, sie haben schöne Schuhe an und die eine hat ein goldenes Armband. Da steh ich jetzt mit den weißen Handschuhen. Traurig etwas geh ich die Straße weiter und wandel zwischen den Abnormitäten.

Es ist Frühling und es dämmert, die Lichter entflammen rot und gelb und blau. Die Musik tönt aus den Buden und ich schreite einher. Die Luft ist lau. Und ich denke plötzlich, daß diese Männer mit den Mädchen auch zu meinem Volke gehören – – natürlich! Und auch dafür hab ich geschworen zu fallen – und die Abnormitäten gehören auch zum Volk, nein, ich will nicht weiter denken! Durch das Denken kommt man auf ungesunde Gedanken. Das sind alles Probleme, die Reichen, die Weiber und die Abnormitäten, durch die man nicht hindurch sieht. Wir einfachen Sterblichen nicht, aber der Führer wirds schon richtig machen.

Ihm gehört meine ganze Liebe und nicht den Weibern. Überhaupt kommts auf die Weiber nicht an. Sie befinden sich dem Krieger gegenüber nur in einer Hilfsstellung.

Aber es wär doch schön eine schöne Frau – – und ich denke an die Frauen, die ich hatte. Ich kaufe mir ein Bier und zähle sie zusammen. Wie viele warens denn bisher? Nicht viel, nur dreizehn. Davon nur zwei auf länger. Die eine die Frau eines Vertreters, er war ein Liberalist, ein widerlicher. Die zweite – – ja, ich hatte noch nicht die richtige.

Aber es muß auch die richtige geben, wo alles selbstverständlich ist, wo die Seele und der Leib zusammenpaßt. Gibt es das überhaupt? Oder gibt es das nur im Märchen?

Und wie ich so weiter gehe, komme ich zu dem verwunschenen Schloß, mit seinen Giebeln und Türmen und Basteien. Es hat vergitterte Fenster und die Drachen und Teufel schauen heraus. Ein Lautsprecher gibt einen feinen Walzer von sich, eine alte Musik, und dann wird sie immer unterbrochen durch Gelächter und Gekreisch.

Aber ich kenne das schon. Es ist eine Platte, das Gelächter und das Gekreisch, die Angst und die Freude, sie sind nicht echt. Sie werden verstärkt, um anzulocken, Angst und Freude.

Ein montones Geräusch tönt aus dem Hause. Aha – das sind Maschinen. Die treiben die Laufteppiche, ich kenne das schon. Nein, da geh ich nicht hinein. Das ist zu blöd. Das ist so blöd, daß es nur was ist, wenn man nicht allein ist. Es ist eine Gesellschaftsunterhaltung. Und überhaupt mit den weißen Handschuhen. Da fall ich hin und sie werden schwarz.

Ich will weiter, da blicke ich nach der Kasse, ganz automatisch. Im ersten Augenblick halte ich, dann mache ich noch zwei Schritte weiter. Und halte wieder. Wer sitzt dort an der Kasse? Sie sitzt regungslos, es ist eine Frau, eine junge Frau. Sie sitzt so starr, als wär sie eine Wachsfigur. Sie ist auch so wächsern – oder ist es nur das Licht? – nein, doch nicht. Sie hat große Augen, aber die seh ich nicht gleich. Ich sehe zuerst ihren Mund. Aber was red ich da? Ich weiß es nicht, was ich zuerst sah! Ich weiß nur, daß ich plötzlich stehen blieb, als wär ich plötzlich vor einer Wand gestanden, vor einem Hindernis, aber dann bin ich durch, ich wollte weiter, und bin gestolpert, und bin wieder stehen geblieben.

Sie sah mich an. Es war ein ernster Blick, fast traurig. Und ich sah sie an. Und aus dem Lautsprecher tönte der leise Walzer und dann kam ein Schrei.

Jetzt sah sie weg. Sie nahm ihren Bleistift und schrieb.

Aber ich wußte es, daß sie nichts schrieb. Sie tat nur so, sie wollte mich nicht mehr sehen.

Ich ging weiter. Dort war ein Stand und ich kaufte mir Eis. Aber ich mag gar kein Eis. Warum kaufte ich es mir?

Da stand ich und schleckte das Eis. Ich sah hinüber aufs verwunschene Schloß. Sie sah mich an und lächelte und schrieb wieder weiter. Nein, sie schrieb nicht, sie zeichnete. Ich beobachtete sie. Sie hatte ein schönes Profil und es fiel mir auf, wie zart daß sie aussah. Sie sah so fein aus und prüde und doch ist sie eine Sau, ging es mir durch den Sinn.

Als ich das Eis fertig hatte, konnte ich noch immer nicht fort. »Noch ein Eis?« fragte mich die Verkäuferin. »Ja«, sagte ich. Und dann hatte ich wieder eines in der Hand. Ich sah, daß sie lächelte.

Warum lächelt sie? Weil ich da steh und das Eis schleck? Ich wollte das Eis auf die Erde hauen, da tauchte ein Offizier aus der Finsternis auf. Ich salutierte. Einem Offizier muß man salutieren. Das Eis hielt ich in der Hand.

Jetzt lachte sie, aber ich hörte keinen Ton. Die Jahrmarktsmusik übertönte es. Ich sah es nur. Sie hatte schöne Zähne und es fiel mir auf, daß sie einen schönen Busen hatte, er stand so schön ab.

Ich muß sie sprechen, dachte ich. Und ich werde jetzt einfach ins verwunschene Schloß gehen, denn ich weiß es nicht, will sie mich haben oder nicht? Mag sie mich oder nicht?

Ich trat an die Kasse und sagte: »Ein Billet«. »Für Militär«, sagte sie ganz sachlich und sie fügte hinzu: »Sie haben Glück, denn ich wollte gerade zusperren.«

»Schon?« sagte ich. »Es ist doch noch früh und alles ist voller Leut!«

»Ja, das schon«, sagte sie, »aber es kommt doch niemand. Die Geschäfte gehen schlecht.«

»Bei dem allgemeinen wirtschaftlichen Aufschwung?« fragte ich.

»Das tut nichts zur Sache«, sagte sie. »Das verwunschene Schloß ist unmodern.«

»Dann fangens doch was anders an!«

»Um etwas anderes anzufangen, dazu braucht man Geld«, sagte sie und gab mir die Karte.

Ich ging hinein. Ein Skelett salutierte. Dann kam ein Antrieb. »Au!« schrie ich und verstauchte mir meinen Fuß.

Sie kam.

»Um Gotteswillen!« sagte sie. »Sagen Sie nur niemand, daß Sie sich hier bei uns den Fuß verstaucht haben! Sonst kommt noch die Polizei! Und das ist kaputt, stimmt! Und ich bin schuld! Aber Sie werden ja sowieso umsonst behandelt!«

»Und die Schmerzen?«

»Die Schmerzen?« Sie sah mich an. »Es hat jeder seine Schmerzen«, sagte sie.

Sie stand neben mir. Ich saß auf dem Boden.

Sie blickte auf mich herab.

Ich umarmte ihre Beine, aber unter dem Rock.

»Was machst du da?« fragte sie.

»Warum sagt sie ›Du‹ zu mir?« dachte ich. Und ich hob ihren Rock. »Das kann ich auch«, sagte sie und hob ihren Rock bis über die Knie. Ich gab ihr einen Kuß oberhalb des Strumpfes und wunderte mich, daß sie sich nicht wehrte.

»Du wunderst dich?« fragte sie plötzlich.

»Wieso?«

»Weil ich mich küssen lasse«, sagte sie.

Ja, ich wundere mich.

Die Ballade von der großen Liebe

Ich weiß, was eine Ballade ist. Ich erinner mich noch aus der Schul. Und dann als Buchdruckerlehrling. Aber da druckten wir rosarote Balladen, die sich um das wichtigste herumdrehten. Um das wichtigste in der Liebe. Denn das ist das Bett.

Es muß weiß sein und breit und ordentlich.

Und nun will ich berichten von meiner großen Liebe. Doch wer hört mir zu? Ich berichte ja nur mir selbst –

Wenn ich abends auf meinem Strohsack liege in der Kaserne, dann ist es dunkel und ich denke nach in der Finsternis.

Ich denke ja nur, und laß mir nichts anmerken.

Keiner meiner Kameraden weiß etwas davon.

Keiner meiner Kameraden ahnt, daß ich ein anderer Mensch geworden bin. Ein anderer Mensch durch die große Liebe.

Ich kanns noch immer nicht recht begreifen.

Es ist also so.

Ich bin wirklich ein anderer Mensch geworden. Ich glaube sogar, ein besserer –

Denn ich bin glücklich. Heiterer. Ich ärger mich nicht mehr über Kleinigkeiten. Es ist eine Änderung eingetreten.

Seit drei Wochen. Und das ist doch gar keine Zeit.

Aber wenn ich heut denke, wie ich war vor einem Jahr um diese Zeit, dann gefall ich mir nicht.

Wenn ich heut zurückdenk, so glaub ich, ich hab schlecht gerochen. Ich hab zwar immer schon weiße Handschuhe gehabt, aber ich hab mir meine Hände nicht so oft gewaschen, wie heute.

Die Woche vergeht so langsam und ich muß immer an das Fräulein denken. Immer seh ich sie vor mir und möcht nach ihr greifen.

Zuerst wußte ich gar nicht genau, wie sie aussieht, alles verschwamm plötzlich, ich wußte nicht, ob alles stimmt. Das war am Montag Nachmittag.

Aber am Dienstag wußte ichs plötzlich wieder. Und die Tage vergingen.

Mittwoch, Donnerstag – –

Und ich wußte genau, wie sie aussah. Angezogen und unausgezogen. Ich kannte sogar ihre Kleider. Ich kannte alles an ihr. Und ich sehnte mich nach ihr – –

Freitag, Samstag – –

Und plötzlich fiel es mir auf, es kam der Zweifel, ob sie wirklich so aussieht und ich wünschte es mir so, daß ich mich nicht täuschen sollte.

Und ich dachte, sie wird wie alle sein – –

Aber ich erschrak über diesen Gedanken.

Nein, nein! Sie darf nicht wie alle sein! Sie darf nicht!

Sie muß so sein, wie es meine Sehnsucht will!

Ich dachte in Ausdrücken wie ein Roman.

Und ich nahm es mir vor, daß ich am nächsten Sonntag unbedingt zu ihr hingehe, um zu sehen, wie sie wirklich ist und ob ich recht hätte mit meiner Vorstellung!

Ich konnte den Sonntag kaum mehr erwarten.

Endlich war er da.

Und endlich wurds vierzehn Uhr.

Ich ging allein weg, ich sagte den Kameraden nichts. Aber sie grinsten und der eine fragte: »Ob sie hübsch ist? Ist sie hübsch?«

Woher weiß er, daß ich verliebt bin? Sieht mans mir denn an?

Und ich sagte: »Das geht dich nichts an!«

Und ich ging zum verwunschenen Schloß. Mit meinen weißen Handschuhen. Doch heut ist es anders, wie vor acht Tagen, denn heute regnets in Strömen. Aber das ist nur äußerlich. Es ist ein Sauwetter.

Man möchte keinen Hund auf die Straße jagen.

Aber in mir scheint eine Sonne.

Meine Kameraden sitzen im Trockenen und winken mir spöttisch und lustig nach.

Ich bin ihnen nicht bös, sie haben ja recht.

Es sieht sicher blöd aus, so ein einsamer Soldat im Regen ganz allein mit weißen Handschuhen.

Es soll aber nur ruhig blöd ausschauen, denn sie kennen ja den zweiten Teil nicht. Der nun folgt.

Sie wissen ja nicht, daß in mir eine Sonne scheint. – –

Der Regen peitscht mir ins Gesicht, aber das stört mich nicht.

Ich gehe durch die innere Stadt. Sie ist noch leerer als sonst.

Ich singe vor mich hin, es sind allerhand Lieder, aber ohne Text.

Und dann pfeif ich sie – – abwechselnd.

Ich geh sehr rasch.

Aber ich setz mich doch auf die Trambahn. Da fährt fast niemand. Nur eine alte dicke Frau.

Die Ballade von der Soldatenbraut

Ich erkenne den Tag nicht mehr.
Er ist anders geworden.
Ich erkenne die Nacht nicht mehr.
Sie wurde länger.
Ein Schifflein fährt über das Meer mit goldenen Segeln.
Und der Wind ist Musik und die Segel sind voller Musik
und das Meer kommt über meine Seele –
Mensch, komm zu dir!
Was denkst du da?
Bist du besoffen?
Ja, ja, ich bin besoffen!
Denn jetzt weiß ich es erst, daß sie mich liebt. Seit vorge-
stern Abend. Wo ich sie nach Hause brachte. Und sie
sagte: »Unter dem Tor steh ich nicht gern.« Jetzt weiß ich
erst, daß sie mich mag – jetzt weiß ich es erst, daß wir am
nächsten Sonntag zusammen sein werden. Richtig. Ich
werde sie abholen, denn dann hat sie keinen Dienst und
wir fahren hinaus zu ihr. Dorthin, wo sie allein ist.
Und seit ich das weiß, vertrag ich weniger und bin schon
eher besoffen. Aber anders als früher.
Früher wenn ich besoffen war, bin ich aufgestanden und
hab gestänkert. »Was haben Sie für Schuhe an?«
Heut stänker ich nicht.
Heut bin ich glücklich.
Glücklich mit meiner Zukunft –
Und meine Zukunft besteht nur aus acht Tagen.
Montag, Dienstag, Mittwoch – bis zum Sonntag.
Ich weiß, daß alles vergeht, also auch acht Tage.
Ich weiß, daß ich sie dann treffen werde.
Sie wird nicht mehr an der Kasse sitzen.
Wir treffen uns vor dem Kaufhaus Singer.
Ich seh sie schon kommen –

Ich liebe ihre Kniee –
Und die Woche vergeht so langsam. Montag, Dienstag,
Mittwoch – . . . (usw.)

Und dann kommt sie.
Im Schrebergarten. Der Einbruch. Wie lang liegt das alles
zurück! Draußen die Gletscher.
Und dann sagt sie: »Wir können uns nie mehr sehen. Ich
bin nämlich verheiratet –«
Und ich gehe weg. Sie gehört jemand anderem.
Ich: Warum hast du dich dann mit mir eingelassen?
Sie: Weil ich das Gefühl hatte, daß du mich brauchst.«
Ich: Ich brauche niemand.
Ich gehe weg. Bös, verärgert. Ich bin mir selber genug.
(Adieu!)

»Anna«, sage ich, »warum schimpfst du mit mir? Ich versteh dich nicht. Schön, wir wollten ins Kino, aber das Kino ist ausverkauft. Dafür kann doch ich nichts!«
»Wir hätten früher eben von mir weggehen können«, sagt Anna.
»Schön«, sage ich, »aber ich kann doch nichts dafür, daß meine Uhr falsch geht.«
»Ich habs dir gleich gesagt, daß sie nachgeht, aber du glaubst einem ja nie was, besonders in letzterer Zeit!«
»Das ist nicht wahr!«
»Doch-doch!«
»Nein!«
»Schön«, sagt Anna und sie imitiert mich dabei im Tonfall, weil ich nämlich so oft »schön« sage. Ich geh nicht darauf ein. Wir gehen schweigend nebeneinander. Es ist ein nasser Novemberabend und es riecht nach verbranntem Holz. Die Lichtreklame des Kinos verschwindet im Nebel, zerrinnt.
Die Straße ist finster und plötzlich höre ich Anna: »Jetzt hab ich mich so gefreut auf das Kino und jetzt ist wieder nichts.«
»Wir werden schon noch mal ins Kino kommen — —«
»Aber nicht zu diesem Film!« fällt sie mir ins Wort gereizt.
»Am nächsten Donnerstag wird ja nicht mehr gespielt!«
(Anna hat nämlich nur alle acht Tage einen Abend frei. Sie ist Kellnerin im Hotel zur Stadt Paris)
»Am liebsten möchte ich jetzt nach Hause gehen und nichts mehr hören und nichts mehr sehen!« sagt sie.
»Aber Anna!« sagte ich. »Wie kann man sich nur die Stimmung so verderben wegen einem Kino, oder weil die Uhr falsch geht, komm, jetzt gehen wir in ein Tanzcafé — —«
Ich stocke plötzlich und grüße, denn es kommt uns ein

Offizier entgegen. Er tauchte plötzlich aus der Finsternis auf und ich sah ihn im letzten Moment. Der Offizier dankt. Ein Artillerist.

Ich bin Infanterist. Schweres Maschinengewehr.

Es ist oft fad, das Grüßen, aber ein Soldat muß das tun. Ich bin nämlich Soldat. Und ich bin gerne Soldat.

Wenn morgens der Reif auf den Feldern liegt, oder wenn abends die Nebel aus den Wäldern kommen, Frühling und Herbst, Sommer und Winter, ob es regnet oder schneit, Tag und Nacht – – immer wieder freut es mich, in Reih und Glied stehen zu dürfen.

Denn dann ist immer einer neben dir und du bist nie allein, fällt es mir plötzlich ein.

»An was denkst du?« fragt plötzlich Anna.

»An nichts.«

Wir gehen in ein Café.

Anna ißt ein Eis und eine Torte und schaut sich die Modejournale und Illustrierten an. Ich lese die Zeitung.

Anna hat neue Schuhe an.

In der Zeitung steht, daß das Ende Europas kommt. Es ist alles unterhöhlt. Es kommt vielleicht bald ein Krieg. Alles geht unter – Die Weiber werden vergewaltigt –

»An was denkst du?« fragt Anna.

»An nichts.«

»Ich weiß an was du denkst«, sagt sie plötzlich. »Du magst mich nicht mehr.«

Wir gehen nachhaus. Ich begleite sie nachhaus.

Da sagt sie: »Du hast Geheimnisse vor mir. Immer in neuerer Zeit bist du versunken. Was hast du?«

Ja, was hab ich?

Es ist sehr einfach erklärt: ich mag die Anna nicht mehr. Ich bin 22, die Anna 31. Sie ist mir plötzlich zu alt. Sie will mich auch immer drücken. Neulich, als ich von dem Ende Europas sprach, lächelte sie so spöttisch. Sie sagte, du bist ja noch so jung. Du glaubst alles. Aber ich hab schon mehr gesehn. Du bist ja erst im Weltkrieg geboren, und kannst dich nicht an ihn erinnern.

Ja, ich bin ein Kriegskind und kann mich an den Weltkrieg nicht mehr erinnern. Aber darum soll sich diese Anna nur nichts einbilden, daß sie mehr weiß wie ich! Von der wahren Politik unserer Zeit versteht sie einen Dreck! Von den großen Problemen des Heute!

Und ich sage ihr: »Europa ist unterhöhlt. Wir müssen es retten.«

Sie hält.

»Du dummer Bub«, sagt sie.

Ich zucke zurück. Sie küßt mich. Ich küsse sie. Ich fühle ihre Wärme. Ich habe ihre Arme gerne.

»Komm«, sagt sie leise. »Aber sei ruhig, damit dich niemand hört.«

»Wie immer«, sage ich.

Das Vaterland ruft und nimmt auf das
Privatleben seiner Kinder mit Recht keine Rücksicht

Wenn ich es wüßte, wie sie heißt, dann würde ich ihr einen Brief schreiben. Ich würde ihr schreiben, daß ich am Sonntag gern gekommen wär, aber es hat nicht sollen sein. Den Grund dürfte ich ihr nicht sagen, denn den darf ich niemand sagen, darauf steht der Tod. Wir wissen es selber nicht genau, wir wissen nur, es geht los. Heut Nacht fahren wir ab, das ganze Regiment, feldmarschmäßig und niemand weiß wohin. Wir können es uns schon denken, an welche Grenze. Aber jeder hütet sich, den Namen des Landes auszusprechen.

Ich würde ihr gerne schreiben, daß es mir leid tut, sie nicht zu sehen, am Sonntag, aber wir müssen ja schon am Freitag weg.

Es gibt wichtigere Dinge, als das verwunschene Schloß.

Es geht los.

Und ich möchte ihr schreiben, daß wir uns wiedersehn. Ich will sie nicht vergessen.

Die Hymne an den Krieg
ohne Kriegserklärung

Einst, wenn die Zeit, in der wir leben, vorbei sein wird,
wird es die Welt erst ermessen können, wie gewaltig sie
gewesen ist.
Arm sind alle Worte, um den Reichtum der Rüstung zu
schildern, in der unsere Sonne erglänzt. Und der Mond
hinkt ihr nicht nach.
Tag und Nacht, Ihr Geschwister der Ewigkeit, sagt mir,
wie gefällt euch unsere Zeit?

Einst, wenn die Zeit, in der wir leben, vorbei sein wird,
wird es die Welt erst ermessen können, wie friedliebend sie
gewesen ist.
Denn wir lieben den Frieden, genau wie wir unser Vater-
land lieben, nämlich über alles in der Welt. Und wir führen
keine Kriege mehr, wir säubern ja nur.
Wir befreien alle fremden Völker – –
Wir befreien sie von sich selbst.
Wir stellen sie an die Wand.
Wir säubern, wir säubern – –
Seht, wie die morschen Schiffe mit den Flaggen des Mit-
leids in allen Farben des Regenbogens versinken im brau-
senden Meere der Kraft!
Seht die siegreiche Flotte mit der schwarzen Standarte der
Unerbittlichkeit!
Hört das Kommando des historischen Augenblicks:
Säubert, bis die Sonne auf unsere Ehre scheint!
Säubert, bis wir im toten Lichte des Monds unseren Platz
an der Sonne erobert haben!
Säubert!

Einst, wenn die Zeitungen über unseren Kampf wirklichkeitsgetreu berichten dürfen, dann werden sich auch die Dichter des Vaterlandes besinnen.

Der Genius unseres Volkes wird sie überkommen und sie werden den Nagel auf den Kopf treffen, wenn sie loben und preisen, daß wir bescheidene Helden waren.

Denn auch von uns biß ja so mancher ins grüne Gras.

Aber nicht mal die nächsten Angehörigen erfuhren es, um stolz auf ihr Opfer sein zu können.

Geheim waren die Verlustlisten und blieben es lange Zeit.

Nur unerlaubt sickerte es durch, unser Blut – –

Einst, wenn das sickernde Blut der Zensur keine wirtschaftspolitischen Schwierigkeiten bereitet, dann wird sich die Propaganda der Verlustlisten bemächtigen.

Und dann, dann bekommen auch wir unser Heldendenkmal.

Es wird enthüllt.

Der unbekannte Säuberer.

Begleitet von einer Lichtgestalt.

Einer Lichtgestalt aus bombensicherem Beton mit strengen Flügeln aus Stahl.

Ihre Augen sind nach innen gekehrt.

Sie sieht nur sich.

Ihre Flügel rauschen, Tag und Nacht – –

Ihr Bild hängt in allen Auslagen, in jedem Saal, in jeder Kammer, jedem Stall – –

Und darunter steht:

»Heiliger Egoismus, hilf uns armen Sündern in der Stunde unseres Meuchelmordens – – Amen!«

Einst, wenn wir in den Schulbüchern stehen werden, damit uns die Lehrer ihren Schülern unterrichten, dann werden auch wir zum Märchen. Und Großmutter wird

uns ihren Einkelkindern erzählen, auf daß sie so werden,
wie wir gewesen sind.

Tag und Nacht, ihr Geschwister der Ewigkeit, sagt mir,
wie gefällt euch unsere Zeit?
Fühlt ihr euch nicht erhöht durch unsere Taten?
Ihr könnt stolz auf uns sein!
Wir bombardieren die Gestade einer überlebten Tugend.
Schießt das Zeug zusammen! Feuert!
In Schutt und Asche damit, bis es nichts mehr gibt, nur
uns!
Denn wir sind wir.
Feuert!
Matrosen der Macht!
Setzt eueren Fuß auf Land, das euch nicht gehört! Steckt
alles ein, raubt alles aus! Gebt keinen Pardon, denn es
braucht keiner zu leben, wenn er euch nichts nützt!
Machet euch das Vergewaltigte untertan und vermehret
euch durch Vergewaltigung!
Mit eiserner Stirne sollt ihr das fremde Brot fressen – –
Gedeihet nach dem Gesetz der Gewalt!
Säubert!

Im Tal brennen die Dörfer.
Sie stehen in Flammen, umgeben von einer wilden Bergwelt.
Bravo, Flieger!
Obwohl ich euch persönlich nicht riechen kann, muß
mans doch der Gerechtigkeit halber anerkennen: Ihr habt
ganze Arbeit geleistet!
Mit den Augen der Falken habt ihr alles erspäht.
Mit der Witterung des Wildes alles aufgespürt –
Eine prächtige Meute!
Nichts ist euch entgangen, auch wenn sichs noch so sehr
den Bodenverhältnissen angepaßt hat.
Nichts habt ihr übersehen, auch wenn das Rote Kreuz
noch so grell sichtbar gewesen ist.
Nichts habt ihr ausgelassen – – keine Fabrik und keine
Scheune, keine Kirche und kein Lazarett –
Alles habt ihr erledigt!
Bravo, Flieger! Bravo!
Frohen Mutes folgen wir eueren Spuren.
Immer weiter rücken wir voran – –
Vorwärts!
Heimlich, als wären wir Diebe, hatten wir die lächerliche
Grenze dieses unmöglichen Staatswesens überschritten – –
morgen sinds drei Wochen her, aber die Hauptstadt ist
schon unser. Heut sind wir die Herren!
Es ist ein kleines Land und wir sind zehnmal so groß – –
drum immer nur frisch voran!
Wer wagt, gewinnt – – besonders mit einer erdrückenden
Übermacht.
Vorwärts!
Und am Himmel droben über den höchsten Wolken, da
ziehen sie mit uns mit, unsere dahingeschiedenen histori-
schen Helden.

Sie feuern uns nach unten an – –

Blickt nur voll Befriedigung auf uns herab, ihr Altvorderen, denn nun rächen wir euch!

Was euch vor Jahrhunderten durch Schicksals Tücke und schändlichen Verrat verwehrt war zu erobern – – all euere Träume, die werden nun durch die Überlegenheit unserer Aufrüstung Wirklichkeit! Und durch den Geist, der uns beseelt.

Wir lechzen schon nach einer Schlacht, aber wir haben noch gar kein reguläres feindliches Militär getroffen, nur paar Zivilisten mit Gewehr. Wir knüpften sie an den nächsten Baum.

Die Flieger nahmen uns bis heute alles ab und außerdem soll dieses erbarmungswürdige Staatswesen, hört man, überhaupt keine allgemeine Wehrpflicht kennen.

Ein lebensunfähiges Land.

Es soll eine Regierung haben, die es allen ihren Untertanen recht machen möcht.

Die typische Regierung der Korruption.

Es soll Untertanen haben, die ihr höchstes Ideal darin sehen, gut zu essen, gut zu trinken, Familien zu gründen, in faulem Frieden zu arbeiten – –

Das typisch dekadente Volk.

Reif zum Untergang.

Ihre Sprache ist häßlich – – wir verstehen kein Wort.

Sie scheinen keine Lieder zu haben, denn wir hörten sie noch niemals singen. Wir verzichten auch gerne darauf.

Ihre Häuser sind niedrig, eng und schmutzig. Sie waschen sich nie und stinken aus dem Mund. Aber ihre Berge sind voll Erz und die Erde ist fett. Ansonsten ist jedoch alles Essig.

Selbst ihre Hunde taugen einen Dreck. Räudig und verlaust streunen sie durch die Ruinen – –

Keiner kann die Pfote geben.

Einst, wenn die Zeit, in der wir leben, vorbei sein wird,
wird es die Welt erst ermessen können, wie gewaltig sie
gewesen ist.

Unerwartet werfen plötzlich die größten Ereignisse ihre
Schatten auf uns, aber sie treffen uns nicht unvorbereitet.

Es gibt keinen Schatten der Welt, den wir nicht immer
erwarten würden. Wir fürchten uns nicht!

In der Nacht zum Freitag, da gabs plötzlich Alarm.

Wir fahren aus dem Schlaf empor und treten an mit Sack
und Pack. Ausgerichtet, Mann für Mann.

Es ist drei Uhr früh.

Langsam schreitet uns der Hauptmann ab – –

Langsamer als sonst.

Er schaut noch einmal nach, ob alles stimmt – – denn nun
gibts keine Manöver mehr.

Rascher als wir träumten, kam der Ernst.

Die Nacht ist noch tief und die große Minute naht – –

Bald gehts los.

Es gibt ein Land, das werden wir uns holen.

Ein kleiner Staat und sein Name wird bald der Geschichte
angehören.

Ein lebensunfähiges Gebilde.

Beherrscht von einer kläglichen Regierung, die immer nur
den sogenannten Rechtsstandpunkt vertritt – –

Ein lächerlicher Standpunkt.

Jetzt steht er vor mir, der Hauptmann, und als er mich
anschaut, muß ich unwillkürlich denken: wenn ich ihren
Namen wüßte, würd ich ihr schreiben, direkt ins verwunschene Schloß.

»Wertes Fräulein«, würde ich schreiben, »ich wär am
nächsten Sonntag gern gekommen, aber leider bin ich
pflichtlich verhindert. Gestern war Donnerstag und heut

ist schon Freitag, ich muß überraschend weg in einer dringenden Angelegenheit, von der aber niemand was wissen darf, denn darauf steht der Tod. Wann ich wiederkommen werd, das weiß ich noch nicht. Aber Sie werden immer meine Linie bleiben – –«

Ich muß leise lächeln und der Hauptmann stutzt einen Augenblick.

»Was gibts?« fragt er.

»Melde gehorsamst nichts.«

Jetzt steht er schon vor meinem Nebenmann.

Ob der auch eine Linie hat? geht es mir plötzlich durch den Sinn – –

Egal! Vorwärts!

Das Vaterland ruft und nimmt auf das Privatleben seiner Kinder mit Recht keine Rücksicht.

Es geht los. Endlich! – –

Einst, wenn die Zeit, in der wir leben, vorbei sein wird, wird es die Welt erst ermessen können, wie friedlich wir gewesen sind.

Wir zwinkern uns zu.

Arm sind alle Worte, um den Reichtum der Rüstung zu schildern, in der unsere Sonne erglänzt. Und der Mond hinkt ihr nicht nach.

Denn wir lieben den Frieden, genau wie wir unser Vaterland lieben, nämlich über alles in der Welt. Und wir führen keine Kriege mehr, wir säubern ja nur.

Wir zwinkern uns zu.

Es gibt ein Land, das werden wir uns holen.

Ein kleines Land und wir sind zehnmal so groß – – drum immer nur frisch voran!

Wer wagt, gewinnt – – besonders mit einer erdrückenden Übermacht.

Und besonders wenn er überraschend zuschlägt.

Nur gleich auf den Kopf – – ohne jeder Kriegserklärung!

Nur keine verstaubten Formalitäten!

Wir säubern, wir säubern – –

Heimlich, als wären wir Diebe, hatten wir die lächerliche Grenze dieses unmöglichen Staatswesens überschritten. Die paar Zöllner waren rasch entwaffnet – – morgen sinds drei Wochen her, aber die Hauptstadt ist schon unser. Heut sind wir die Herren!

Hört das Kommando des historischen Augenblicks:

Setzt eueren Fuß auf Land, das euch nicht gehört! Steckt alles ein, raubt alles aus! Gebt keinen Pardon, denn es braucht keiner zu leben, wenn er euch nichts nützt!

Machet euch das Vergewaltigte untertan und vermehret euch durch Vergewaltigung!

Mit eiserner Stirne sollt ihr das fremde Brot fressen – – Gedeihet nach dem Gesetz der Gewalt!

Säubert! – –

Im Tal brennen die Dörfer.

Sie stehen in Flammen, umgeben von einer wilden Bergwelt.

Bravo, Flieger!

Obwohl ich euch persönlich nicht riechen kann, muß mans doch der Gerechtigkeit halber anerkennen: Ihr habt ganze Arbeit geleistet!

Nichts ist euch entgangen, auch wenn sichs noch so sehr den Bodenverhältnissen angepaßt hat.

Nichts habt ihr übersehen, auch wenn das rote Kreuz noch so grell sichtbar gewesen ist.

Nichts habt ihr ausgelassen – – keine Fabrik und keine Kirche.

Alles habt ihr erledigt!

Bravo, Flieger! Bravo!

Schießt das Zeug zusammen, in Schutt und Asche damit, bis es nichts mehr gibt, nur uns!

Denn wir sind wir.

Vorwärts!

Frohen Mutes folgen wir eueren Spuren – –
Wir marschieren über ein hohes Plateau.
Um uns gähnen Abgründe und drunten rauschen die Wasser.

Es ist ein milder Abend mit weißen Wölklein an einem rosa Horizont.

Vor zwei Stunden nahmen wir fünf Zivilisten fest, die wir mit langen Messern angetroffen haben. Wir werden sie hängen, die Kugel ist zu schad für solch hinterlistiges Gelichter. Aber der Berg ist kahl und ganz aus Fels, nirgends ein Busch. Wir führen sie mit uns, unsere Gefangenen, und warten auf den nächsten Baum.

Sie sind aneinander gefesselt, alle fünf an einen Strick. Der Älteste ist zirka sechzig, der Jüngste dürfte so siebzehn sein.

Ihre Sprache ist häßlich, wir verstehen kein Wort.

Ihre Häuser sind niedrig, eng und schmutzig. Sie waschen sich nie und stinken aus dem Mund. Aber ihre Berge sind voll Erz und die Erde ist fett. Ansonsten ist jedoch alles Essig.

Selbst ihre Hunde taugen einen Dreck. Räudig und verlaust streunen sie durch die Ruinen – –
Keiner kann die Pfote geben.

Am Rande eines Abgrundes kommt einem meiner Kameraden plötzlich eine Idee. Er erzählt sie und wir sagen nicht nein, denn das ist die einfachste Lösung.

Gedacht, getan!

Mein Kamerad versetzt plötzlich dem Jüngsten einen heftigen Stoß – – der stürzt den Abhang hinab und reißt die anderen vier mit sich. Sie schreien. Sie klatschen unten auf. Es waren dreihundert Meter.

Jetzt liegen sie drunten, doch niemand schaut hinab.

Zwei Krähen fliegen vorbei.

Keiner sagt ein Wort.

Dann marschieren wir weiter.

Die Krähen kommen wieder – –

Um uns gähnen Abgründe und drunten rauschen die Wasser.

Es war ein milder Abend und jetzt kommt die Nacht. – –

Einst, wenn die Zeitungen über unseren Kampf wirklichkeitsgetreu berichten dürfen, dann werden sich auch die Dichter des Vaterlandes besinnen.

Der Genius unseres Volkes wird sie überkommen und sie werden den Nagel auf den Kopf treffen, wenn sie loben und preisen, daß wir bescheidene Helden waren.

Denn auch von uns biß ja so mancher ins grüne Gras.

Aber nicht mal die nächsten Angehörigen erfuhren es, um stolz auf ihr Opfer sein zu können.

Geheim waren die Verlustlisten und blieben es lange Zeit.

Nur unerlaubt sickerte es durch, unser Blut – – – – – –

Der Hauptmann, den wir wie einen Vater lieben, wurde ein anderer Mensch, seit wir die Grenze überschritten.

Er ist wie ausgewechselt.

Verwandelt ganz und gar.

Wir fragen uns bereits, ob er nicht krank ist, ob ihn nicht ein Leiden bedrückt, das er heimlich verschleiert. Grau ist er im Gesicht, als schmerzte ihn jeder Schritt.

Was ist denn nur mit dem Hauptmann los?

Es freut ihn scheinbar kein Schuß.

Wir erkennen ihn immer weniger.

Zum Beispiel unlängst, als wir vom Waldrand zusahen, wie unsere Flieger das feindliche Lazarett mit Bomben belegten und die in heilloser Verwirrung herumhüpfenden Insassen mit Maschinengewehren bestrichen, da drehte sich unser Hauptmann plötzlich um und ging hinter unserer Reihe langsam hin und her.

Er sah konstant zur Erde, wie in tiefe Gedanken versunken.

Nur ab und zu hielt er und blickte in den stillen Wald.

Dann nickte er mit dem Kopf, als würde er sagen: »Jaja« – –

Oder zum Beispiel, als wir unlängst eine Siedlung plünderten, da stellte er sich uns in den Weg. Er wurde ganz weiß und schrie uns an, ein ehrlicher Soldat plündert nicht! Er mußte erst durch unseren Leutnant, diesen jungen Hund, aufgeklärt werden, daß die Plünderung nicht nur erlaubt, sondern sogar anbefohlen worden war. Höheren Ortes.

Da ging er wieder von uns, der Hauptmann.

Er ging die Straße entlang und sah weder rechts noch links.

Am Ende der Straße hielt er an.

Ich beobachtete ihn genau.

Er setzte sich auf einen Stein und schrieb mit seinem Säbel in den Sand. Merkwürdigerweise mußte ich plötzlich an das verwunschene Schloß denken und an das Fräulein an der Kasse, das die Linien zeichnete – –

Sie wollte mich nicht sehen.

Was zeichnet denn der Hauptmann? Auch Linien?

Ich weiß nur, auch er will mich nicht sehen – – – –

Zwar schreitet er noch jeden Morgen unsere Front ab, aber er sieht nur mehr unsere Ausrüstung und nicht mehr durch sie hindurch in uns hinein.

Wir sind ihm fremd geworden, das fühlen wir alle.

Und das tut uns leid.

Manchmal fühlen wir uns schon direkt einsam, trotzdem wir in Reih und Glied stehen.

Als wären wir hilflos in einer uralten Nacht und es wär niemand da, der uns beschützt vor dem Blitz, der jeden treffen kann – –

Und mit Sehnsucht denken wir an die Tage im Kasernenhof zurück.

Wie schön wars, wenn er uns abschritt – – wenn er
beifällig nickte, weil alles stimmte, außen und innen.

Aber die Bande, die uns verbinden, lösen sich – –

Herr Hauptmann, was ist mit dir?

Wir verstehen dich nicht mehr – –

Herr Hauptmann, es tut uns leid.

Aber wir kommen nicht mehr mit.

Zum Beispiel, wie du es unlängst erfahren hast, daß wir
die fünf gefangenen Zivilisten mit den langen Messern
über den Abgrund expediert hatten, was hast du damals
nur getrieben! Und derweil wars doch zu guter Letzt nur
ein beschleunigtes Verfahren – – vielleicht brutal, zugegeben! Man gewinnt keinen Krieg mit Glacéhandschuhen,
das müßtest du wissen! Aber du schriest uns wieder an, ein
Soldat sei kein Verbrecher und solch beschleunigtes Verfahren wäre frontunwürdig!

Frontunwürdig?

Was heißt das?

Wir erinnern uns nur dunkel, daß dies ein Ausdruck aus
dem Weltkrieg ist – – wir haben ihn nicht mehr gelernt.

Und du hast dem Kameraden, der auf die Idee mit dem
Abgrund gekommen war, eigenhändig seinen Stern vom
Kragen gerissen, seinen silbernen Stern –

Sag, Hauptmann, was hat das für einen Sinn?

Am nächsten Tag hat er doch seinen Stern wieder gehabt
und du, du hast einen strengen Verweis bekommen – wir
wissens alle, was in dem Schreiben stand. Der Leutnant
hats uns erzählt.

Die Zeiten, stand drinnen, hätten sich geändert und wir
lebten nicht mehr in den Tagen der Turnierritter.

Hauptmann, mein Hauptmann, es hat keinen Sinn!

Glaub es mir, ich mein es gut mit dir – –

Du hast von deiner Beliebtheit schon soviel verloren.
Einige murren sogar.
Wir schütteln oft alle die Köpfe – –
Oder: magst du uns denn nicht mehr?
Hauptmann, wie soll das enden mit dir?
Wohin soll das führen?
Änder dich, bitte, änder dich!
Werd wieder unser alter Vater – –
Schau, trotzdem daß die Flieger mustergültig vorarbeiten,
gibt es doch noch Gefahren genug.
Sie lauern hinter jeder Ecke – –
Auch wenn wir durch Trümmer marschieren, man weiß es
nie, ob aus den Trümmern nicht geschossen wird.
Eine Salve kracht über uns hinweg – –
Wir werfen uns nieder und suchen Deckung.
Nein, das war keine Salve – – das ist ein Maschinenge-
wehr. Wir kennen die Musik.
Es steckt vor uns in einem Schuppen.
Ringsum ist alles verbrannt, das ganze Dorf – –
Wir warten.
Da wird drüben eine Gestalt sichtbar, sie geht durch das
verkohlte Haus und scheint etwas zu suchen.
Einer nimmt sie aufs Korn und drückt ab – – die Gestalt
schreit auf und fällt.
Es ist eine Frau.
Jetzt liegt sie da.
Ihr Haar ist weich und zart, geht es mir plötzlich durch
den Sinn und einen winzigen Augenblick lang muß ich
wieder an das verwunschene Schloß denken.
Es fiel mir wieder ein.
Und nun geschah etwas derart Unerwartetes, daß es uns
allen die Sprache verschlug vor Verwunderung.
Der Hauptmann hatte sich erhoben und ging langsam auf
die Frau zu – –

Ganz aufrecht und so sonderbar sicher.

Oder geht er dem Schuppen entgegen?

Er geht, er geht – –

Sie werden ihn ja erschießen – – er geht ja in seinen sicheren Tod!

Ist er wahnsinnig geworden?!

In dem Schuppen steckt ein Maschinengewehr –

Was will er denn?!

Er geht weiter.

Wir schreien plötzlich alle: »Herr Hauptmann! Herr Hauptmann!«

Es klingt, als hätten wir Angst – –

Jawohl, wir fürchten uns und schreien – –

Doch er geht ruhig weiter.

Er hört uns nicht.

Da spring ich auf und laufe ihm nach – – ich weiß es selber nicht, wieso ich dazu kam, daß ich die Deckung verließ – –

Aber ich will ihn zurückreißen, ich muß ihn zurückreißen!

Da gehts los – – das Maschinengewehr.

Ich sehe, wie der Hauptmann wankt, sinkt – – ganz ergeben – –

Und ich fühle einen brennenden Schmerz am Arm – – oder wars das Herz?

Ich werfe mich zu Boden und benutze den Hauptmann als Deckung.

Er ist tot.

Da seh ich in seiner Hand was weißes – –

Es ist ein Brief.

Ich nehm ihn aus seiner Hand und hör es noch schießen – – aber nun schützt mich mein Hauptmann.

»An meine Frau«, steht auf dem Brief.

Ich stecke ihn ein und dann weiß ich nichts mehr.

Ich stecke den Brief ein und gehe fort.

Warum sagte ich nicht, daß er dem Hauptmann gehört?

Weil ich ihn selber überbringen will.

Das schickt sich so.

Aber heut kann ich noch nicht so weit – – heut will ich nur mal da hinunter zu den Buden, zu meinem verwunschenen Schloß.

Und ich gehe langsam hin mit meinem goldenen Stern.

Ich brauch keine weißen Handschuhe mehr, denn ich hab ja einen goldenen Stern.

Da sind die Schießstände.

Ein Offizier schießt nicht.

Da kommt das Hippodrom.

Dort steht der Eismann – –

Aber wo das verwunschene Schloß stand, steht jetzt eine Autorennhalle. Verdutzt bleib ich stehen. Wo ist meine Linie?

Ich sehe sie nirgends und gehe zur Kasse und erkundige mich.

Sie ist nicht mehr da. Kein Mensch weiß, wo sie ist.

Man weist mich ins Büro. Nämlich die Hälfte der Buden gehört einem Besitzer, der wirds vielleicht wissen, wo das Fräulein ist – –

Ich geh ins Büro, es ist gleich um die Ecke.

Ein Buchhalter sitzt da und spricht demütig mit einem Liliputaner.

Der Liliputaner geht auf und ab.

Als ich eintrete, hört er auf zu gehen.

Ich grüße und frage nach der Adresse.

Der Liliputaner sieht mich an und lächelt: »Ach, Sie sind derjenige, welcher« – –

Welcher?

Und der Liliputaner sagt: »Sie kommen aus dem Krieg?«

»Ja. Nein, das heißt ich war Freiwilliger.«

Er macht eine Handbewegung, wie, das kennen wir schon und grinst.

»Sie hat sich nämlich in einen Soldaten verliebt, gleich so auf den ersten Blick«, grinst er. »Na und dann ist halt der Herr Militarist nicht mehr gekommen.«

Ich starre ihn an.

»Sie hat ihm geschrieben in einer Tour, aber er hat nicht geantwortet.«

Ich will ihn unterbrechen, doch er läßt mich nicht.

»Ich weiß schon, Sie waren im Krieg, das ist halt die persönliche Privattragödie«, er grinst.

Privattragödie? Ich höre alle meine Worte von ihm.

Krieg ist ein Naturgesetz.

Wir kennen nur das Vaterland, etc. etc.

Es wird mir schlecht und übel.

»Im übrigen kann Ihnen mein Buchhalter ihre Adresse geben«, er geht.

Ich sehe den Buchalter fragend an. Wer ist das? Dieser Zwerg?

»Ihm gehört hier fast alles«, sagt der Buchhalter. »Er ist ein geschickter Kaufmann, alle hat er zugrunde gerichtet, er geht über Leichen – – Krieg ist ein Naturgesetz, er kann nicht hinaus, dann kämpft er herinnen.«

Er gibt mir die Adresse. In einer kleinen Stadt, fern.

»Und was ist mit meinem verwunschenen Schloß?«

»Das Schloß? Das hat sich nicht rentiert, jetzt hat er was anders hingebaut.«

»Aber das Schloß war doch schön.«

»Ja. Aber veraltet. Es hat sich keiner dafür interessiert.«

»Und was macht jetzt das Fräulein?«

»Das wissen die Götter. Sie hat einen Posten gefunden bei einer Achterbahn, sie zieht herum von Ort zu Ort. Es ist eine miese Zeit, mein Herr, auch wenn wir siegen und erobern.«

Ich gehe fort.
Morgen geh ich zur Frau Hauptmann.
Ich weiß, wo sie wohnt.

Und ich sage: »Gnädige Frau, ich wollte ihn retten und dabei verletzte ich meinen Arm. Er wurde zersplittert und ich lag jetzt lang im Lazarett. Den ganzen Sommer über und jetzt ist schon Herbst.«

Sie sah mich an und sagte nur: »Ach!«

»Er ist noch immer nicht ganz gesund, obwohl die Kunst der Ärzte dafür garantieren wird, daß er wieder wird.«

So sprachen wir über meinen Arm.

Sie erkundigt sich, ob er noch schmerzt?

Manchmal, sagte ich, ich könnt ihn auch noch nicht so richtig wieder bewegen.

Und sie fragte: wie gehts denn im Krankenhaus? Sind Sie anständig verpflegt?

Oh ja. Ich erzähle ihr, was wir zu essen bekommen.

Sie hört mir zu, als würde sie an etwas anderes denken oder sich etwas überlegen, plötzlich fragt sie mich: »Essen Sie gern ein Schnitzel?«

»Natürlich«, sage ich, »wer ißt das nicht gern?«

»Dann bleiben Sie doch hier heut Abend. Der letzte Zug fährt um zehn Uhr zurück.«

»Gern!«

»Aber dann müssen Sie mir nur noch etwas holen aus dem Laden«, sagt sie, »ich werd inzwischen alles herrichten. Ich kann nicht fort, ich bin allein.«

Ich gehe in den Laden.

Es ist dunkel geworden und ich kaufe ein.

In dem Laden stehen verschiedene Käufer, Dienstmädchen und so weiter. Auch eine alte Frau. Ich bin der einzige Mann.

Und plötzlich muß ich denken: sie sagte, mein Mann kaufte auch immer ein. Und der Hauptmann stand auch da, vielleicht auf demselben Flecke, wo ich nun stehe und kaufte ein.

Vielleicht ist es viel schöner, als in Reih und Glied zu stehen. Das Kollektiv kommt mir plötzlich so einsam vor, – –

Vielleicht ist man allein gar nicht so allein, wenn man nämlich mehr zu sich selber kommt. Jawohl, mehr zu sich selber.

Und vielleicht sind die Frauen gar nicht so, wie ich sie sehe. Vielleicht bin ich blind – –

Möglich sogar – –

Denn ich liebe ja niemand.

Keine Seele.

Eigentlich hasse ich alle – –

Nur unseren Hauptmann haßte ich nicht.

Und ich kaufe der Witwe eine Schachtel Schokolade. Sie wird sich freuen. Denn das schickt sich so, wenn man eingeladen ist.

Sie freute sich auch, aber sie sagte: wozu diese Auslage, Sie habens doch sicher nicht so dick. Aber sie sagte trotzdem Danke und freute sich und trug die Bonbons in ihr Schlafzimmer.

Ich bleibe allein im Zimmer, sie richtet noch in der Küche. Ich höre manchmal das Geräusch. Ich setze mich in einen Clubsessel.

Im Schrank steht das Konversationslexikon.

Das hat der Hauptmann gelesen. Und da stehen militärische Bücher: das ist seine Lektüre. Und Romane: das liest sie.

Sie kommt mit den Schnitzeln und einer Flasche Wein.

»Trinken Sie Roten?« fragt sie.

»Ich trink alles«, sag ich.

Sie ist sehr bleich.

Wir essen und schweigen.

Sie schenkt ein.

Ich hebe das Glas: »Prost!«

Draußen läutet das Stellwerk

Wir trinken. Wir reden kaum ein Wort.

Plötzlich sagt sie: »Es gibt sonderbare Dinge, an dem Tage, da er fiel, schreckte ich plötzlich zusammen, hatte einen furchtbaren Traum. Ich lag im Bett und er kam hier in den Salon herein, er hatte einen Verband um die Stirne, ich schrie auf und er lächelte mir nur leise zu, als würde er sagen: ›Still, still!‹ Und dann war er wieder weg, er ging durch diese Türe hinaus.«

»Wohin geht die Türe?«

»In mein Schlafzimmer.«

Wir essen weiter.

Plötzlich sagt sie wieder: »Es gibt unerklärliche Dinge zwischen Himmel und Erde, die wir nicht kennen – – glauben Sie daran, daß es das gibt?«

»Ich weiß nicht«, sage ich, »ich kenne mich da nicht so aus in diesen Dingen. Aber es ist natürlich alles möglich und sicher wissen wir vieles noch nicht.«

Sie trinkt viel.

»Ich möchte mich heute betrinken«, sagt sie, »ich weiß nicht, das alles hat mich so erschüttert, und ich muß sagen, ich werde einen Gedanken nicht los – – halten Sie es für richtig, daß er in den Tod geht und doch an mich gar nicht denkt?«

»Hm.«

»Sie sind jetzt mein Mitwisser, Sie sind der einzige und ich weiß gar nicht, wer Sie sind, ich seh nur, Sie haben drei silberne Sterne – –«

»Hm.«

»Ich kann nur mit Ihnen drüber reden, wenn die wüßten, diesen Brief, sie würden ihn noch ausscharren und in der letzten Ecke des Friedhofs begraben.«

»Hm.«

»Was sind Sie eigentlich von Beruf? Student?«

Ich? Student?

Seh ich denn so aus?

Soll ich ihr sagen, daß ich nichts bin?

Die Badehütten, usw – –

Und ich sage: ja, ich bin Student, und bin dann eingerückt.

Es [freut mich] schmeichelt mich, daß sie mich für einen Studenten hält.

Ich kann plötzlich so frei mit ihr reden. Ich habe noch nie mit einer Dame so geredet, so eingeladen, war ich noch nie – – und es ist mir plötzlich so, daß ich sie liebevoller ansehe.

Schau, auch mit so einer Dame kann man reden, mit der Witwe eines Hauptmanns, aber man muß sich für einen Studenten ausgeben.

Und ich erzähle ihr, daß ichs nicht für richtig halte, daß er in den Tod ging und nicht an sie dachte – – denn ich würde an sie denken und das ist mir momentan ehrlich.

Momentan ists mir, ich würde auch das Vaterland vergessen wegen ihr, und es wird mir ganz eigen zu Mut – – als wär das Vaterland nur ein schwacher Ersatz – –

Für was?

Ist das das bequeme Leben?

Vielleicht.

Vielleicht komm ich noch auf den Geschmack – –

Und ich muß plötzlich an meinen Vater denken, der in seiner Wirtschaft herumhinkt und er beginnt mir leid zu tun – –

Komisch, ich werd ein besserer Mensch, ein gütigerer – –

Und auf einmal sagt sie, wir, er und ich, wir lebten ja auch nicht so glücklich zusammen. Er kannte nur seinen Beruf. Die Pflicht war ihm alles und oft war eine Wand zwischen uns und ich saß hier oft und weinte, ich war viel einsam – –

Es wird immer später.

Ich muß jetzt gehen, sage ich.

Wir haben noch Wein, sagt sie.

Mein Arm [schmerzt mich] beginnt weh zu tun.

Sie sagt: Sie können ruhig hier übernachten, auf dem Sofa.
Wenn Sie wollen.

Aber das geht doch nicht – –

Warum nicht? Sie stören niemand. Und ich bin gar nicht
gern allein in der Wohnung. Es kommen oft so Bettler – –

Bettler?!

Das Wort versetzt mir einen Stich.

Und sie sagt: »Sie verlangen oft mehr und sind gar nicht
zufrieden, wenn man ihnen paar Groschen gibt. Neulich
war einer da, der warfs mir vor die Füße.«

Und ich denk an die fünf Taler.

Jetzt läutet das Stellwerk.

Sie horcht auf: »Jetzt müssen Sie bleiben – –«

Es war der letzte Zug.

Wundervoll sind die Wege »Gottes«, das geb ich ohne weiteres zu. Unenträtselbar für einen Sterblichen – stimmt!

Wer hätte es gedacht, daß ich mit der Frau meines Hauptmanns ins Bett gehen werde! Es ist so unvorhergesehen, daß man wirklich anfangen muß, darüber nachzudenken, was es alles in unserer Welt für seltsame Zusammenhänge und unsichtbare Gesetze gibt. Gesetze, die keinen Witz verstehen.

Als es dazu kam, so weiß ich es nicht genau, ob ich sie eigentlich wollte. Ich wollte nur eine Frau haben, das mußte ich, es war höchste Zeit, denn ich hatte schon lange keine mehr. Ich hatte bereits Träume in der Nacht, wo ich nicht mehr wußte, ob ich ein Mann bin oder ein Weib.

Sie umarmte mich und sagte: Warum umarmst du mich?

Sie knöpfte meinen Waffenrock auf und sagte: Warum machst du das?

Sie gab mir einen Kuß und sagte: Laß mich!

Sie preßte mich an sich und sagte: Geh von mir!

Mein Arm wird nicht besser.

Als mich der Arzt untersuchte zwei Tage später, sagte er: Was ist denn los? Der Arm ist ja schlechter geworden? Schlechter?

Haben Sie denn etwas gehoben damit oder getragen?

Nein, sage ich und muß lächeln.

Trauen Sie sich nur nicht gar zu viel zu, sagt er, seiens nur nicht leichtsinnig, der Arm ist noch lang nicht gut – –

Er wird schon gut, sage ich.

Seiens nur nicht so leichtsinnig, sagt er.

Aber komisch, ich hab keine Angst mehr. Immer muß ich an die Witwe denken. Sie heißt Lony, das ist Ilona. Eine Abkürzung.

Immer hör ich das Stellwerk.

Die Züge fahren draußen vorbei und wir liegen drin.

Ich möchte immer bei ihr liegen – –

Ich werde ihr schreiben.

Oder nein, ich werde sie wieder besuchen, so in vier Tagen wieder. Ich werde Blumen kaufen und Schokolade.

Wenn ich wieder fort darf.

Denn jetzt muß ich wieder zu Haus bleiben, bis mein Arm wieder wird.

Ja, Liebe kostet Opfer.

Der Herbst kam mit Regen und Sturm, wir sitzen drinnen und spielen Schach. Und Karten.

Ich spiele Karten und verliere in einer Tour.

»Glück in der Liebe«, sagt der eine, der gewinnt.

Ich lächle.

Ich verliere gern.

Ja, ich werde Blumen kaufen und Schokolade.

Und ich denke: ich bin ein Student.

Und ich seh das Essen auf dem Tisch und das Geld. Sie hat

keine Sorgen. Und es ist mir plötzlich: wie dumm bist du
gewesen, daß du das bequeme Leben abgelehnt hast!
Du hast es ja nur verflucht, weil du es nie haben konntest!
Aber jetzt hast du dazu geschmeckt.
Jetzt gefällt es dir.
Und du wirst es nimmer verlieren – –
Ich werde vor sie hintreten und werde sagen: ich bin kein
Student. Aber ich liebe Sie, Dich, Lony –
Ich verliere, ich verliere – –
Oder soll ich schwindeln? Nein, das hat keinen Sinn.
Du sollst dich ihr anvertrauen, es ist ja keine Kleinigkeit,
daß man gleich so zusammenpaßt – – zwar hat sie mal in
der Nacht plötzlich aufgeschreckt und gesagt, es geht
wer – – und wir waren uns plötzlich ganz fremd.
Und einen Augenblick dachte ich, der Hauptmann ist im
Nebenzimmer.
Aber dann waren wir wieder zusammen.
Es ist plötzlich von mir weggefallen, all der Haß und ich
liebe wieder – –
Sie lag auf meinem Arm – –
Aber ich hab sie nicht geweckt, sie schlief – –
Mein Arm wird schon wieder – – ich hab keine Angst.
Denn ich liebe wieder, ich liebe – – es ist mir soweit
alles – –
Ich verliere, verliere – –
Jetzt hab ich nichts mehr.
Alles verloren.
»Fünf Taler«, sagte der eine.
Aber das macht mir nichts.
Ich hab auch keine Angst mehr vor dem Bettler.
Mein Arm wird schon werden und wenn ich ihn auch
verliere, was liegt daran!
Ich setze mich an einen anderen Tisch und schreibe einen
Brief: »An Frau Lony – Hauptmannswitwe« –

Ich schreibe ihr, daß ich sie besuchen will.
Daß ich an sie denke.
Plötzlich steht einer neben mir und sagt: »Was? An wen schreibst du da?« Er sieht das Kuvert – –
»Du kennst die Witwe des Hauptmanns?«
»Ja«, sage ich.
Er ist einer von unserer Kompanie.

Wir sprechen übern Hauptmann. Die Auseinandersetzung zwischen Oberleutnant und Hauptmann.
Kamerad sagt: Der Hauptmann war verrückt.
Ich: Möglich.
All diese Probleme interessieren mich nicht mehr.

Ich warte auf den Brief, aber ich bekomme keinen Brief von ihr.

Der Gedanke

Nun wohn ich bei meinem Vater. Er geht gegen Mittag
weg und kommt erst nach Mitternacht heim. Sein Zimmer ist wirklich arm.

Ein Schrank, ein Tisch, ein Bett, zwei Stühle und ein
schiefes Sofa – das ist alles. Das Sofa ist übrigens obendrein zu kurz für mich.

Dafür hab ich den halben Tag Musik.

Nebenan wohnt nämlich eine arbeitslose Verkäuferin mit
einem heiseren Grammophon. Sie hat nur drei Platten,
lauter Tanz.

Also immer dasselbe, aber das stört mich nicht, was lustiges hört man immer gern.

Ich lese ein Buch über Tibet, das geheimnisvolle Reich des
Dalai-Lama am höchsten Punkt der Welt. Mein Vater hats
von einem Stammgast bekommen. Der Stammgast konnte
nämlich plötzlich seine Zeche nicht mehr bezahlen, weil
er seine Stellung verloren hatte. Ein kleines Menu ist das
Buch wert. Aber ohne Kompott.

Diese Verkäuferin ist nicht hübsch.

Sie wird also schwer eine Stellung bekommen.

Wenn sie nicht verhungern will, wird sie sich wohl verkaufen müssen.

Viel wird sie ja nicht bekommen. –

Eigentlich ist sie zu dürr. Zumindest für meinen Geschmack. Ich lieb nämlich nur das Gesunde.

In den Zeitungen steht zwar, wir hätten keine Arbeitslosen mehr, aber das ist alles Schwindel. Denn in den Zeitungen stehn nur die unterstützten Arbeitslosen – da aber
einer nach kurzer Zeit nicht mehr unterstützt wird, kann
er also nicht mehr in der Zeitung als Arbeitsloser stehn.
Ob er sich umbringt, um nicht zu verhungern, darüber
darf nämlich nichts berichtet werden. Nur wenn einer

etwas stiehlt, das steht drin und zwar in der Rubrik: »Aus dem Rechtsleben«.

Es gibt keine Gerechtigkeit, das hab ich jetzt schon heraußen.

Daran können auch unsere Führer nichts ändern, wenn sie auch auf außenpolitischem Gebiet noch so genial operieren. Der Mensch ist eben nur ein Tier und auch die Führer sind nur Tiere, wenn auch mit Spezialbegabungen.

Warum bin ich nicht so begabt?

Warum bin ich kein Führer?

Wer bestimmt da mit einem Menschen? Wer sagt zu dem einen: Du wirst ein Führer. Zum andern: Du wirst ein Untermensch. Zum dritten: Du wirst eine dürre, stellungslose Verkäuferin. Zum vierten: Du wirst ein Kellner. Zum fünften: Du wirst ein Schweinskopf. Zum sechsten: Du wirst die Witwe eines Hauptmanns. Zum siebten: Gib mir deinen Arm –

Wer ist das, der das zu befehlen hat?

Das kann kein lieber Gott sein, denn die Verteilung ist zu gemein –

Wenn ich der liebe Gott wär, würd ich alle Menschen gleich machen.

Einen wie den anderen – gleiche Rechte, gleiche Pflichten. Aber so ist die Welt ein Saustall.

Meine dicke Schwester im Krankenhaus sagte zwar immer: Gott hat mit jedem einzelnen etwas vor –

Heut tuts mir leid, daß ich ihr nicht geantwortet hab: Und mit mir? Was hat er denn mit mir vor, dein lieber Gott?

Was hab ich denn verbrochen, daß er mir immer wieder die Zukunft nimmt?

Was will er denn von mir?

Was hab ich ihm denn getan?!

Nichts, radikal nichts!

Ich hab ihn immer in Ruh gelassen. –

Das Grammophon spielt, ich lese im Buch über Tibet von dem salzigen See Lango-Ply, aber meine Gedanken sind wo anders.

Ich hab nämlich keine Angst mehr vor dem Denken, seit mir nichts anderes übrig bleibt. Und ich freue mich über meine Gedanken, selbst wenn sie was Unangenehmes entdecken.

Denn ich bleib durch das Denken nicht mehr allein, weil ich mehr zu mir selber komme. Dabei find ich natürlich nur Dreck.

Ich darf noch die Uniform tragen, denn ich hab keinen anderen Anzug, und das Jahr in der Kaserne war mein goldenes Zeitalter.

Vielleicht hätt ich jenem Bettler meine fünf Taler geben sollen, vielleicht wär dann heut mein Arm wieder ganz – nein, das ist ein zu dummer Gedanke!

Weg damit!

Mein Vater sagte: wir haben gesiegt – jawohl: wir. Als wär er auch dabei gewesen –

Einst hat er den Krieg verabscheut, seinen Weltkrieg, weil er dabei gewesen ist. Aber mein Krieg, der versetzt ihn in Begeisterung –

Ja, er ist und bleibt ein verlogener Mensch.

Aber ich bin ihm nicht bös, wenn ich dieses Zimmer betrachte.

Wer arm ist, darf sich was vorlügen – das ist sein Recht. Vielleicht sein einziges Recht.

Als ich an diesem Abend das Lokal betrat, in dem mein
Vater bediente, war das Tischchen, an dem ich sonst zu
essen pflegte, besetzt. Es saß dort bereits ein Gast.

Der Tisch stand abseits von den anderen in einer Ecke, es
war ein schlechter Platz, denn es zog immer herein. Aber
da ich umsonst aß, mußte ich damit vorlieb nehmen. Hier
aß ich nämlich, mein Vater bezahlte es zu sehr ermäßigtem
Preise, bis ich Bescheid bekomme wegen der Aufseher-
stelle. So hatten wir beide es besprochen.

Der Gast, der an dem Tische saß, trug eine blaue Brille
und hatte einen Vollbart. Ein weißer Stock lehnte neben
ihm, er war also blind.

»Setz dich nur hin«, sagte mein Vater, »das ist bloß ein
Bettler.«

Ein Bettler?

Und es fielen mir wieder die fünf Taler ein – –

Wars nicht dieser, dem ich sie nicht gab?

Ich näherte mich dem Tische.

Nein, er wars nicht, aber ich bin nicht sicher – –

Auf alle Fälle: er könnts gewesen sein.

Und [ich denke] ich werde den Gedanken nicht los: vielleicht wär mein Arm jetzt ganz, wenn ich ihm die fünf
Taler gegeben hätt, vielleicht müßt ich jetzt nicht hier mit
einem Bettler zusammen essen am gleichen Tisch und die
Protektion erbitten und Aufseher werden – –

Ich setze mich an den Tisch und sage: »Guten Abend!«

»Guten Abend«, sagt der Bettler und läßt sich nicht stören. Er löffelt seine Suppe.

Ich muß auf die meine warten.

Der Bettler hat seine Suppe ausgelöffelt und ißt nun ein
Kotelett mit Reis und Salat. Auch Kompott ist dabei. Und
ich denke mir: schau, dieser Bettler kriegt mehr wie ich – –

Jetzt bringt mir mein Vater meine Suppe und sagt zum Bettler: »Schmeckts?«

»No ja«, meint der Bettler, »das Fleisch ist ein bisserl zäh für meine Zähn und der Reis ist wieder so ein Matsch – – geh bringens mir einen halben Liter, von dem Weißen!«

Was? Der Bettler bestellt sich Wein?

Ich glotze meinen Vater betroffen an – – er errät meine Gedanken und meint lächelnd: » Jawohl, der Großpapa da verdient mehr als ich, der kann sich ruhig den Wein leisten – –«

»Red nur«, sagt der Bettler, »red nur und richt mich aus –– wer ist – –« und er hebt seine blaue Brille und zwei Augen schauen mich streng an und zugleich gutmütig: »Wer sitzt denn da?«

»Mein Sohn.«

»Ah, gratuliere!«

»Er verläßt jetzt das Militär«, sagt mein Vater.

»Bravo«, sagt der Bettler, »verlassen ist immer gut. Was will er denn werden?«

»Er wird Aufseher«, sagt mein Vater.

»Aber Vater«, sag ich, »woher willst denn das wissen? Das hängt doch noch alles in der Luft!«

»Es hängt gar nichts in der Luft«, sagt mein Vater, und zum Bettler gewandt: »Er hat nämlich eine starke Protektion, die Witwe eines Hauptmanns, seines gefallenen Hauptmanns.« – –

Jetzt werd ich wild.

»Aber Vater«, sage ich, »wie kannst denn du das alles in der Welt so herumschreien, das muß doch nicht jeder wissen!«

» Junger Herr«, sagt der Bettler, »ich darf alles wissen und ich weiß auch alles. Wenn Sie wüßten, was mir alles erzählt wird!«

Mein Vater will mir auch entgegnen, daß er nicht aber-

gläubisch sei, aber er wird von anderen Gästen fortgeru-
fen. Er muß ihnen Bier bringen.

»Sie dürfen Ihren Vater nicht so anfahren. Ihr Vater ist ein
alter Mann, da wird man geschwätzig. Das ist nicht schön
und das gehört sich nicht«, sagt der Bettler.

»Was geht das Sie an?«

»Es geht mich so lang was an, solang ichs hören muß.«

»Dann hörens weg!«

»Das kann ich nicht. Ich bin ja nicht taub.«

Ich betrachte ihn spöttisch.

»Und blind sind Sie auch nicht?«

»Natürlich nicht«, sagt er. »Das tu ich nur so, als ob ich
nicht sehen würde, sonst würd mir ja keiner was geben.«

»Feine Finten!«

»Ich muß auf das Mitleid spekulieren, damit die Leut
besser werden. Ich tu als wär ich blind, aber ich sehs
genau, wer mir was gibt. He, wo bleibt mein Wein?«

»Hier«, sagt mein Vater, er brachte ihn soeben.

»Zwei Gläser«, sagt der Bettler, »ich möcht gern deinen
Sohn einladen – – darf ich?«

»Oh bitte!« sagt mein Vater.

»Ich verzichte«, sage ich.

»Was hat er denn?« staunt mein Vater.

»Er ist bös auf mich«, grinst der Bettler.

»Warum denn?«

»Weil ich dich in Schutz genommen hab«, sagt der Bettler.

»Ich brauch deinen Schutz nicht«, sagt mein Vater.

»Nanana, nur nicht gar so von oben herab! Kennst du
nicht das erste Gebot – – dort stehts an der Wand: ›Ehre
Deinen Gast‹.«

»Mit dir kann man nicht reden!«, sagt mein Vater ärger-
lich und läßt uns stehen.

»Mit mir kann man schon reden«, grinst der Bettler,
»vorausgesetzt, daß man die Gebote befolgt.«

Ich betrachte die Gebote, sie hängen an der Wand.
Da steht:
Erstes Gebot: Ehre Deinen Gast, er ist Dein Herr, solang
er die Zeche nicht prellt.
Zweites Gebot: . . .

»Trinkens nur ruhig mit mir«, höre ich den Bettler und er
schenkt auch schon ein, »ich bettel zwar, und heut hat mir
einer einen Gulden gegeben, das sind so Gelübde, als ob
ich helfen könnt! Und ich kann auch helfen!«
»Sie können helfen?«
»Nicht immer. Aber wenn einer ganz fest glaubt, dann
ja – –«
»Das wär ja sehr einfach!«
»Oho! Glauben ist schwer, sehr schwer!«
»Sie glauben doch nicht – –«
»Doch. Wenn man einem Bettler was gibt, das hat man
Gott gegeben – aber ich will Ihr Gewissen erleichtern, das
Geld mit dem ich diesen Wein da bezahl, ist nicht erbet-
telt –«
»Sondern gestohlen?« denke ich.
»Auch nicht gestohlen«, und er sieht mich scharf an, »wer
hat heutzutag noch nicht irgendwas gestohlen – – ein
jeder. Es kommt ja nicht drauf an, ob ein solcher Dieb-
stahl im Gesetzbuch bestraft wird, ich red jetzt von einer
höheren Warte aus.«
»Höhere Warte?« Ich betrachte ihn spöttisch.
»Das Geld, mit dem ich diesen Wein bezahle, ist weder
erbettelt noch gestohlen, es ist mein Vermögen, ich bin
nämlich reich.«
»Ach, und warum bettelns denn dann?«
»Das ist mein Beruf«, sagt er schlicht.
Lacht er mich aus? Macht er sich lustig über mich?
»Das versteh ich nicht«, sag ich.

»Das ist auch mein Geheimnis.«

»Das ist mir zu hoch.«

»Das glaub ich Ihnen«, sagt er und hebt sein Glas, »also reden wir nicht mehr, sondern trinken wir. Auf das, was wir lieben.«

Ich starre ihn an. Und rühre mich nicht.

»Na, Sie werden doch etwas haben, das Sie lieben – –«

»Nein, das heißt – –«

»Sie haben gar kein Mädel, niemand?«

»Nein.«

»Es ist nicht gut, daß der Mensch allein sei«, sagt er.

»Finden Sie?«

»Ja, denn sonst verliert er sich in Grübeleien. Und er kann doch nicht denken, d. h. nur begrenzt. Da ists mir schon lieber, Ihr habt die Erbsünde begangen – ohne Weib wärs sicher noch schlimmer.«

»Ich hätt vielleicht schon wen«, sag ich, »aber ich weiß nicht, wo sie wohnt – –«

»Sie wissens nicht?«

»Nein, sie ist fort.«

»Na und?«

»Nichts. Sie wird mich auch nicht mögen.«

»Warum nicht?«

»Weil ich nichts hab.«

»Lächerlich. Eine Frau ist doch nicht so –«

»Sicher hat sie schon einen Meinesgleichen oder sowas.«

»Woher wollen Sie das wissen?«

»Ich denk es mir.«

»Das sagt gar nichts.«

»Was? Denken sagt gar nichts? Sondern?«

»Sondern: was grübeln Sie da herum – suchen Sie, suchen Sie!«

»Vorbei.«

»Sie gefallen mir. Wenn sie fort ist und dann sitzens da herum?«

»Was soll ich tun?«

»Suchen Sie sie! Suchen Sie. Man wird nicht umsonst geliebt! Gehens und suchens!«

»Wo denn?«

»Fragens die Leut!«

»So?«

»Jemand wirds schon wissen!«

Er hat recht, denke ich. Natürlich werd ich sie suchen, und zwar gleich morgen früh. Ich werd mich in der Autorennhalle, dort, wo das verwunschene Schloß mal stand, erkundigen, wo sie wohl sein mag – –

Und ich hebe das Glas: »Auf das, was wir lieben!«

Ich gehe auf den Friedhof und suche ihr Grab.

Es ist schon Nachmittag geworden und der Schnee beginnt zu treiben.

Es ist bitterkalt.

Die Straße ist rutschig.

Wolken ziehen vorbei und ich geh langsam an den Gräbern entlang.

Hier liegen die Helden, die Weiber und die Kinder.

Ich gehe auf ihr Grab.

Endlich find ich es.

Es ist klein und ein kleines Kreuz und daran steht: Anna Lechner.

Und ich setze mich nieder, gegenüber ist ein höheres Grab.

Mir ists, als müßte ich auf etwas Neues warten.

Als würde eine neue Zeit kommen – –

Es ist so seltsam still.

Ein Engel steht auf einem Grab, hat er ein Schwert in der Hand?

Ich kanns nicht erkennen, denn es dämmert bereits.

Oder kommt die neue Zeit nur in mir?

Und ein Satz fällt mir plötzlich ein und läßt mich nicht mehr los: am Anfang einer jeden neuen Zeit stehen in der lautlosen Finsternis, die Engel mit den feurigen Schwertern.

Und ein anderer: Wir sind Gottes Ebenbild.

Ein jeder einzelne – – ja, der Bettler hatte recht.

Und wir stehen nur einzeln vor Gott und geben ihm Rechenschaft, nur einzeln, und niemals das Vaterland oder dergleichen, das ist alles Menschenwerk, nur der Mensch ist Gotteswerk, nur den Menschen hat Gott gebaut – –

Und es zählt nur der einzelne.

Auf einem Grab steht: »Ich bin das Leben.«
Ja, und jeder ist einzeln und jeder ist anders, keiner machts gleich, keiner ist dem anderen gleich – –
Und es gibt nur Verbrechen der Einzelnen (?)
Und meine Kameraden – – wenn ichs mir überlege, ein jeder hat ein anderes Schicksal, auch wenns ähnlich ist – – ein jeder hat in seinem Leben mit der Witwe eines Hauptmanns geschlafen, mit einem Zwerg, – – aber hat ein jeder keine Liebe gefunden?
Er kann sie nicht finden, solange er das Vaterland liebt, das Kollektiv, die gleiche Reihe – –
Solange er die Front abschreitet.
Und es wird immer kälter – –
Wir sind jeder allein – – und einsam.
Und nur in der Liebe können wir das finden – –
Nicht im Männerbund, ausgerichtet, Mann für Mann.
Aber wir, wir sind zu verpatzt dazu – – wir können nur eines machen: erkennen, was weg gehört!
Gleichgültig, was dann kommt – –
Der Nebel fällt ein – –
Es ist der Nebel der Zukunft, denke ich.
Es wird so kalt, sie zwickt mich, als kröchen Ameisen über mich und errichten eine Burg – – was tragen die Ameisen?
Sie bauen, sie bauen – –
Es schneit immer mehr.
Und mit dem Schnee kommt der Gedanke – –
Es fällt in weichen Flocken und deckt alles zu – – Es wird alles weiß.
Eine große Hand nimmt mich in die Hand und hebt mich auf.

Anhang

Seit 6. 7. 1937 hiel sich Ödön von Horváth in Henndorf bei Salzburg auf und wohnte im Gasthof Bräu.[2] Wera Liessem, die den Sommer 1937 mit Freundinnen in Aigen bei Salzburg verbrachte und »immer herüber nach Henndorf«[3] fuhr, berichtete, daß Horváth unmittelbar nach der Niederschrift von *Jugend ohne Gott*, »ohne das erste Buch recht auszufeilen schon an *Das Kind unserer Zeit* heran«[4] wollte. Diese Angaben stimmen mit Franz Theodor Csokors Erinnerung überein, der zu dieser Zeit ebenfalls in Henndorf wohnte und am 5. 8. 1937 an Lina Loos schrieb: »Es wird hier ungeheuer fleißig gearbeitet, kaum, daß man zum Baden kommt«[5]; 1964 ergänzte er in der Publikation seiner Briefe: »Ödön schreibt an einem neuen Roman, den er *Ein Kind unserer Zeit* nennen will.«[6]

Tatsächlich aber beschränkte sich Horváths Arbeit vorerst nur auf flüchtige Konzepte und vage, oftmals variierte Handlungsstrukturen.[7] So notierte er auf einem Zettel:

[1:][8]

Ein Soldat.

Kind

Soziale Ungerechtigkeit   *[(Enttäuschte Religion)]*
                            [Der Freund: In der heutigen Zeit sind wir
                            alle Findelkinder.]

Verbrecher

[Trappisten][9] [Das nationale Bewußtsein] [Radfahrer-Champion]

Stimme: So wie Du als einzelner nichts bist, so gibt es auch Völker,
die nichts sind – sie müssen sich ihr Recht erkämpfen.

Auf dem Zettel oben die getilgte Notiz:

Herr Thomas, »Prager Tagblatt«

Hatvany Budapest

Im Sommer 1937 hatte Horváth in Henndorf im Gasthof Bräu Jolan von Hatvany die Frau des ungarischen Kritikers und Schriftstellers Lajos von Hatvany[10], kennengelernt.[11] Am 6. 9. 1937 war Horváth über München *weiter nach Amsterdam auf 3-4 Tage, wieder zurück und nach Prag*[12] gefahren, um den letzten Proben und der Urauffüh-

rung seines Stückes *Ein Dorf ohne Männer* am 24. 9. 1937[13] beizu-
wohnen. Die auf dem oben genannten Konzept notierten Namen
Thomas[14] und *Hatvany*[15] ermöglichen die Datierung dieses Entwurfs
auf Oktober 1937 und belegen gleichzeitig auch, daß Horváth bis
dahin mit der Niederschrift des Romans noch nicht begonnen hatte.
Auf anderen Zetteln notierte Horváth:

[2:][16]
Ein Soldat　　　　　⟨*SOLDAT UNSERER ZEIT*⟩
Roman.
Soll man das mit Trauer sagen oder mit Freude?
Denn es gilt auf der Welt nur die Gewalt,
die Macht – und ohne Macht gibt es kein Recht!
[Ich sag es mit Freude, denn es ist klar!]
[Debatte:
Kuh[17]*: Schon wenn Sie fragen, sind Sie kein Überzeugter,*
　　　　Sie dürfen gar nicht fragen!]
Der Soldat, der erste Mann der Welt.
⟨*Ein*⟩ *Soldat seiner Zeit*

[3:][18]
Ein Soldat seiner Zeit
1.) *Geburt*
2.) *Es ist kalt*
3.) *Das Geld*
4.) *Der liebe Gott*
5.) *Das Vaterland*
6.) *Die Arbeit.*
　　[»Es freut ihn nicht«]
[7.) Die Liebe »Die Meisterin; die Arbeiterin; das Mädel«]
⟨7⟩8.) *Der Soldat.*
　　　»Nach dem Beruf freute es ihn, als er endlich Soldat wurde.«

[4:][19]
Der Soldat
Das Mädchen.
(Sie hat ein Kind)
[Die Wahrsagerin (?)]

208

Er geht in die Kaserne
    x

Sie am nächsten Tag zu ihm hin und das Regiment ist weg.
Niemand weiss, wohin.
    x

⟨*Die Wahr*⟩
Der Soldat im Felde
    x

Die Wahrsagerin
    x

Auf diesem Zettel finden sich noch folgende Zeilen Horváths: *Mein liebes Werchen, eben erhalt ich mein Buch und schick es Dir sofort zu. Ich bin so froh, dass es Dir gefällt und grüsse Dich in Freundschaft Dein alter Ödön.* Nach Aussage von Wera Liessem[20] handelt es sich hierbei um den Entwurf eines Widmungsschreibens zum Roman *Jugend ohne Gott*, der Ende Oktober 1937 in Amsterdam erschien und ausgeliefert wurde.[21]

Längere Zeit scheint Horváth den Titel seines Romans nicht endgültig fixiert zu haben. Auf einem hs Entwurf, der bereits Parallelen zum endgültigen Anfangstext aufweist, ist noch zu lesen:
[5:][22]
⟨*EIN SOLDATENROMAN*
  EIN SOLDAT IN UNSERER ZEIT
  EIN HELDENLEBEN⟩
                 ⟨*ICH BIN EI* > *SOLDAT*⟩
EIN SOLDAT
Roman.
Darunter folgender Textentwurf:
– *1* –
Ich bin Soldat.
⟨*Und ich bin gerne Soldat.*⟩
Wenn morgens der Reif auf den Feldern liegt oder wenn abends die Nebel aus den Wäldern kommen, Frühling und Herbst, Sommer und Winter, obs regnet oder schneit, Tag und Nacht – immer wieder freut es mich in Reih und Glied zu stehen.
⟨*Wir stehen auf, es ist noch dunkel, wir*⟩

⟨Heut ist es Herbst. – Ende September.⟩

⟨Wir stehen auf, es ist noch dunkel, wir gehen schlafen, es ist noch hell. Wir sind müde⟩ Das Wasser ist kalt, das Lager warm, ⟨das Essen reichlich.⟩ die Schuhe schwer, wir putzen uns die Zähne. Der Dienst ist nicht schwer⟩ nicht leicht, nicht schwer. Wir sind viel in der frischen Luft.

⟨Und am Sonntag gehen wir fort.⟩

Wir spielen Karten.⟩

Ja, ⟨wie schön ist das Soldatenleben!⟩ ich bin gerne Soldat!

Ich war ja schon ganz verzweifelt, was ich mit meinem Leben beginnen sollte. Am liebsten wär ich Bauer geworden oder Förster oder irgendwas an der frischen Luft. Aber ich habe kein Geld. Ich ⟨?⟩ wurde ein Buchdruckerlehrling, aber ich hasse die Bücher.

Der Meister riss mich an den Ohren. Es freute mich nicht, nein was ich lernen sollte.⟩

[Ich bin Gymnasiast.]

⟨Da wurde ich achtzehn Jahre und kam zum Militär. Sie behielten mich, denn ich bin gesund und liebe den Sport.⟩

⟨Jetzt bin ich schon vier Monat dabei. Hoffentlich dauerts noch lang. Hoffentlich kann ich ganz dabei bleiben!⟩

[Ich liebe Hauptmann, den Leutnant, den Feldwebel. Ich liebe die Kaserne, die Treppe, die Schilderhäuschen –

Ich liebe die Luft.

Als der Stabsarzt »Tauglich« ... sagte, hätte ich ihn umarmen können. Ich ging nachhaus und packte meine Bücher schmiss meine Bücher in die Ecke. Dann holte ich sie hervor und verkaufte sie. Zuwas brauch ich Bücher? Was soll ich auf der Universität? Ein Arzt werden, der verhungert? Ein Chemiker? Ein Erfinder, der betrogen wird? Nein!]

Ich bin Soldat!

Jetzt hat mein Leben ⟨?⟩ einen Sinn!

Ja, ich bin 18 Jahre – geboren am 5. Nov. 1917.

Ich bin ein Kriegskind.

Aber ich kann mich an den Krieg nichtmehr erinnern.

– 2 –

Mein Vater ist in der Hotelbranche. Er ist aber nur ein Oberkellner, allerdings einer, der viel verdient. Er meint, nur studierte Leute

würden was auf der Welt. Aber die Welt hat sich gedreht und mein
Vater ist ein altmodischer Mensch.
Meine Mutter kenne ich nicht. Nur von Photographien.
Sie starb.
Sie sitzt auf einer Bank mit einem altmodischen Hut.
Nur keine überflüssige Sentimentalität!

Weitere Entwürfe sahen folgenden Ablauf vor:
[6:]²³
– 1 –
⟨Es war einmal ein Soldat. Er war ein Kind seiner > unserer Zeit.⟩
·⟨Es gibt gute und böse Zeiten, fette und magere Jahre, Krieg und
Frieden.⟩·
⟨Aber in unserer Zeit⟩   ⟨Aber unsere Zeit ist für viele böse, für
wenige gut, die Jahre sind⟩
⟨in unserer Zeit gibts⟩   ⟨Aber unsere Zeit ist alles: gut und
⟨Anna wohnte im dritten   böse, fett und mager.⟩
Stock.⟩
⟨?⟩   ⟨?⟩
⟨Anna wohnte im dri⟩   Ist die unsere gut oder böse? Fett oder
                          mager? Für manche ja, für viele nein.
                          ⟨?⟩

1.)
Es war einmal ein Soldat. Er war ein Kind ⟨unserer⟩ seiner Zeit.
⟨Es gibt [gab immer schon] gute und böse Zeiten, fette und magere
Jahre, Krieg und Frieden.
⟨Doch heute wissen⟩
Und unsere Zeit?
Ist sie gut oder böse? Fett oder mager?
Für viele mache viele böse – für manche > wenige gut.
Geboren am ⟨6⟩ 7. November 191⟨6⟩5, ist ⟨?⟩ unser Soldat heute 22
Jahre alt. ⟨Als⟩ Sein Vater ⟨war im Weltkrieg⟩ geriet [1917] in
Kriegsgefangenschaft, und kam erst ein Jahr nach Friedenschluss
zurück. Seine Mutter lebt nicht mehr. Sie starb an der Grippe,
⟨knapp nach dem Weltkrieg.⟩ es war erst kaum Frieden. Jaja, unser
Soldat ist ein sogenanntes Kriegskind. Aber es kann sich an den Krieg
nichtmehr erinnern.

Auch an seine Mutter nur kaum. Nur so ungefähr.

Seine erste Erinnerung ist . . . Es ist kalt, das ist seine erste Erinnerung –

– 2 –

[2.) Der Vater aus der Gefangenschaft zurück. Gegen den Krieg.]

⟨2⟩3.) <u>Es gibt nur einen Menschen auf der Welt, der unseren Soldaten wirklich liebt.</u> Denn sein Vater mag ihn eigentlich nicht.

Das hatte politische Gründe. Der Vater war ein Pazifist und der Sohn sagte, der Krieg ist der Vater aller Dinge. »Dummer Bub«, sagte der Vater. »Das sag nicht ich«, sagte der Sohn, »das sagt ein alter Grieche.« »Auch Dein alter Grieche ist ein Tepp«, sagte der Vater. Er war Kellner und der Sohn war Buchdrucker. Aber er hatte keine Arbeit und freute sich aufs Militär. Das Militär schien ihm die ganze Hoffnung. Die Freiheit. In Reih und Glied. Nie allein.

                                            Er hatte mal einen großen Krach mit ihm und seit der Zeit mag er ihn nicht. Auch er mag seinen Vater nicht. <u>Der eine Mensch, der ihn liebt, ist ein Mädchen, namens Anna.</u> Sie ist eine Verkäuferin, eine Angestellte und sie denkt immer an den Soldaten. Und zuerst mochte sie ihn doch nicht, aber dann ja. Sie lächelt oft, wenn sie an ihn denkt. Es ist ihr, wie eine <u>heimliche</u> Königin, sie hat ein heimliches Königreich – [später!!!!]

3.) Oft sitzt sie an der Maschine und denkt an ihn. Durch den Lärm wird alles anders. Sie sieht ihn, er kommt in seiner Montur. Sie kennt ihn ja noch nicht lange, erst drei Tage. <u>Aber die wird ihn lieben, sie ist ja sehr einsam.</u>

4.) Sie lernte ihn auf dem Rummelplatz kennen. Vor der Grottenbahn. Er war nicht der erste Mann. Der erste Mann war ein Chauffeur. Aber das ist schon lange her, sehr lange. Schon über ein Jahr: Da wurde der Chauffeur arbeitslos und sie entzweiten sich.

– 3 –

5.) Auch der Soldat denkt an sie. Sie gefällt ihm. Er rückt aus. »Angetreten!« Er ist gern Soldat. Er wird sie heut abend treffen. Auf der Bank. Im Prater. Er denkt nach, wann er sie umarmen soll. Nein, nicht gleich! Denn er hat auch schon Erfahrungen mit den Mädchen.

a.) die Kellnerin

b.) Traute.   »*Die Zweiteilung der Liebe.*«

c.) Else, die reife Frau.

*Er möchte auch gerne die vornehmen Damen haben, aber die
kommen für ihn nicht in Frage. Denn er hat kein Geld.*

6.) *Auf der Bank.*

7. *Sie hat ein heimliches Königreich.*

8. *Der Soldat spricht nicht davon. Seine Kameraden erzählen von
Weibern. Einer sagt: Du bist ja ganz allein. Der Soldat: Ja. Er
verschweigt seine Liebe.*

– 4 –

9.) *Wieder auf der Bank.*   ⟨»*Es regnet*«⟩

　　　　　　　　　　　　　»*Es regnet.*«

　　　　　　　　　　　　　⟨*Das billige Stundenhotel*　　*später!!!*

　　　　　　　　　　　　　(Das Märchen im Stundenhotel.)⟩

⟨10.) *Der*⟩

10.) *Sie allein. Denkt: ich möcht im Bett mit ihm liegen. Sie möchte
das gerne einrichten.*

11.) *Das billige Stundenhotel.*

　　　Das Märchen im Stundenhotel.

　　　Am Nachmittag. Sie lassen die Läden herab und spielen Nacht.

12.) *Er merkt seine Liebe zu ihr.*

　　　(Gewandelt – Kufstein, Tirol)

13.) *Bei der Wahrsagerin.*

　　　*Die Liebe ja – aber es ist eine weite Reise drinn. (Er ist im
　　　Krieg, als wär Krieg – aber > aber es ist Frieden.)*

　　　Und sie, das Mädel, wird auch eine weite Reise machen.

14.) *Er kommt zu ihr und sagt, er muß weg.*

　　　*Er darf das Land nicht nennen, [eine Übung. –] (wir werden
　　　irgendwo eingesetzt.) (Er ist seltsam ernst)*

15.) *Das Mädel hört von der Revolution im Nachbarland.*

　　　Die Greuel, die ihr die Dame beim Anprobieren erzählt.

　　　Was geht mich das an⟨?⟩ denkt sie.

　　　Ich habe meine kleine Welt.

⟨16.) *Sie eilt zur Kaserne. Er ist weg.*⟩

16.) *Sie kriegt ein Kind.*

Ein ·⟨Soldat⟩·⟨Mensch⟩ seiner Zeit.
Roman.

1.) *[Angetreten!] Die Kommandos.*
   Angetreten! Rechts um! Links um!
   Kniee beugt! Kehrt! Feuert! Zum Gebet!
   Sturmauf – marsch, marsch, hurrah!
   [Unter den Kommandoworten Rekonstruktion seines bisherigen
   Lebens] sozialen Lebens, ausser der Liebe.]
   Denn es gibt nur eines: das Vaterland!

2.) *[Anna, die Soldatenbraut.] Die Kellnerin.*
   [Die Autos, die eingefahren werden müssen.]
   [(Es kommt die Nachricht, daß die Anna ein Kind bekommt. Die
   vier beteiligten Väter = sie besprechen sich, dass sie es sagen,
   dass sie es alle waren.
   Ich: Warum?
   Einer: Weil ich sonst zahlen muß!
   Ich: Ich hab eh kein Geld.
   Einer: Aber Du wirst mich doch nicht hängen lassen.
   Vor dem Hauptmann:
   _____*Hauptmann: Ihr seid ja sonderbare Kavaliere.)*
   Hier alles über seine Liebesverhältnisse.
   [(Die Nacht. Die Visionen der Zerstörung Europas im Bett.
   Die Vision während sie sich auszieht: Wo hat sie das gelernt? Sie
   ist auch mal auf die Welt gekommen und hat es nicht gewusst,
   wie man sich ansieht. Sie hat es erst lernen müssen.)]
   Die Wahrsagerin.

3.) *[Krieg ohne Kriegserklärung.] Über die Grenze.*
   (Der Krieg ohne Kriegserklärung)

4.) *·⟨In der Gefangenschaft⟩· Verprügelt.*
   Der fremde Komissär: Das Geschäft.
   ·⟨(Verprügelt)⟩·

5.) *⟨Der Bonze.⟩ Das Geschäft.*   *[5.) Der Bonze.*
   Verwundet zurück.   *6.) Gespenster*
   Beim Oberkommando.   *7.) Nebel.]*
   (Als Adjutant, der sonderbare Gespräche mit anhört)
   (Der Nationalismus zerbricht, ich werde reiner Opp > Ge-

schäftsmann, ich gehöre dazu.)

6.) ⟨*Urlaub in der Heimat.*⟩ *Der Bonze.*
   ⟨*Bei der Kellnerin*⟩
   (*In der Gesellschaft mit Künstlerinnen: bei der Kellnerin.*
   Die Vision der Zerstörung Europas im Bett.
   Die Visionen, während sie sich auszieht.)
   [(Von Punkt 2.)]

7.) *[Gespenster.] Wieder beim Oberkommando.*
   (*Auch der Geschäftsmann zerbricht;*
   Der Bonze zerbricht an   *[Das Schloss mit den Gespenstern.*
   der Liebe   *Er desertiert zur Kellnerin.]*

8.) ·⟨*In der*⟩· ⟨*Die*⟩ *Heimat.*
   (*Suche überall nach der Kellnerin. Am Grabe*)

9.) ⟨*Im*⟩ *Nebel.*
   Wieder beim Oberkommando.   *[Er kommt zurück und wird*
                                             eingesperrt. Soll erschossen
                                             werden ⟨?⟩*] Der Oberst >*
                                             Hauptmann lässt ihn frei.]
                                             [10 Jahre Zuchthaus und
                                             Ehrenverlust.]
   (*Die Desertion. »Die müssen weg!«*)
   »Ich kenne sie nicht. Aber sie müssen weg. Ich kann ihre Gesich-
   ter nicht sehen. Vielleicht denken ⟨?⟩ *ich, aber sie verfolgen*
   mich.
   Sie müssen weg!

Hier bricht dieser Entwurf ab.

Aus einem anderen Konzept mit der Überschrift *Krieg ohne Kriegs-*
erklärung ist der mutmaßliche weitere Handlungsablauf ersichtlich:

[8:][25]

KRIEG OHNE KRIEGSERKLÄRUNG
⟨*Ich kämpfe nicht mit.*⟩

1.) ⟨?⟩ *Als Soldat. [(Fliegersoldat)]*

2.) *Der Abschied von den Eltern. [Das Land X.*
                              (*Das Land von dem man nicht*
                                  sprechen darf)]
   [(Misstrauen zwischen Vater und Sohn)

Vater: Ich glaube, ich weiss wohin Du kommst –
Sohn: (er betrachtet seinen Vater als alten Liberalisten, er verach-
tet ihn, denn man lebt für höhere Ideale)]

4.) *Der Einmarsch.*
5.) *Die Flieger. [(Der Befehl zur Bombardierung der Spitäler und zur*
     Zerstörung einer Stadt)]
6.) *Der Deserteur.*
 [⟨Die beiden Brüder, die⟩
 Ich stürze ab und werde gefangen.
 Fliehe aus der Gefangenschaft.
 Bin verwundet und werde dann Adjutant.]
7.) *Beim General. [(Die ⟨?⟩ Landkarte, der Brief)]*
8.) *Desertiert. [/ Der Offizier, der mich entlässt.]*
9.) *Im Hochgebirge bei den Tieren. [/ ⟨?⟩ Der Hund.]*
10.) *⟨?⟩ Auf der Alm.*
 [Die Idioten.
 (Die Cretins auf der Alm)]
11.) *⟨?⟩ Durch den Nebel.*

Die nur lückenhaft erhalten gebliebenen Konzepte gestatten keine
verbindliche Rekonstruktion des Entstehungsverlaufs. Zahllose
Variationen derselben Strukturen mit wechselnden Titeln und wech-
selnden Kapitelüberschriften, skizzenhaften Andeutungen von
Handlungschiffren deuten die Fülle der von Horváth erwogenen
Möglichkeiten – oder auch seine Verunsicherung – an.
Ständig verlängerte er seinen Aufenthalt in Henndorf.
Hatte er am 10. 9. 1937 noch geplant[26], nach seiner Rückkehr Ende
September aus Amsterdam und Prag bis Mitte November in Henndorf zu bleiben, schrieb Horváth Mitte Oktober an einen Bekannten
in Wien: *Ich arbeite und bleibe bis Ende November sicher noch
hier.*[27] Er blieb aber noch den ganzen Dezember über in Henndorf[28]
und reiste weder zur Uraufführung von *Himmelwärts* am 5. 12. 1937
nach Wien[29] noch zur Uraufführung von *Der jüngste Tag* am 11. 12.
1937 nach Mährisch-Ostrau[30].
Ende Dezember teilte er seinem Freund Csokor mit: *Ich bleibe noch
hier bis Ende Januar*[31] in Henndorf und bedankte sich bei Jolan von
Hatvany *aus ganzem Herzen für die prächtige Einladung* nach Bu-

dapest, wo er *dann das neue Buch, das ich jetzt schreibe, gleich mitbringen und nichts Böses ahnend vorlesen*[32] werde.

Zu diesem Zeitpunkt scheint der Roman bereits recht weit gediehen gewesen zu sein. Eines der Konzepte sieht unter dem Titel *Ein Soldat seiner Zeit* folgenden Ablauf vor:

[9:][33]

Ein Soldat seiner Zeit
Roman.
1.) *Der Vater aller Dinge.*
2.) *Das verwunschene Schloss.*
3.) *Anna, die Soldatenbraut.* ⟨*(Jenseits der Gletscher. –)*⟩
4.) ⟨?⟩ *Es wird gesäubert.*
5.) ⟨?⟩ *Gefangen.*
6.) *Der Bonze.*
7.) *Der Schneemann.*
8.) *Im Nebel.*
9.)
10.)
11.)
⟨12.)
13.)⟩

1.) *Der Vater aller Dinge.*
2.) *Das verwunschene Schloss.*
3.) *Die Wahrsagerin.*
　　[Sie: »*Komm mit!*«
　　Er: »*Ich komm nicht. Ich muss in die Kaserne.*«
　　　　»*Schad!*«
　　　　»*Lebwohl!*«
　　　　»*Auf Wiedersehn!*«
　　　　xxxxxxx]
4.) ⟨*Anna, die Soldatenbraut.* (Über⟩ (*Am Ende der Nacht*)
5.) *Es wird gesäubert.*
　　[(Wir fahren in der fremden Uniform in die andere Stadt und knallen den Führer nieder)]
6.) *Gefangen.*

7.) *Verwundet.*

8 > 9.) *Der Bonze.*

9 > 8.) ⟨?⟩ *Briefe der* > *einer toten Frau.* [*(Anna, die Soldaten-*
      braut)]

10.) *Der Schneemann.*

11.) *Im Nebel.* ←→ [*Der Skandal im Offizierskasino*
      (Wir sind besoffen und halten Reden)
      Ich: (rede gegen den Krieg, gegen alles)
      Einer: (springt auf: Bravo! Es lebe die Mensch-
         lichkeit!)
      Tumult.
      Ich fliehe.
      In den Bergen.]

Offenbar hat Horváth, wie aus den Nachlaßblättern hervorgeht[34], bis zuletzt noch Titeländerungen und Schlußvarianten erwogen: *Ein Soldat der Diktatur* oder *Das verwunschene Schloss*[35], auch: *Im Nebel der Zukunft.*

[10:][36]

Im Nebel der Zukunft
Roman.

1.) *Ein Soldat der Diktatur*

2.) *Das verwunschene Schloss.*

3.) *Die Hymne an den Krieg ohne Kriegserklärung.*

4.) *Im Reiche des Liliputaners.*

5.) *Die Ballade von der Soldatenbraut.*

6.) *Eisblumen.*

7.) *Der Schneemann.* ←→

     x   *Und ich sehe den General.*
                 Ja, er gehört weg.
                 Und die Soldaten, die mich verfolgen.
                 Sie gehören weg. –
                 Ich gehe um die Ecke –
                 Ich bin nichtmehr.
                 Ich weiss, wer um die Ecke steht und wartet.
                 Das Fräulein vom verwunschenen Schloss.

Auf einem anderen Blatt[37] skizziert er:

Der Schneemann denkt, während er stirbt:
Und es kommen die Nebel der Zukunft.
»Ich würde sie alle übern Haufen schiessen. Ich denke an die Zukunft—«
Und jetzt kommt eine andere Zukunft.
Und ich bin tot.
Man findet mich in der Frühe.
Erfroren.
Sie trugen mich weg.
Ich sehe Euch alle.
Und ich weiss, jetzt muss ich fort.
Fort vor Gottes Thron.
Und dort werde ich berichten.
Ich weiss nicht, was Gott sagen wird.
Er wird sagen: »Liebe Deine Feinde, aber hasse den Irrtum!

Es kann davon ausgegangen werden, daß Horváth seine Arbeit an dem Roman *Ein Kind unserer Zeit* im Januar 1938 zum Abschluß brachte. In einem Brief vom 28. 1. 1938 aus Schärding am Inn an Jolan von Hatvany heißt es: *Ich sitze hier und kuriere meinen blöden Magen.* Horváth kündigt *für Anfang oder Mitte März* seinen Besuch in Budapest an und erwähnt noch einmal, er habe *einen neuen Roman geschrieben, der auch bei Allert de Lange erscheinen wird.*[38] Zur selben Zeit berichtet auch Csokor aus dem Sanatorium »Wienerwald« in Purkersdorf bei Wien, daß Horváth »jetzt« ein neues Buch »vollendet«, in dem er das Schicksal eines »Kriegsfreiwilligen der Diktatur, der allmählich entdeckt, daß er an die falsche Front geraten ist«[39] schildert.

Hatte Horváth als *dramatischer Chronist* die *neue Form des Volksstückes zu finden*[40] gesucht und in seinem Roman *Jugend ohne Gott* (Band 13) *zum erstenmal den sozusagen faschistischen Menschen (in der Person des Lehrers) geschildert [...] – – oder besser: den Menschen im faschistischen Staate*[41], so folgte er auch als Erzähler der Aufgabe, als ›Chronist seiner Zeit‹ zu wirken. Die Politik Hitlers, dessen Ideologie und Sprache, waren für Horváth Materialien, den Soldaten als ›sozusagen faschistischen Menschen‹, oder besser: ›den Soldaten im faschistischen Staate‹ darzustellen, vor dem Hintergrund der deutschen Aufrüstung, der Besetzung des Saarlandes und der Unterstützung Francos im Spanischen Bürgerkrieg durch Truppeneinheiten Hitlers.[42] Die Sprache des Soldaten ist das adaptierte Vokabular des NS-Alltags, das von der Kritik an den *Ewig-Gestrigen*[43] bis zur Forderung nach *kinderreichen, erbgesunden, rassisch wertvollen Familien*[44] reicht; Geschwätz von *Untermenschentum*[45] und *Zersetzung*[46], vom *Volksgenossen*[47] und *Volkskörper*[48] bis zum *einzelnen, der nichts zählt*[49], gemäß dem NS-Leitspruch »Du bist nichts. Dein Volk ist alles« und anderen »Parolen der Woche«.[50] Das was Marcel Reich-Ranicki »indiskutable Zeitkritik«[51] nannte, stellt sich vor dem Hintergrund der Jahre 1936/37 als detailgetreue Wiedergabe faschistischen Alltags dar.

Während in Berlin der Antrag der Geheimen Staatspolizei vom 10. 1. 1938, Horváths Roman *Jugend ohne Gott* »wegen seiner pazifistischen Tendenz auf die Liste des schädlichen und unerwünschten Schrifttums« zu setzen[52], im Reichspropagandaministerium noch überprüft wurde, mietete sich Horváth, aus Schärding kommend, am 15. 2. 1938 in der Pension Atlanta, Wien 9., Währinger Straße 33 ein; hier blieb er bis 12. März gemeldet und reiste dann »nach unbekannt« ab.[53] Am selben Tag marschierten die Hitler-Truppen in Österreich ein. Wie Csokor berichtet, hatte Lajos von Horváth seinem Bruder noch »einen Platz erkämpft im Autobus nach Budapest, wohin ihn Ludwig von Hatvany geladen« hatte.[54] Am 14. 3. 1938 wurde Horváths Roman *Jugend ohne Gott* »im Einvernehmen mit dem Herrn Reichsminister für Volksaufklärung und Propaganda [...] in die Liste des schädlichen und unerwünschten Schrifttums eingereiht«.[55] Zwei Wochen blieb Horváth in Budapest, fuhr dann am 30. 3. 1938 nach Teplitz-Schönau in die Tschechoslowakei zu der Schauspielerin Lydia Busch und hielt sich dort bis Ende April auf.[56] Er hatte *ein neues grosses Buch*[57] *vor* und wollte *am liebsten in die französische Schweiz fahren oder in Frankreich irgendwo in der Nähe von Genf am Alpenrand sitzen.*[58] Am 4. Mai landete Horváth *auf dem direkten Weg Prag–Budapest–Jugoslawien–Trieste–Venezia*[59] in Mailand, fuhr noch am selben Tag weiter nach Zürich und mietete dort »ein sehr bescheidenes Stübchen nahe dem Bellevue Zürichs, über dem von einem Italiener bewirtschafteten Restaurant Terminus«.[60]

Über Brüssel[61] reiste Horváth am 18. 5. 1938 weiter zu seinem Verleger nach Amsterdam. Von dort aus schrieb er am 19. 5. an Jolan von Hatvany: *Ich bleibe noch 10-14 Tage hier, dann fahre ich wieder in die Schweiz und werde dort irgendwo ein paar Monate bleiben, um ein neues Buch[62] zu schreiben. Ein anderes neues[63] erscheint hier in acht Tagen.[64]*

Am 27. 5. 1938 abends[65] verließ Horváth Amsterdam und traf am 28. 5. in Paris ein. *Ich bin nur auf der Durchreise hier*, soll er gesagt haben.[66] Gespräche mit seinem französischen Übersetzer Armand Pierhal[67], mit dem Regisseur Robert Siodmak[68], Treffen mit Ernst Josef Aufricht[69], der Horváths Stücke *Italienische Nacht* und *Kasimir und Karoline* in Berlin herausgebracht hatte, mit Walter Mehring und Hertha Pauli[70], Besuche bei Alfred Döblin[71] und einer russischen Agentin[72], standen auf dem Programm. Am 1. 6. 1938, unmittelbar vor der Abreise in die Schweiz[73], kam Ödön von Horváth in Paris ums Leben.

Ein erster Hinweis auf das Erscheinen von Horváths neuem Roman, erfolgte am 11. 6. 1938 durch die Exil-Zeitschrift ›Das Neue Tage-Buch‹, das mit dem Nachruf von Walter Mehring[74] auch einen Vorabdruck des Anfangskapitels[75] brachte. Die Erstausgabe des Romans wurde nachträglich mit einem »Vorwort« von Franz Werfel[76] und dem Text von Carl Zuckmayers Grabrede[77] versehen. Am 17. 9. 1938 meldete ›Das Neue Tage-Buch‹, daß *Ein Kind unserer Zeit* »aus dem Nachlass Oedön von Horvaths [...] bei Allert de Lange, Amsterdam, herausgekommen«[78] sei. Als Neuerscheinungen des Jahres 1938 im Verlag Allert de Lange sind zu nennen: *Abenteuer in Japan* von Max Brod, *Die Kinder von Gernika* von Hermann Kesten, *Festspieltage in Salzburg und Abschied von Oesterreich* von Anette Kolb, *Die Goldquelle* von Alfred Neumann; auch Alfred Rosenbergs *Demokratie und Sozialismus* und G[uiseppe] A[ntonio] Borgeses *Der Marsch des Fascismus* standen auf dem Programm.[79] Wie alle Bücher des Verlages Allert de Lange erschien auch Horváths *Ein Kind unserer Zeit* in einer broschierten Ausgabe und in Leinen gebunden; die Preise waren mit hfl. 2,25 und 2,90 angegeben. Zusammen mit *Jugend ohne Gott* geriet auch *Ein Kind unserer Zeit* in die *Liste des schädlichen und unerwünschten Schrifttums. Stand vom 31. Dezember 1938.*[80] Da dies die Beschlagnahme und Sicherstellung aller »etwa im Reichsgebiet auftauchenden Exemplare«[81] bedeutete, erschienen nur einige wenige Rezensionen in der deutschsprachigen Exilpresse.[82] Die bedeutendsten Würdigungen erfolgten durch Franz Werfel[83], Stefan Zweig[84] und Klaus Mann.[85]

Unmittelbar nach Erscheinen wurde *Ein Kind unserer Zeit* in mehrere Sprachen übersetzt[86]; weitere fremdsprachige Ausgaben[87] folgten ab 1948.

Horváths Typoskript (bzw. eine Kopie des Typoskripts), das der Erstausgabe bei Allert de Lange zugrunde lag, muß als verschollen gelten, jedoch kann die Authentizität des Textes der Erstausgabe als gesichert gelten.[88] Daher folgt dieser Abdruck der Erstausgabe des Verlages Allert de Lange, Amsterdam, mit dem Copyright 1938 (gedruckt bei der Drukkerij v. h. G. J. van Amerongen N. V., Amersfoort/Holland). Diese Erstausgabe umfaßt 214 Seiten, zuzüglich der Seiten des nachträglich eingefügten und gesondert (mit I bis VI) paginierten (die 7. Seite blieb unpaginiert, die 8. Seite vacat) »Vorwortes« von Franz Werfel. Der Textabdruck beginnt mit Seite 5 und endet auf Seite 202; danach folgt (in weiterführender Paginierung von Seite 203 bis Seite 212) die Grabrede Carl Zuckmayers. Das Inhaltsverzeichnis[89] befindet sich auf (der unpaginierten) Seite 213. Die Schreibweise des Abdrucks folgt der heutigen Regelung, wobei offenkundige Druckfehler, die möglicherweise auf den in Holland erfolgten Satz zurückzuführen sind, stillschweigend korrigiert wurden. Abweichungen und Auslassungen gegenüber den bisherigen Ausgaben[90] sind auf die erste Nachkriegsausgabe des Berglandverlages, Wien (1951) zurückzuführen, die den späteren Ausgaben als Druckvorlage diente. Im Gegensatz zu *Der ewige Spießer* (Band 12) und *Jugend ohne Gott* (Band 13) handelt es sich hierbei kaum um bewußte Eingriffe des Lektorats, sondern um Nachlässigkeiten bei Satz und Korrektur.[91]

Bei den in diesem Band wiedergegebenen Vorarbeiten und Varianten (S. 129-203) handelt es sich um Abdrucke von Entwürfen und Frag-

menten aus Horváths Nachlaß. Als Druckvorlage dienten hand-
schriftliche Skizzen oder Typoskripte.[92]

9 *Kind unserer Zeit* – Vgl. *Kind dieser Zeit* von Klaus Mann
(1906-1949), die »Geschichte meiner Kindheit«, 1932 in Berlin
erschienen, die Horváth, mit Gustaf Gründgens (1899-1963) und
Erika Mann (1905-1969) befreundet, zweifellos kannte. Klaus
Mann schildert darin nicht nur »die Krise des Bürgertums«,
sondern auch »das Chaos und die Unsicherheit der Nachkriegsjahre«, Thema seiner Erinnerungen war »der Bruch mit der Welt
unserer Eltern, die sich so behütet, so wohlgeordnet, so gläubig
hoffnungsvoll und zukunftsreich ausgenommen hatte und zwischen 1914 und 1918 untergegangen war« (William S. Shirer 1950
im *Nachwort* zu Klaus Mann, *Kind dieser Zeit,* Reinbek 1967,
S. 153 f.).

11 *Vater aller Dinge* – Zit. nach dem griech. Philosophen Hera-
kleitos aus Ephesos (Heraklit; um 500 v. Chr.): »Der Krieg ist der
Vater aller Dinge« (*Fragment der Vorsokratiker,* hg. v. H. Diels,
Hamburg ⁸1957, 53. Fragment). – Vgl. hierzu auch: Oswald
Spengler (1880-1936): »Der Krieg ist der Schöpfer aller großen
Dinge. Alles Bedeutende im Strom des Lebens ist durch Sieg und
Niederlage entstanden« (*Der Untergang des Abendlandes. Um-
risse einer Morphologie der Weltgeschichte,* 1918-1922); sowie
Ernst Jünger (geb. 1895), *Der Kampf als inneres Erlebnis* (1922):
»Der Krieg, Vater aller Dinge, ist auch der unsere; er hat uns
gehämmert, gemeißelt und gehärtet zu dem, was wir sind« (S. 2)
und dessen Vorwort zu Friedrich Georg Jünger (geb. 1898),
Aufmarsch des Nationalsozialismus (1926): »Der Krieg ist unser
Vater, er hat uns gezeugt im glühenden Schoße der Kampfgräben
als ein neues Geschlecht, und wir erkennen mit Stolz unsere
Herkunft an« (S. XI). Siehe auch S. 235, Erl. zu S. 18.

Ich bin Soldat – Wolfgang Steinitz (*Deutsche Volkslieder demo-
kratischen Inhalts,* Berlin 1979) weist auf das Lied hin: »Ich bin
Soldat und bin es mit Vergnügen, / Als man mich nahm, hat man
mich erst gefragt«, dessen parodistische Version seit 1872 (Dres-

den, 1873 Chemnitz, 1875 Zürich) in verschiedenen Textsammlungen auftaucht. Diese Version (»Ich bin Soldat, doch ich bin es nicht gerne / Als ich es ward, hat man mich nicht gefragt« bis hin zu den Schlußzeilen der 4. Strophe: »Dafür als Krüppel trag ich Band und Orden / Und hungernd ruf ich dann: ›Ich bin Soldat‹«) dürfte Horváth bekannt gewesen sein.

Jetzt hat mein Leben plötzlich wieder Sinn! – Vgl. hierzu Hitlers Rede vom 11. 9. 1936 bei der ›Feierstunde der Hitlerjugend‹: »Wenn ich an die Jugend meiner eigenen Zeit und an die Zeit meiner eigenen Jugend zurückdenke, dann kommt diese mir wahrhaft leer vor gegenüber dem, was die heutige Zeit und in ihr auch die heutige Jugend erfüllt, was die heutige Zeit an Aufgaben stellt und was für Aufgaben auch der heutigen Jugend gestellt werden. Es ist wirklich wunderbar, in einem solchen Zeitalter zu leben und in ihm wachsen und werden zu dürfen. Und ihr habt dieses große Glück! Ihr erlebt nicht die Wiederaufrichtung eines Staates, denn ihr habt ja das alte Reich nicht gekannt. Ihr erlebt die Geburt einer großen Zeit, die ihr messen könnt im Vergleich mit unserer Umwelt!« (Zit. nach: Max Domarus, *Hitler. Reden und Proklamationen 1932-1945. Kommentiert von einem deutschen Zeitgenossen. 1. Band: Triumph [1931-1938]*, Würzburg 1962, S. 641.) Schon 1931 hatte Hans Zehrer (geb. 1899) in der von ihm (1929-1933) herausgegebenen ›Monatsschrift zur Gestaltung einer neuen Wirklichkeit‹ geschrieben: »In diesem Augenblick [wenn der neue Staat da sein wird] wird uns eine Ordnung, die uns der Liberalismus als dumpfe Knechtschaft zu schildern versuchte, als Freiheit erscheinen, eben weil sie Ordnung ist, weil sie Sinn hat und weil sie Antwort gibt auf die Frage: warum, wozu, wofür.« (Die Tat, Berlin, 23, S. 556; zit. nach: Kurt Sontheimer, *Antidemokratisches Denken in der Weimarer Republik. Die politischen Ideen des deutschen Nationalismus zwischen 1918 und 1933*, München ²1983, S. 268 f.)

auferstanden aus der Gruft – Paraphrase auf die »Auferstehung der Toten« in der Bibel. – Vgl. hierzu auch das Gedicht *Deutschland erwache!* von Dietrich Eckart (1868-1923): »Sturm, Sturm,

Sturm! / Läutet die Glocken von Turm zu Turm! / Läutet die Männer, die Greise, die Buben, / Läutet die Schläfer aus ihren Stuben, / Läutet die Mädchen herunter die Stiegen, / Läutet die Mütter hinweg von den Wiegen, / Dröhnen soll sie und gellen die Luft, / Rasen, rasen im Donner der Rache, / Läutet die Toten aus ihrer Gruft! / Deutschland erwache!« (Zit. nach: *Ewiges Deutschland. Ein deutsches Hausbuch*, Berlin–Leipzig–Hamburg 1938, S. 70.)

tauglich – Nach der Wiedereinführung der allgemeinen Wehrpflicht am 16. 3. 1935 wurden am 19. 4. 1935 die Tauglichkeitsgrade für den »Ehrendienst am deutschen Volke« festgelegt:
Tauglich 1: körperlich und geistig gesund, von hinreichender Größe (mind. 160 cm) und kräftigem Körperbau.
Tauglich 2: stärkere Fehler und unter 160 cm groß.
Weitere Grade: bedingt tauglich, zeitlich tauglich, beschränkt tauglich, untauglich, völlig untauglich.
In das ›Wehrgesetz‹ vom 21. 5. 1935 wurde auch noch der Begriff »wehrunwürdig« (siehe auch S. 250, Erläuterung zu S. 59) aufgenommen. Die in diesem ›Wehrgesetz‹ geregelte Wehrpflicht dauerte vom vollendeten 18. bis zur Vollendung des 45. Lebensjahres, wobei Erweiterungen im Krieg und in »Notzeiten« vorgesehen waren. Die aktive Wehrpflicht dauerte 2 Jahre, die Einberufung erfolgte meist in dem Kalenderjahr, in dem das 20. Lebensjahr vollendet wurde, wobei ein früherer freiwilliger Eintritt möglich war.

Gefreiter – Möglicherweise Anspielung auf Adolf Hitler (1889-1945), der am 16. 8. 1914 als Freiwilliger in das 6. Rekruten-Ersatz-Bataillon des 2. bayerischen Infanterie-Regiments Nr. 16 eintrat und bald »Gefreiter« (der erste Dienstgrad innerhalb der Mannschaft) wurde.

jahrelanger Arbeitslosigkeit – Den Zeitangaben Horváths folgend (Geburt: Herbst 1917, S. 18) sind hier die Jahre 1930/31 gemeint; 1930 wurden 4 357 000 Arbeitslose gezählt, 1931 erreichte die Zahl der Arbeitslosen 5 666 000, um bis Ende 1932 dann auf insgesamt 5 773 000 anzusteigen. Am 31. 1. 1933 betrug die Zahl der Arbeitslosen 6 013 612. – Siehe S. 253, Erl. zu S. 82.

12 *Transmissionen* – Vorrichtung zur Kraftübertragung auf mehrere Maschinen.

Wohltätigkeit – Veralteter Ausdruck für soziale Leistungen.

13 *Schrebergärten* – Kleiner, meist gepachteter Garten innerhalb einer größeren Gartenanlage am Stadtrand. Benannt nach dem Berliner Arzt und Orthopäden Daniel Gottlob Moritz Schreber (1808-1861), der sich für die Errichtung öffentlicher Spielplätze einsetzte.

Kriminaler – Umgangsspr. für: Kriminalbeamter.

14 *Schilf im Winde* – Zit. nach Matthäus 11,7 und Lukas 7.24 – Vgl. auch Bd. 2,54 u. 118.

15 *die Knöpfe geputzt* – Vgl. hierzu Horváths Fragment *Original Zaubermärchen* (Band 15).

Sprinter – Kurzstreckenläufer.

vaterlandslose Gesellen – Titel eines Gedichts von Ludwig Thoma (1867-1921), das er unter dem Pseudonym Peter Schlemihl in der Zeitschrift ›Simplicissimus‹ (IX. Jg., Nr. 47, S. 462) 1905 veröffentlicht hatte. Thoma wandte sich mit seinem Gedicht gegen die ›Flottengesetze‹ (von 1898 und 1900) des Konteradmirals Alfred von Tirpitz (1849-1930), deren Novellierung im Reichstag heftig diskutiert wurde. Die ›Flottengesetze‹ und deren Novelle (vom 19. 5. 1906) dienten dem gesetzlichen Ausbau der deutschen Flotte zu einer aktiven Kriegsmarine. (Siehe auch die nachfolgende Erläuterung). – Der Begriff *vaterlandslose Gesellen* taucht auch in dem Roman von Hermann Hesse (1877-1962) *Der Steppenwolf* (1927) mehrfach auf. Unter dem Titel *Vaterlandslose Gesellen* veröffentlichte Adam Scharrer (1889-1948), Redakteur der ›Kommunistischen Arbeiterzeitung‹, Berlin, 1929 einen Roman.

überstaatlichen Mächten – Anspielung auf die Vertreter der deutschen Schwerindustrie und des Kapitals, die sich am 8. 4. 1891 zum ›Allgemeinen Verband‹ (ab 1. 7. 1894: ›Alldeutscher Verband‹) zusammengeschlossen hatten. Zu den Begründern und Förderern zählten u. a. Alfred Hugenberg (1865-1951) vom Krupp-Konzern und Emil Kirdorf (1845-1923) vom Rheinisch-Westfälischen Kohlensyndikat. Der ›Alldeutsche Verband‹ und der am 30. 4. 1898 von Alfred von Tirpitz (1849-1930) mit Unterstützung von Friedrich Alfred Krupp (1854-1902) gegründete ›Deutsche Flottenverein‹ forcierten im Rüstungswettstreit mit Großbritannien den Ausbau der deutschen Flotte zur Kriegsmarine.

16 *ein starkes, mächtiges Reich* – Vgl. Kurt Sontheimer (S. 223): »Die Reichsidee war die vielleicht wirksamste Antithese gegen den Staat von Weimar, weil in ihr sich die verschiedenartigsten Gruppen wie unter einem Dach zusammenfinden konnten: Vertreter eines christlich-abendländischen Reichsgedankens vorwiegend katholischer Prägung wie imperialistisch gesinnte Nationalrevolutionäre, Streiter für eine Neuordnung in Mitteleuropa unter Führung des Reiches wie Künder eines gewaltigen Imperium teutonicum, Gläubige an ein Drittes Reich unter nationalsozialistischer Führung wie Neukonservative, die das Dritte Reich etwas anders verstanden wissen wollten, und schließlich solche, die es ablehnten, die deutschen Reiche mit Nummern zu versehen, weil es immer nur das eine Reich gegeben habe.«

leuchtendes Vorbild – Franz Schauwecker (1890-1964) schrieb in Fritz Büchners *Was ist das Reich? Eine Aussprache unter Deutschen* (Oldenburg 1932, S. 47): »Das Reich gehört denjenigen Deutschen, welche aus der Landschaft, aus der Geschichte, aus der Sprache, aus dem Erlebnis als aus großen seelischen Räumen aufbrechen und dorthin wollen, wo Gott in der Nation ist und die Nation in Gott. Die Aufgabe des Reiches ist die letzte und höchste, die es gibt. Ihre Lösung wird die Ordnung der Welt mit sich bringen. In dem Augenblick, in welchem das Reich ist, ist die Welt geordnet und befriedet. Das Reich ist die endgültige Ordnung der Welt« (zit. nach: Sontheimer, S. 228).

Die Welt beherrschen – Vgl. F. W. Heinz, *Das Reich, der Reichs-raum und der Faschismus* (in: *Aufstand. Querschnitt durch den revolutionären Nationalismus*, hg. v. Goetz Otto Stoffregen, Berlin 1931, S. 67): »Jede große Ordnung dieser Welt strebt nach der Erdherrschaft. Aber nur das deutsche Volk ist dazu berufen, denn allein das Deutsche in seinem weiteren Sinne trägt die Welt in sich« (zit. nach: Sontheimer, S. 229).

seit es seine Ehre wieder hat! – In *Meyers Lexikon* (Leipzig 1937) wird Ehre im nationalsozialistischen Sinn definiert als »Bestand und Bewahrung der eigenen Art, Eintreten und notfalls Sichopfern für die eigene Art und für deren höchste Werte« (Bd. 3, Sp. 450). – Am 23. 3. 1933 erklärte Hitler vor dem Reichstag: »Die Ehre der Nation, die Ehre unserer Armee, das Ideal der Freiheit, sie müssen dem deutschen Volke wieder heilig werden!« Am 9. 9. 1936 sagte Hitler: »Das deutsche Volk aber hat damit im Jahre 1936, im vierten Jahr des nationalsozialistischen Regimes, die Zeit seiner geschichtlichen Ehrlosigkeit beendet« (zit. nach Domarus. S. 235 u. 639). Die »Politik der Wiederherstellung der nationalen Ehre und Souveränität des Reiches« (Hermann Göring am 7. 3. 1936 vor dem Reichstag) wurde am 7. 3. 1936 mit der Besetzung des entmilitarisierten Rheinlandes durch deutsche Truppen abgeschlossen. (Siehe auch S. 241, Erl. zu S. 35). – Vgl. die *Parole der Woche* (1937/5) vom 28. 1. bis 3. 2. 1937 zum »Tag der Machtergreifung«: »Vor 1933 / Deutschland ehrlos und wehrlos / [. . .] / Die Arbeitslosigkeit steigt von Million zu Million. / [. . .] / 30. Januar 1933 / Adolf Hitler wird Reichskanzler! / [. . .] / Deutschland erhält seine Wehr und Ehre zurück / [. . .] / In tiefem Vertrauen stehen wir bereit zu weiteren Taten. / Führer befiehl! Wir folgen Dir!« (Zit. nach: Franz-Josef Heyen [Hg.], *Parole der Woche. Eine Wandzeitung im Dritten Reich 1936-1943*, München 1983, S. 37 u. 129 f.)

unser Führer – Der ›Führergrundsatz‹, ein »Grundgesetz der nat.-soz. Weltanschauung, tief im germanischdeutschen Denken verwurzelt«, wurde »nach der Machtübernahme auch zum Grundgesetz der dt. Staatsauffassung und -organisation« erhoben. In der »Persönlichkeit Adolf Hitlers« hatte der ›Führer-grundsatz‹ der Nationalsozialisten seine »höchste Verkörperung und letzte Verwirklichung« gefunden, da ihm gelungen war, »das innerliche zerrissene, weltanschaulich gespaltene dt. Volk zu einer großen Einheit, zu einer gewaltigen Gefolgschaft zu formen«; denn »gemeinsames Blut und gemeinsamer Kampf, der Glaube an eine große Idee und ihre Aufgabe, die einheitliche Weltanschauung schaffen die schicksalhafte Einheit von Führer und Gefolgschaft, die unlösbare gegenseitige Treue. Die Befähigung zum Führer ist nicht an Bildung und Wissen gebunden, sondern ist angeboren und setzt bestimmte Charaktereigenschaften, vererbte Veranlagungen voraus. [. . .] Die Gemeinsamkeit der Aufgabe von Führer und Gefolgschaft schafft die Treue, die beide bindet, ebenso wie die Ehre, die aus dem Dienst der Gemeinschaft erwächst. So werden Führertum und Gefolgschaft eine Kampfgemeinschaft zum Einsatz für das gemeinsame weltanschauliche Kampfziel« (*Meyers Lexikon*, Leipzig 1938, Bd. 4, Sp. 802 ff). – Seit 1922 hatte sich die Bezeichnung ›Führer‹ in der NSDAP durchgesetzt, 1934 wurde dann ›Führer und Reichskanzler‹ der offizielle Titel Adolf Hitlers. Ab 1939 wurde in einer Sprachregelung verfügt, Hitler »nur noch als ›Führer‹ zu bezeichnen« (zit. nach: Cornelia Behrning, *Vom »Abstammungsnachweis« zum »Zuchtwart«. Vokabular des Nationalsozialismus*, Berlin 1964, S. 82 f.)

vom Frieden – Anspielung auf Hitlers »Friedens«-Appelle und Angebote; am 27. 1. 1932 erklärte Hitler vor dem Industrieklub in Düsseldorf seine Bereitschaft »zu Freundschaft und Frieden [. . .] mit jedem, der Freundschaft und Friede will!« (zit. nach: Domarus, S. 90). Im Aufruf der Reichsregierung an das deutsche Volk sagte der neuernannte Regierungschef Hitler am 1. 2. 1933, er wäre »erfüllt von der großen Pflicht, [. . .] für die Erhaltung und Festigung des Friedens einzutreten, dessen die Welt heute mehr bedarf als je zuvor« (zit. nach: Domarus, S. 193). Am 17. 5. 1933 hielt Hitler eine »Friedensrede« vor dem Reichstag, die er am 21. 5. 1935 wiederholte, wenige Wochen nach Wiedereinführung der allgemeinen Wehrpflicht (16. 3. 1935). »War die Rede von 1933 eine Art Alibi für den beabsichtigten Austritt aus dem Völkerbund gewesen [20. 10. 1933], so sollte die Rede von 1935 einen anderen Coup Hitlers im voraus rechtfertigen: die von ihm schon damals geplante Besetzung des Rheinlandes« (Domarus, S. 505).

im gleichen Schritt und Tritt – Zit. nach Ludwig Uhland (1787-1862) *Der gute Kamerad* (1809): »Die Trommel schlug zum Streite, / er ging an meiner Seite, / in gleichem Schritt und Tritt«. – Siehe auch S. 237, Erl. zu S. 22, sowie Bd. 13,112.

ihr Ewig-Gestrigen – Vgl. den Neujahrsaufruf Hitlers für das Jahr 1932: »70 Jahre lang haben in Deutschland verruchte bürgerliche Parteien die Kraft des nationalen Gedankens verbraucht und unser Volk in einem hohen Grade dem Marxismus ausgeliefert. 70 Jahre lang haben die Parteien der Demokratie und vorgeblich später das streng christliche Zentrum in widernatürlicher Unzucht mit den Wegbereitern des Bolschewismus unser Volk verderben helfen.: (Zit. nach: Domarus, S. 61.) Am 28. 3. 1936 sprach Hitler auf einer Massenkundgebung in den Kölner Messehallen den Wunsch aus, daß die »alte Zeit vergreister Vorstellungen endlich überwunden wird von einer neuen Jugen« (zit. nach: Domarus. S. 615).

pazifistisches Gesäusel – Vgl. Hitlers Rede vom 14. 2. 1933 in Stuttgart: »Die Zeit der internationalen marxistisch-pazifistischen Zersetzung und Zerstörung unseres Vaterlandes ist vorbei« (zit. nach: Domarus, S. 211).

17 *Rüstungsindustrie* – Artikel 8 der Völkerbundsatzung sah zur »Aufrechterhaltung des Friedens eine Herabsetzung der nationalen Rüstungen auf das Mindestmaß« vor. Die Bundesmitglieder bestätigten einander, »sich in der offensten und erschöpfendsten Weise gegenseitig jede Auskunft über den Stand ihrer Rüstung, über ihr Heer- und Flottenprogramm und über die Lage ihrer auf Kriegszwecke einstellbaren Industrien zukommen zu lassen« (zit. nach: Erhard Klöss [Hg.], *Von Versailles zum Zweiten Weltkrieg.*

Verträge zur Zeitgeschichte 1918-1939, München 1965, S. 44 ff.). Am 8. 9. 1926 wurde Deutschland in den Völkerbund aufgenommen, erklärte jedoch am 20. 10. 1933 wieder seinen Austritt. Am 16. 3. 1935 wurde in Deutschland die allgemeine Wehrpflicht eingeführt mit der Absicht, im Laufe von vier Jahren das Heer bis zu einer Stärke von 36 Divisionen (580 000 Mann) aufzubauen. In einer »Denkschrift der IG Farbenindustrie AG für den Rüstungsbeirat des Reichswehrministeriums vom März 1935 über die Militarisierung zur Vorbereitung der Industrie auf den Krieg« wurde eine »wehrwirtschaftliche Neuorganisation« gefordert, »die den letzten Mann und die letzte Frau, die letzten Produktionseinrichtung und Maschine sowie den letzten Rohstoff der Erzeugung von kriegswichtigen Produkten zuführt und alle Arbeitskräfte, Produktionseinrichtungen und Rohstoffe in einem militärisch straff geführten wirtschaftlichen Organismus eingliedert« (zit. nach: Reinhard Kühnl, *Der deutsche Faschismus in Quellen und Dokumenten*, Köln [5]1980, S. 285). Im Rüstungsbeirat des Reichswehrministeriums unter Vorsitz des Reichswehrministers Werner von Blomberg (1878-1946) waren die wichtigsten Konzerne vertreten durch Robert Bosch (1861-1942; Robert Bosch A. G.), Konrad von Borsig (1873-?; Rheinmetall A. G.), Wilhelm Keppler (1882-1960; Chemische Werke Odin GmbH.), Carl Krauch (1887-1968; IG Farbenindustrie AG), Paul Reusch (1868-1965; Gutehoffnungshütte Aktienverein für Bergbau- und Hüttenbetrieb), Hermann Röchling (1872-1955; Röchling-Konzern), Carl Friedrich von Siemens (1886-1941; Siemens-Schuckert-Werke), Fritz Springorum (1886-1942, Hoesch-Konzern), Fritz Thyssen (1873-1945, Vereinigte Stahlwerke AG), Albert Vögler (1877-1945, Vereinigte Stahlwerke AG). – Am 18. 10. 1936 unterzeichnete Hitler einen Vierjahresplan. In der Parole der Woche (1936/33) von 12. bis 18. 11. 1936 hieß es: »Seid Soldaten des Führers! Der Führer rief auf zur friedlichen Schlacht für den Vierjahresplan. Sein treuer Gefolgsmann – Reichsminister Generaloberst Göring – hat von ihm den Auftrag, alle Kräfte auf das eine große Ziel zu lenken, Deutschlands Freiheit und Unabhängigkeit und damit Deutschlands Zukunft zu sichern. Der Kampf für den Vierjahresplan fordert Einsatz und

Opfer von uns allen! _Wer will fahnenflüchtig werden?_ – Jeder tut seine Pflicht! Wir werden die Schlacht gewinnen!« (Zit. nach: _Parole der Woche_, S. 32.)

Volkskörper – Nach Cornelia Berning (S. 201 ff.) gibt Grimm (Jacob und Wilhelm Grimm, _Deutsches Wörterbuch_, Leipzig 1854 ff., Bd. 12,2 , 1951, Sp. 486) als frühesten Beleg Friedrich Christoph Dahlmann (1785-1860), _Geschichte der französischen Revolution_ (1845) an, doch war »die Vorstellung vom Volkskörper schon Jean Paul [1763-1825] geläufig. [. . .] Vermutlich hat das Bild seinen Ursprung in der bei Livius (II, 32 f.) überlieferten Rede des Menenius Agrippa, der die auf den Mons sacer ausgewanderten Plebejer mit den Gliedern eines Körpers vergleicht, die dem Körper (also dem Volksganzen) den Dienst verweigern und dadurch mit dem Körper zugrunde zu gehen drohen.«

Hitler, nach Emil Julius Gumbel (1891-1966) »ein glänzender Redner« und »ein ausgemachter Demagoge«, war als »Mensch unfähig, seine eigenen Gedanken zu haben, aber gerade darin liegt seine Stärke. Denn er sagt, was an jedem Stammtisch jeden Tag wiedergekäut werden kann. Alle diese öden und platten Dinge setzt er [. . .] seiner Gefolgschaft Tag für Tag vor« (_Verschwörer. Zur Geschichte und Soziologie der deutschen nationalen Geheimbünde_, Frankfurt/Main 1984, S. 226; Erstausgabe: 1924). Werner Maser (_Adolf Hitler_, München [6]1974) weist u. a. auf Arbeiten von Wilhelm Bölsche (1861-1939) hin, die sich »nicht selten als Quellen seiner [Hitlers] Auffassungen und auch Formulierungen [. . .] nachweisen« lassen (Werner Maser, _Die Frühgeschichte der NSDAP. Hitlers Weg bis 1924_, Frankfurt/Main–Bonn 1965, S. 104), so Bölsches _Vom Bazillus zum Affenmenschen_, 1899 erschienen, das 1921 in einer »Neubearbeitung« eine Auflage von 15 000 erreichte. Bölsche prophezeit dort das »dritte Reich der Bazillen« und einen »letzten Entscheidungskampf« der »zoologischen Spezies Mensch« gegen ihren »schauerlichsten lebenden Gegner«.

Dieses Bild von Parasiten »im Körper anderer Völker« und deren »Sich-Weiterverbreiten« als eine »typische Erscheinung für alle Parasiten« griff Hitler in _Mein Kampf_ auf zur Charakterisierung des Juden als »Parasit im Körper anderer Völker«, der »immer neuen Nährboden für seine Rasse« sucht, »ein Schmarotzer, der wie ein schädlicher Bazillus sich immer mehr ausbreitet, sowie nur ein günstiger Nährboden dazu einlädt. Die Wirkung seines Daseins aber gleicht ebenfalls der von Schmarotzern: wo er auftritt, stirbt das Wirtsvolk nach kürzerer oder längerer Zeit ab« (S. 334). – Vgl. hierzu auch Hitlers Erklärung vom 27. 1. 1932, er sehe »das Mittel des deutschen Wiederaufstiegs [. . .] im Primat eines gesunden, nationalen und schlagkräftigen deutschen Volkskörpers«; mit der »politischen Entgiftung des öffentlichen Lebens«, so Hitler am 23. 3. 1933, wolle er »eine durchgreifende moralische Sanierung des Volkskörpers« vornehmen (zit. nach: Domarus, s. 90 u. 232).

plumpen Ideologien – Gemeint ist vor allem der Marxismus und die im *Manifest der Kommunistischen Partei* (1848) von Karl Marx (1818-1883) und Friedrich Engels (1820-1895) dargelegte Ideologie. – Vgl. auch Bd. 3, 172 u. 188.

18 *1917 geboren* – In den Vorarbeiten Horváths finden sich präzisere Angaben. So nennt Horváth als Geburtsdatum einmal (S. 131) *7. XI. 1915*, dann *5. Nov. 1917* mit dem Hinweis des Soldaten: *ich bin 18 Jahre* (S. 210). In einem anderen Entwurf heißt es: *Geboren am 7. November 1915 ist unser Soldat heute 22 Jahre alt* (S. 211).

ein sogenanntes Kriegskind – Vgl hierzu Horváths autobiographische Aussagen (Band 15).

1923 – Horváth spielt bewußt auf Ereignisse an, die schon in seinem *Sladek* (Band 2) den historischen Hintergrund geboten hatten: die Besetzung des Ruhrgebiets durch französische und belgische Truppen und den Aufruf der dt. Reichsregierung zum ›passiven Widerstand‹ (siehe Bd. 2, 155 f.); ferner die kommunistischen Unruhen in Hamburg, Sachsen und Thüringen und der Putschversuch Hitlers in München; und nicht zuletzt der Höhepunkt der Inflation (siehe Bd. 2, 152).

Krieg ist ein Naturgesetz – Vgl. hierzu bei Oswald Spengler (1880-1936), *Jahre der Entscheidung* (1933): »Kampf ist die Ursache des Lebens, ist das Leben selbst«. – Siehe auch unten, Erl. zu S. 19 und S. 254, Erl. zu S. 82.

19 *vor drei Jahren* – 1934 betrug die Zahl der Arbeitslosen 2 604 000 (gegenüber 4 580 000 am 31. 12. 1933). Damit die Arbeitslosenzahlen gesenkt werden konnten, mußten auch Pflichtarbeiten zu einem Stundenlohn von 9 Pfennigen angenommen werden.

einer den anderen frißt. – Der Nationalsozialismus berief sich auf die Selektions- und Evolutionstheorie von Charles Robert Darwin (1809-1882); *On the Origin of Species by Means of Natural Selection*, 1895; dt.: *Über die Entstehung der Arten in Thier- und Pflanzenreich durch natürliche Züchtung, oder Erhaltung der vervollkommneten Rassen im Kampf ums Daseyn*, 1860), die ein »Auslese«-Prinzip proklamierte, das nur den »Stärkeren« überleben ließ und die Erhaltung des »Schwächeren« als unnatürlich verurteilte: eine »Ethik«, die Alfred Rosenberg (1893-1946) in *Der Mythus des 20. Jahrhunderts. Eine Wertung der seelischgeistigen Gestaltenkämpfe unserer Zeit* (1930), basierend auf den von Hitler in *Mein Kampf* formulierten Vorstellungen, ›geisteswissenschaftlich‹ untermauerte. Die notwendige »Korrektur zugunsten der Besseren«, schrieb Hitler (*Mein Kampf*, S. 313), »besorgt die Natur, indem sie den schwächeren Teil so schweren Lebensbedingungen unterwirft, daß schon durch sie die Zahl beschränkt wird, den Überrest aber endlich nicht wahllos zur Vermehrung zuläßt, sondern hier eine neue, rücksichtslose Auswahl nach Kraft und Gesundheit trifft«. Hitlers Forderung gipfelte in dem Satz: »Wer leben will, der kämpfe also, und wer nicht streiten will in dieser Welt des ewigen Ringens, verdient das Leben nicht« (*Mein Kampf*, S. 317). Das Prinzip der Auslese faßte Hitler wenige Monate vor seinem Tod noch einmal in einer Rede vor deutschen Offizieren zusammen: »Die Natur lehrt uns bei jedem Blick in ihr Walten, in ihre Geschehen hinein, daß das Prinzip der Auslese sie beherrscht, daß der Stärkere Sieger bleibt und der Schwächere unterliegt. [. . .] Die Natur streut die Wesen

auf die Welt aus und läßt sie dann um ihr Futter, um ihr tägliches
Brot ringen, und der Stärkere behält oder erobert diesen Platz
und der Schwächere verliert ihn oder bekommt keinen.« (Golo
Mann, *Deutsche Geschichte des 19. und 20. Jahrhunderts*, Frank-
furt/Main 1969, S. 844 f., zit. nach: Henri R. Paucker [Hg.], *Neue
Sachlichkeit. Literatur im ›Dritten Reich‹ und im Exil*, Stuttgart
1979, S. 25.)

kein Recht ohne Gewalt – Nach dem dt. Sprichwort »Gewalt geht
vor Recht«, das zurückgeführt wird auf Habakuk 1,3; vgl. hierzu
auch den Ausspruch von Cicero (106-43 v. Chr.): »Silent leges inter
arma« (dt.: Es schweigen die Gesetze im Kriege) in *Pro Milone* (dt.:
Rede für Milo 1733); und im *Froschmeuseler* (1595) von Georg
Rollenhagen (1542-1609): »Gewalt ging jederzeit vor Recht«.

20 *eine verfaulte Zeit* – Vgl. hierzu Horváths *Mein Onkel Pepi*
(Bd. 11): *Er ist ein echter Altösterreicher und konstatiert mit
wehmütiger Ironie, daß er in der Uniform eines verfaulten Reiches steckt.*

Haubitzen – Geschütze.

21 *Flieger* – Artikel 198 des Versailler Vertrages lautete: »Deutschland darf Luftstreitkräfte weder zu Lande noch zu Wasser unterhalten«. Am 9. 3. 1935 ließ Hitler den ausländischen Regierungen
mitteilen, daß Deutschland wieder über eine schlagkräftige Luftwaffe verfüge. Der Wiederaufbau der Luftwaffe war im sog.
›Deutschen Luftsportverband‹ getarnt erfolgt. Die Mitglieder
trugen blaue Uniformen ohne militärische Rangabzeichen. Am
28. 3. 1935 besichtigte Hitler erstmals als Oberbefehlshaber der
Wehrmacht die neue deutsche Reichsluftwaffe, das Jagdge-
schwader Richthofen in Döberitz. Am 22. 7. 1936 erklärte sich
Hitler bereit, General Franco (1892-1975) mit der neuen deutschen Luftwaffe im Spanischen Bürgerkrieg zu unterstützen. Die
ersten JU 52 (dreimotorige Transportflugzeuge der Junkers Flug-
zeug- und Motorenwerke A. G., Dessau) starteten am 27. 7. 1936
in Berlin; am 1. 8. verließen die ersten »Freiwilligen«, 86 Soldaten

der Luftwaffe in Zivil, an Bord eines Dampfers Hamburg. (Siehe auch S. 244 ff., Erl. zu S. 37 ff.)

22 *Lafetten* – Fahrbare Untergestelle für Geschütze.

Lied vom guten Kameraden – Der gute Kamerad (1809) von Ludwig Uhland (1787-1862); Melodie von Franz Silcher (1789-1860) »nach einer Volksweise«.

23 *Liebe deine Feinde* – In der *Bergpredigt* heißt es: »Liebet eure Feinde; tut Gutes, denen die euch hassen!« (Lukas 6,27.)

daß der einzelne nichts zählt – Der Staats- und Verwaltungsrechtler Ernst Forsthoff (geb. 1902), 1933 Professor in Frankfurt/Main, schrieb in *Der totale Staat* (1933): »Der totale Staat muß ein Staat der totalen Verantwortung sein. Er stellt die totale Inpflichtnahme jedes einzelnen für die Nation dar.« Joseph Goebbels (1897-1945) erklärte in seiner Rede bei der Eröffnung der Reichskulturkammer am 15. 11. 1933, der Nationalsozialismus habe »Individuum durch Volk und Einzelmensch durch Gemeinschaft ersetzt« (zit. nach: Walther Hofer [Hg.], *Der Nationalsozialismus. Dokumente 1933-1945*, Frankfurt/Main 1957, S. 83 f., 89). – Vgl. in Horváths *Sladek* (Bd. 2,55): *Der einzelne Teil allein zählt manchmal nichts, man darf nur an das Ganze denken.*

für das Leben unseres Volkes zu sterben. – Vgl. in den *Oden* des Quintus Horatius Flaccus (Horaz; 65-8 v. Chr.): »Dulce et decorum est pro patria mori« (dt.: Süß und ehrenvoll ist es, für das Vaterland zu sterben). – Siehe auch S. 240, Erl. zu S. 28.

Gerade richtig – Hinweis auf den Tauglichkeitsgrad 1 (siehe S. 226, Erl. zu S. 11).

24 *kinderreicher, erbgesunder, [. . .] rassisch wertvoller Familien* – Den »Ehrennamen kinderreich« billigten die Nationalsozialisten »nur den deutschblütigen, lebenstüchtigen und erbgesunden Familien zu, deren Kinder einen wirklichen Reichtum für das Volk

bedeuten« (*Meyers Lexikon*, Leipzig 1939), denn »im Bewußtsein unserer Verantwortung gegenüber der Zukunft der Nation« wurde vor allem jenes Elternpaar geehrt, »das sich auch in schwerer Notzeit durch nichts abbringen ließ, unserem Volke jene stattliche Zahl gesunder, starker, froher Kinder zu schenken, die für seinen Bestand garantieren (Baldur von Schirach [1907-1974] *Parole der Woche* v. 21.-27. 1. 1937; zit. nach: *Parole der Woche*, S. 129). – Als *erbgesund* galt, wer »frei von nachteiligen Erbanlagen« (*Meyers Lexikon*, Leipzig 1937, Bd. 3, Sp. 938) war, denn das »Recht der persönlichen Freiheit tritt zurück gegenüber der Pflicht der Erhaltung der Rasse. [...] Die Forderung, daß defekten Menschen die Zeugung anderer ebenso defekter Nachkommen unmöglich gemacht wird, ist eine Forderung klarster Vernunft und bedeutet in ihrer planmäßigen Durchführung die humanste Tat der Menschheit« (Hitler, *Mein Kampf*, S. 279). Zwei Gesetze regelten diese nationalsozialistische »Erbpflege«: das ›Gesetz zur Verhütung erbkranken Nachwuchses‹ vom 14. 7. 1935 und das ›Gesetz zum Schutze der Erbgesundheit des deutschen Volkes‹ vom 18. 10. 1935. – Wer *rassisch wertvoll* war, bestimmte das ›Gesetz zum Schutze des deutschen Blutes und der deutschen Ehre‹ vom 15. 9. 1935, »ausgehend von der Erkenntnis, daß die Reinheit des dt. Blutes Voraussetzung für den Fortbestand des dt. Volkes ist« (*Meyers Lexikon*, Leipzig 1936, Bd. 1, Sp. 1487). – Siehe auch S. 256, Erl. zu S. 112.

ob die Weiber überhaupt Menschen sind? – Horváths Quelle war mit Sicherheit die 1927 erschienene *Geschichte der erotischen Literatur* von Dr. Paul Englisch (1887-?): »Schon auf dem Konzil zu Macon 585 war die unsinnige Frage gestellt worden: Sind die Weiber auch Menschen? Und noch im 16. Jahrhundert spann man allen Ernstes dieses Thema fort, zum Beispiel Valeus Accidalius in seiner Schrift: *Disputatio perjucunda qua anonymus probare nititur mulieres homines non esse.* Lips. 1595.« (S. 101) – Otto Weininger (1880-1903) schrieb in seinem Buch *Geschlecht und Charakter* (1903): »Der tiefststehende Mann steht [...] noch unendlich hoch über dem höchststehenden Weibe, so hoch, daß Vergleich und Rangordnung hier kaum mehr statthaft scheinen«, und der Leipziger Nervenarzt Paul J. Möbius (1853-1907) bezeichnete in seiner Arbeit *Über den physiologischen Schwachsinn des Weibes* (1907) »das Weib« als »tierähnlich«. 1910 erschien die Schrift *Sind Weiber Menschen?* von Max Funke.

keine Treue und keinen Glauben – Nach Isaias 33,8.

25 *Sehenswürdigkeiten* – Der Rummelplatz war ein beliebtes Motiv Horváths; vgl. *Sladek* 2,86-92, sowie *Kasimir und Karoline* (Bd. 5).

26 *Kunst und Sport* – Vgl. in den *Sportmärchen* (Band 11) *Der Faustkampf, das Harfenkonzert und die Meinung des lieben Gottes.*

27 *nach Geld stinkt* – Nach dem lat.:»Pecunia non olet« (dt.: Geld stinkt nicht), einem Kaiser Titus Flavius Vespasianus (9-79, Kaiser seit 69) zugeschriebenen Ausspruch.

28 *Volksgenosse* – Von Johann Gottfried Herder (1744-1803) *Vom Geist des Christentums* (1798) und Johann Heinrich Voss (1751-1826) in seiner Übersetzung von Ovids *Verwandlungen* (1798) zuerst gebraucht, wurde der Begriff dann auch politisch genutzt; so vor allem von den deutschnationalen Österreichern Jörg Lanz von Liebenfels (eigtl. Adolf Josef Lanz; 1872-1954) in der Zeitschrift ›Ostara‹, Guido von List (1848-1919) in *Die Armanenschaft der Ario-Germanen* (1908) und Georg Ritter von Schönerer (1842-1921) im ›Alldeutschen Tageblatt‹ (1910). Von »Millionen Volksgenossen im Felde« war in der Osterbotschaft vom 7. 4. 1917 Kaiser Wilhelms II. (1859-1941) die Rede. Am 25. 2. 1920 übernahmen die Nationalsozialisten den Begriff in ihr Parteiprogramm (»4. Staatsbürger kann nur sein, wer Volksgenosse ist. Volksgenosse kann nur sein, wer deutschen Blutes ist, ohne Rücksicht auf Konfession. Kein Jude kann daher Volksgenosse sein«), die »gleichschaltende Anrede«, die Adolf Hitler in Reden und Bekanntmachungen verwendete, »sollte soziale Unterschiede, wie die durch die Anrede mit Titeln oder Berufsbezeichnungen erkennbar werden, verwischen« (Hilde Kammer und Elisabet

Bartsch, *Jugendlexikon Nationalsozialismus. Begriffe aus der Zeit der Gewaltherrschaft 1933-1945*, Reinbek 1982, S. 223).

und schwören – Auszug aus dem Treueeid der Reichswehr nach dem Tod des Reichspräsidenten Generalfeldmarschall Paul von Beneckendorff und von Hindenburg (1847-1934) am 2. 8. 1934: »Ich schwöre bei Gott diesen heiligen Eid, daß ich dem Führer des Deutschen Reiches und Volkes Adolf Hitler, dem Oberbefehlshaber der Wehrmacht, unbedingten Gehorsam leisten und als tapferer Soldat bereit sein will, jederzeit für diesen Eid mein Leben einzusetzen.« (Zit. nach: Heinz Bergschicker, *Deutsche Chronik 1933-1945. Alltag im Faschismus*, Berlin 1983, S. 54.)

das verwunschene Schloß – Modell für Horváths Beschreibung war die sog. Geister- und Grottenbahn im Wiener Wurstelprater. (Siehe auch S. 33.) – Vgl. den Bericht von Hertha Pauli (*Erinnerungen an Ödön von Horvath*, unveröffentl. Typoskript 1956, S. 3): »Den Prater liebte er sehr. Ich mußte dort immer mit der Grottenbahn fahren – da griffen einem eisige Hände wie mit Leichenfingern ins Gesicht und Ödön freute sich, wenn ich erschrak. Auch die ›freaks‹ (Mißgeburten) in einem amerikanischen Film zogen ihn unwiderstehlich an. ›Tierisch, nicht wahr?‹ rief er begeistert.«

29 *Linie* – Metapher Horváths, die sich aus Skizzen und Vorarbeiten zu seinem Roman erklärt: *Und das verwunschene Schloss, das war meine Liebe = die Sehnsucht nach dem Frieden. Und das Fräulein an der Kasse, das lud mich dazu ein. Sie wollte mich nicht sehen. Denn sie war mein Tod und die Linien, das sind unsere Seelen. Und jetzt kommt mein schöner Gedanke = er ist der Tod.* (Ödön von Horváth-Archiv, Berlin, lfde Nr. 261.) Das wiederholt Horváth auch noch innerhalb einer anderen Handlungsskizze: *Und unsere Linien, das waren unsere Seelen – –* (Ebd.) – Vgl. auch Franz Theodor Csokors Begriff »Tangentenerlebnisse« für die Frauen in Horváths Leben: »Man berührt sich in einem Punkt und verliert sich in der Unendlichkeit . . .« (zit.

nach Hertha Pauli, *Ein Riss der Zeit geht durch mein Herz. Ein Erlebnisbuch*, Wien-Hamburg 1970, S. 58).

31 *reiner Tisch gemacht* – Siehe Bd. 1,183.

32 *Sie starb* – Parallelstelle in *Der ewige Spießer* (Band 12).

Das Fenster ist hoch – Parallelstelle in *Der ewige Spießer* (Band 12).

»Es ist kalt« – Franz Theodor Csokor (1885-1969) hatte im Zusammenhang mit Horváths *Don Juan kommt aus dem Krieg* (Band 9) am 28. 11. 1936 in einem Brief an Ferdinand Bruckner (1891-1958) den Begriff der »Herzenskälte als Schuld« geprägt (Franz Theodor Csokor, *Zeuge einer Zeit. Briefe aus dem Exil 1933-1950*, München–Wien 1964, S. 130). 1938 wies Franz Werfel (1890-1945) in seinem Vorwort zur Erstausgabe (S. III) von *Ein Kind unserer Zeit* auf Horváths »neues und grosses Motto: Kälte als Schuld« hin, das sich bereits in seinen früheren Werken ange-deutet hatte. Vgl. hierzu das Kapitel: »Das Spätwerk Horváths im Lichte von Schuld und Sühne«, in: Meinrad Vögele, *Oedön von Horváth. Der jüngste Tag*, Bern–Frankfurt/Main–New York 1983, bes. S. 16-25. – Siehe auch Bd. 1, 294.

35 *werfen [. . .] Ereignisse ihre Schatten* – Nach dem Ausspruch des schottischen Schriftstellers Thomas Campbell (1777-1844): »And coming events cast their shadows before« in *Lochiel's Warning* (1802); von George Gordon Lord Byron (1788-1824) seinem *The prophecy of Dante* (1821) als Motto vorangestellt.

In der Nacht zum Freitag gabs plötzlich Alarm. – Freitag, den 6. 3. 1936 berief Hitler den Reichstag zu einer Sitzung am 7. 3. um 12 Uhr ein und kündigte um 21.15 Uhr die Besetzung des Rhein-landes an, das in Artikel 42 und 43 des Versailler Vertrags (vom 28. 6. 1919) zur entmilitarisierten Zone erklärt worden war. In Artikel 44 hieß es: »Jeder etwaige Verstoß Deutschlands [. . .] gilt als eine feindselige Handlung [. . .] und als Versuch einer Störung des Weltfriedens«. Auch im Vertrag von Locarno (16. 10. 1925) hatte sich »Deutschland und Belgien und ebenso Deutschland und Frankreich« nochmals verpflichtet »in keinem Falle zu einem Angriff oder zu einem Einfall oder zum Kriege gegeneinander zu schreiten: (zit. nach: Erhard Klöss [Hg.], *Von Versailles zum Zweiten Weltkrieg*, S. 53 u. 157).

Bald gehts los – Diese Textpassage (und andere), lassen den Schluß zu, daß Horváth die Besetzung des Rheinlandes am 7. 3. 1936 durch deutsche Truppen zum Anlaß für seine Schilderung nahm.

36 *wie friedlich* – Anspielung auf Hitlers sieben Vorschläge zur »europäischen Friedenssicherung«, die er am 7. 3. 1936 verkündete, und sein Angebot, für die Dauer von 25 Jahren mit Belgien und Frankreich einen Nichtangriffspakt zu schließen. Am 28. 3. erklärte Hitler: »Daß wir den Frieden wollen, das brauche ich nicht immer wieder zu versichern. Ich glaube nicht, daß in der Welt ein Mann mehr vom Frieden und für den Frieden geredet und gerungen und gekämpft hat als ich« (zit. nach: Domarus, S. 615 f.). Als Bestätigung seiner »Friedensabsicht« umriß Hitler in einem neuen deutschen »Friedensplan« am 1. 4. 1936, »was er alles zu tun bereit wäre, um den Frieden zu sichern: vier Monate lang keine Verstärkung der Truppen im Rheinland vorzunehmen, an den verschiedenartigsten Kommissionen zur Untersuchung von militärischen Fragen teilzunehmen, über einen 25jährigen Frieden zu verhandeln, auf die Erziehung der Jugend im friedlichen Sinne einzuwirken, Abstimmungen in Deutschland vorzunehmen, Konferenzen einzuberufen, an einem internationalen Schiedsgericht teilzunehmen, den Abwurf von Gas-, Gift- und Brandbomben zu verbieten, den Abwurf von Bomben jeglicher Art auf offene Ortschaften, die sich außerhalb der Reichweite der mittleren schweren Artillerie der kämpfenden Front befinden, zu untersagen – den Bau von Tanks schwerster Art und von schwerster Artillerie zu verbieten usw. usw.« (Domarus, S. 618). Ein Vierteljahr später (24. 7. 1936) stimmte Hitler zu, deutsche Truppen »zum Schutz der deutschen Staatsangehörigen« nach Spanien zu entsenden, um in Wahrheit die

rechtsgerichteten spanischen Militärs unter Führung von General Franco (1892-1975) im Bürgerkrieg gegen die linksrepublikanischen Regierungstruppen zu unterstützen. – Siehe auch S. 244 ff., Erl. zu S. 37 ff.

über alles in der Welt. – Zit. nach: August Heinrich Hoffmann von Fallersleben (1798-1874), *Das Lied der Deutschen* (1841): »Deutschland, Deutschland über alles, / Über alles in der Welt [. . .]«, gesungen nach der Melodie des 2. Satzes von Joseph Haydns (1732-1809) Quartett op. 76, Nr. 3, der ehemaligen österreichischen Kaiserhymne »Gott erhalte Franz, den Kaiser« (Text von Lorenz Leopold Haschka, 1749-1827). Am 11. 8. 1922 erklärte Reichspräsident Friedrich Ebert (1871-1925) das *Deutschlandlied* zur Nationalhymne.

zehnmal so groß – Hinweis darauf, daß Horváth bei der Konzeption seines Romans die Rheinlandbesetzung und die Belgien drohende Okkupationsgefahr als Hintergrund wählte und fiktiv (unter Verwendung von Berichten über Aktionen deutscher Truppen im Spanischen Bürgerkrieg) fortführte. – Siehe auch S. 241 f., Erl. zu S. 35).

Wer wagt, gewinnt – Zit. nach Quintus Horatius Flaccus (65-8 v. Chr.) in seinen *Epistulae* (dt.: Briefe): »Dimidium facti, qui coepit habet« (dt.: Frisch gewagt ist halb gewonnen).

überraschend zuschlägt – Horváth gibt hier die Strategie des nationalsozialistischen Imperialismus wieder, wie sie sich bereits in Hitlers *Mein Kampf* formuliert hatte und nimmt gleichzeitig damit die Art und Weise der Okkupation Österreichs (März 1938), des Sudetenlandes (Oktober 1938) und der CSR (März 1939) vorweg. Daß Hitler bei der »ersten günstigen Gelegenheit den Feldzug gegen die Tschechei beginnen und durchführen« wollte, »wobei der Überfall auf die Tschechen ›blitzartig schnell‹ erfolgen müsse«, also *ohne jede Kriegserklärung*, ohne *verstaubte Formalitäten*, bestätigte sich während der Nürnberger Kriegsverbrecherprozesse (1945-1950) durch die Vorlage der sog.

›Hoßbach-Niederschriften‹ seines Adjutanten Friedrich Hoß-
bach (geb. 1894).

37 *brennen die Dörfer* – Ende März 1937 startete General Franco
(1892-1975) eine neue Offensive im Baskenland. Durch Flugzeuge der deutschen ›Legion Condor‹ wurde am 31. 3. 1937
Durango, dann Occhandiando und am 26. 4. 1937 Guernica
zerstört, alles Orte, die nicht verteidigt wurden. Da die Flugzeuge
der ›Legion Condor‹ nicht nur Bomben warfen, sondern im
Tiefflug mit Bordwaffen Jagd auf Zivilisten machten, fielen den
Angriffen zahllose Bewohner zum Opfer. Diese Brutalität löste
internationale Entrüstung aus; die spanischen und deutschen
Faschisten jedoch leugneten jede deutsche Beteiligung und be-
zeichneten die »roten Horden« (Erklärung der Pressestelle Francos vom 29. 4. 1937) als die Schuldigen der Massaker.

ihre Sprache ist häßlich – Hinweis auf ›Eskura‹, die Sprache der
Basken, die einzige noch lebendige nichtindogermanische Sprache Westeuropas. In Wortschatz und Struktur mit den kaukasi-
schen Sprachen eng verwandt, steht die baskische Sprache in
starkem Kontrast zu den Sprachen Frankreichs und Spaniens.

38 *ihre Berge sind voll Erz* – Adolf Hitler erklärte am 27. 6. 1937 in
Würzburg, »daß er Franco unterstütze, um sich in den Besitz
spanischen Erzes zu setzen. Deutschland bezog im Jahre 1937
insgesamt 1 620 000 Tonnen Eisenerz, 956 000 Tonnen Pyrit und
2000 Tonnen anderer Erze aus Spanien. Allein im Monat Dezember bezog es 265 000 Tonnen Eisenerz und 550 000 t Pyrit. Die
deutsche Einfuhr aus Nationalspanien betrug gegen Ende des
Jahres [1937] zehn Millionen Reichsmark monatlich« (Hugh
Thomas, *Der spanische Bürgerkrieg*, Berlin–Frankfurt/Main–
Wien 1961, S. 354).

Einst, wenn die Zeitungen [. . .] berichten dürfen – Während die
NS-Politiker jede Beteiligung deutscher Soldaten im Spanischen
Bürgerkrieg an der Seite General Francos bestritten, berichteten
deutsche Emigranten im Ausland über die Mitwirkung deutscher

Truppen bei den Kämpfen in Spanien; so z. B. John Heartfield (eigentl. Franz Herzfeld; 1891-1968) in ›Die Volks-Illustrierte‹, Prag (September, Oktober, Dezember 1936 usf.) – Siehe auch S. 247 ff., Erl. zu S. 42.

Dichter des Vaterlandes – Die Nationalsozialisten verstanden unter ›deutscher Literatur‹ »die Gesamtheit der dichterischen Äußerungen deutscher Menschen«; die ›Literatur der [national-sozialistischen] Gegenwart‹ werde bestimmt »durch das Bewußtsein der unlösbaren Bindung des dt. Menschen an Rasse und Volk«. Als Grundlage »des neuen künstlerischen Schaffens« waren »die Lebenskräfte von Blut und Boden und die geistige Verantwortung vor dem Volksschicksal« unabdingbar. (*Meyers Lexikon*, Leipzig 1937, Bd. 2, Sp. 1027).

Auswahlliste jener Autoren (in alphabetischer Reihenfolge), die den von der Reichsschrifttumskammer gesetzten Maßstäben entsprachen und damit den Nationalsozialismus propagierten bzw. an ihm partizipierten: Heinrich Anacker (geb. 1901), Hans Baumann (geb. 1914), Hans Friedrich Blunck (1888-1961), Bruno Brehm (1892-1974), Hermann Burte (1879-1960), Hans Carossa (1878-1956), Edwin Erich Dwinger (geb. 1898), Dietrich Eckart (1868-1923), Paul Ernst (1866-1933), Walter Flex (1887-1917), Friedrich Friese (1890-1975), Hans Grimm (1875-1959), Mirko Jelusich (1886-1969), Hanns Johst (1890-1978), Erwin Guido Kolbenheyer (1878-1962), Heinrich Lersch (1889-1936), Herybert Menzel (1906-1945), Adolf Meschendörfer (1877-1963), Agnes Miegel (1879-1964), Eberhard Wolfgang Möller (1906-1972), Wilhelm Schäfer (1868-1952), Gerhard Schumann (geb. 1911), Hermann Stehr (1864-1940), Karl Heinrich Waggerl (1897-1973), Josef Weinheber (1892-1945), Kurt Ziesel (geb. 1911), Heinrich Zillich (geb. 1898), Hans Zöberlein (geb. 1895). – Vgl. Franz Schonauer, *Deutsche Literatur im Dritten Reich. Versuch einer Darstellung in polemisch-didaktischer Absicht*, Olten u. Freiburg i. Br. 1961; Ernst Loewy, *Literatur unterm Hakenkreuz. Das Dritte Reich und seine Dichtung. Eine Dokumentation*, Frankfurt/Main 1969; Peter Zimmermann, *Literatur im Dritten Reich*, in: *Sozialgeschichte der deutschen Literatur von 1918 bis zur Gegenwart*, Frankfurt/Main 1981, S. 361-416; Horst Albert Glaser (Hg.), *Deutsche Literatur. Eine Sozialgeschichte. Band 9: Weimarer Republik – Drittes Reich: Avantgardismus, Parteilichkeit, Exil. 1918-1945*, Reinbek 1983, bes. S. 144-154; Helmut Vallery, *Völkisch-nationalsozialistische Erzählliteratur*, S. 212-218: Jost Hermand, *Völkische und faschistische Zukunftsromane*, S. 283-292: Franz Norbert Mennemeier, *Nationalsozialistische Dramatik*; Günter Hartung, *Literatur und Ästhetik des deutschen Faschismus. Drei Studien*, Köln 1984.

Genius unseres Volkes – Vgl. Emanuel Geibel (1815-1884): »Was die Epoche besitzt, das verkündigen hundert Talente, / Aber der Genius bringt ahnend hervor, was ihr fehlt« (*Ethisches und Ästhetisches in Distichen*, 1864).

Geheim waren die Verlustlisten – Vgl. hierzu John Heartfield (1891-1968), *Deutscher Mütter Los*, in: ›Die Volks-Illustrierte‹, Prag, 1937, Nr. 10 (10. 3. 1937), S. 157. Anlaß für Heartfields Fotomontage: »Die Toten der ›Legion Condor‹, die seit Juli 1936 an der Seite Francos kämpft, gelten offiziell als ›im Manöver tödlich verunglückte‹. Das Tragen von Trauerkleidung wird den Angehörigen verboten.« (Zit. nach: Friedrich Pfäfflin, *Die Fotomontagen John Heartfields in der ›Arbeiter-Illustrierte-Zeitung‹ [1930-1936] und in der ›Volks-Illustrierte‹ [1936-1938]. Eine Bibliographie*, in: John Heartfield, *Krieg im Frieden. Fotomontagen zur Zeit 1930-1938*, Frankfurt/Main 1982, S. 107-135; hier S. 131.)

41 *Dank des Vaterlandes* – In Friedrich Schillers (1759-1805) *Wallensteins Tod* wird vom »Dank vom Haus Österreich« gesprochen. Nach dem 1. Weltkrieg kam der Ausspruch auf: »Der Dank des Vaterlandes ist euch gewiß«. – Vgl. den Hinweis in Georg Büchmann, *Geflügelte Worte. Der Zitatenschatz des deutschen Volkes*, Berlin ³³1981: »So zeigt eine Zeichnung von George Grosz (1893-1959) aus dem Jahre 1919 einen auf der Straße sitzenden und Streichhölzer verkaufenden Kriegskrüppel mit der Unterschrift ›Des Volkes Dank ist euch gewiß‹ (*Der blu-*

tige Ernst, hg. von Carl Einstein und George Grosz, Jg. 1, Nr. 5., S. xix).«

42 *nicht als regulärer Soldat* – Diese Textpassage mit den Formulierungen *als ein sogenannter Freiwilliger [. . .] Im Feindesland tobe
[. . .] kein Krieg, sondern eine [. . .] Revolution, und es stünden
unsererseits keine militärischen Einheiten drüben* usf. ist eindeu-
tiger Beleg dafür, daß Horváth Ereignisse des Spanischen Bürgerkrieges literarisch verarbeitete. – Nach dem am 26. 7. 1936 Hitler
in Bayreuth übermittelten Hilferuf General Francos wurde bin-
nen einer Woche »die Abteilung COS ›W‹ im Reichskriegsministe-
rium mit der Aufstellung von ›Freiwilligen‹ und der Absendung
von Kriegsmaterial betraut. Zwei Tarnfirmen wurden errichtet:
die HISMA (Compania Hispano-Marroqui de Transportes) und
die ROWAK (Rohstoff- und Waren-Einkaufsgesellschaft). Über
diese Firmen sollten alle Lieferungen nach Spanien gehen, ebenso
die Zahlungen und Gegenlieferungen aus Spanien. [. . .] Eine
Transportflotte wurde zusammengestellt. Die Kriegsflotte bekam Anweisung, die Transporte zu schützen. [. . .] Zugleich
wurde eine als ›Reisegesellschaft Union‹ getarnte Dienststelle
unter General von Scheele errichtet, die für Freiwillige zur Be-
mannung der Flugzeuge zu sorgen und ein Ausbildungskontin-
gent für die spanische Armee aufzustellen hatte. [. . .] Insgesamt
machten während des Bürgerkrieges 170 Frachtdampfer die
Reise nach Spanien, meist ab Hamburg. [. . .] Alles ging unter
dem Schleier des Geheimnisses vor sich. Der deutsche Flieger
Adolf Galland berichtet: ›Einer oder der andere unserer Kameraden in der Luftwaffe verschwand plötzlich . . . Nach etwa einem
halben Jahr kam er braungebrannt und in bester Laune wieder.‹
(Adolf Galland, *Die Ersten und die Letzten. Die Jagdflieger im
Zweiten Weltkrieg*, Darmstadt 1953; zit. nach der engl. Ausgabe
London 1955, S. 23). Fast alle Deutschen, die nach Spanien
gingen, namentlich die Flieger, waren junge Nationalsozialisten.
Anscheinend folgten sie sämtlich willig dem Befehl, nach Spanien
zu gehen. ›Freiwillige‹ kann man sie deshalb allerdings nicht
nennen.« (Thomas, *Der spanische Bürgerkrieg*, S. 185 f.) – Nach
Hugh Thomas (S. 516) investierte die nationalsozialistische Re-

gierung während der spanischen Bürgerkriegs (1936-1939) insgesamt 500 Millionen Reichsmark. »Davon entfielen 88 Mill. RM auf Gehälter und Unkosten, deren Bezahlung die Deutschen von den Spaniern nicht verlangten, 124 Mill. RM auf direkte Lieferungen an Nationalspanien und 354 Mill. RM auf die Legion Condor. Nachher waren die Spanier mit einer Summe von 378 Mill. RM einverstanden, die auch die Deutschen akzeptierten – unter der Voraussetzung, daß 45 Mill. RM für Deutsche, die in Spanien während des Bürgerkriegs Verluste erlitten hatten, ebenso akzeptiert wurden, wie die 15 Mill. RM für Privatspenden nach Spanien. Die letztere scheint in Spanien 300 Tote gehabt zu haben. Die deutschen Truppen in Spanien erreichten zur Zeit des Höchststandes im Herbst 1936 eine Präsenzstärke von etwa 10 000 Mann. An der Parade der Legion Condor in Berlin im Mai [recte: am 6. Juni] 1936 nahmen 14 000 Spanienkämpfer teil. Insgesamt wurden wahrscheinlich 16 000 Deutsche auf nationalspanischer Seite eingesetzt, unter ihnen allerdings zahlreiche Ausbilder und Zivilisten. Die Stärke der Legion Condor betrug stets etwa 6000 Mann. Der Legion waren 30 Panzerabwehrkompanien beigegeben. [. . .] Über Menge und Art des nach Spanien gelieferten deutschen Kriegsmaterials sind keine Einzelheiten feststellbar.«

Untermenschentum – Adolf Hitler schrieb in *Mein Kampf* (S. 317), daß der Arier »der Begründer höheren Menschentums überhaupt war, mithin den Urtyp dessen darstellt, was wir heute unter dem Wort ›Mensch‹ verstehen«. 1935 erschien in Berlin, herausgegeben vom Reichsführer SS [Heinrich Himmler, 1900-1945], SS Hauptamt, die Hetzschrift *Der Untermensch*: »Der Untermensch – jene biologisch scheinbar völlig gleichgeartete Naturschöpfung mit Händen, Füßen und einer Art von Gehirn, mit Augen und Mund, ist doch eine ganz andere, eine furchtbare Kreatur, ist nur ein Wurf zum Menschen hin, mit menschenähnlichen Gesichtszügen – geistig, seelisch jedoch tiefer stehend als jedes Tier. Im Innern dieses Menschen ein grausames Chaos wilder, hemmungsloser Leidenschaften: namenloser Zerstörungswille, primitivste Begierde, unverhüllteste Gemeinheit. Untermensch –

sonst nichts! [. . .] Und diese Unterwelt des Untermenschen fand ihren Führer: – den ewigen Juden!« (Zit. nach: Hofer, S. 280 f.) Auch am »Tschekawüten in Spanien« waren die Juden schuld, wie die ›Parteiamtliche Wandzeitung der NSDAP‹ in der Woche vom 1. bis 7. 7. 1937 verkündete. »Die Idee des Bolschewismus, d. h. die skrupellose Verwilderung und Auflösung jeder Sitte und Kultur mit dem Zweck der Vernichtung der Völker ist im Gehirn von Juden erdacht. Die bolschewistische Praxis in ihrer schauderhaften, bluttriefenden Grausamkeit ist nur in Händen von Juden vorstellbar. Wir haben sie erkannt und vor aller Welt den Mut, mit Fingern auf diese Generalverbrecher zu zeigen.« (Zit. nach: *Parole der Woche*, S. 132 f.)

46 *Seine Gebote* – Die zehn Gebote im *Alten Testament*: Exodus 20,2-17 u. Deuteronomium 5,7-21.

liebe deine Feinde – »Du sollst nicht töten!« lautet das fünfte Gebot (Exodus 29,13; Deuteronomium 5,17). Zwar wird auch im *Alten Testament* mehrfach auf den Begriff der »Feindesliebe« hingewiesen (Sprüche 25,21 f.; Jeremias 15,11 und 18,20), die wörtliche Anweisung (»Liebet eure Feinde; tut Gutes denen, die euch hassen!«) aber findet sich erst im *Neuen Testament*, in der Bergpredigt (Lukas 6,27).

47 *etwas versprechen soll* – Gemeint ist der in der katholischen Lehre übliche Begriff des Gelübdes, durch das sich der Gläubige mit einem besonderen Versprechen (Wallfahrt, Geldspende) Gott verpflichtet. Neben solchen »privaten Gelübden« gibt es auch »öffentliche Gelübde« für einen religiös geprägten Lebensstil (z. B. im Kloster: Gelübde der Armut, der Keuschheit und des Gehorsams).

48 *Paletot* – Urspr. Ausdruck für einen taillierten Herrenmantel mit doppelter Knopfleiste und Samtkragen; später auch für halblange mantelartige Jacken.

53 *ist das Fleisch schwach* – Nach Matthäus 26,41, als Jesus die

Jünger schlafend fand: »Der Geist ist zwar willig, aber das Fleisch ist schwach.«

55 *Band [. . .] zerrissen* – Nach dem *Burschenschaftslied* von August Daniel von Benzer (1793-1868): »Das Band ist zerschnitten, war ›Schwarz, Rot und Gold‹, / Und Gott hat es gelitten: wer weiß, was er gewollt!«

57 *die nackte Wahrheit* – Lat. »nuda veritas« in den *Oden* (1 24,7) des Quintus Horatius Flaccus (65-8 v. Chr.).

59 *frontunwürdig* – In der Regelung durch das Wehrgesetz vom 21. 5. 1935 gab es den Begriff der »Wehruntüchtigkeit« für eine Person, die »mit Zuchthaus bestraft ist, nicht im Besitz der bürgerlichen Ehrenrechte ist, den Maßregeln der Sicherung und Besserung (§ 42a Reichstrafgesetzbuch) unterworfen ist, durch militärgerichtliches Urteil die Wehrwürdigkeit verliert oder wegen staatsfeindlicher Betätigung gerichtlich bestraft wird« (*Der Neue Brockhaus. Allbuch in vier Bänden und einem Atlas*, Leipzig 1938, Bd. 4, S. 667).

60 *Beamten- und Offiziersfamilie* – Vgl. Horváths Entwurf *Der Mittelstand* (Band 15).

64 *unerforschte Zusammenhänge* – Vgl. William Shakespeare (1564-1616) *The Tragicall Historie of Hamlet, Prince of Denmarke* (ca. 1600): »There are more things in heaven and earth, Horatio, / Than are dreamt of in your philosophy« (dt.: Es gibt mehr Ding' im Himmel und auf Erden, / Als eure Schulweisheit sich träumt, Horatio).

70 *Der verlorene Sohn* – Siehe *Gleichnis vom verlorenen Sohn*, Lukas 15,11-32.

71 *auf seinem Mist gewachsen* – Vgl. Johann Wolfgang Goethe (1749-1832), *Sprichwörtliches*: »Diese Worte sind nicht all in Sachsen / noch auf meinem eignen Mist gewachsen, / doch

was für Samen die Fremde bringt, / erzog ich im Lande gut
gedüngt.«

Floh ins Ohr gesetzt – Die Schwänke von George Feydeau (1862-
1921) gehörten zum ständigen Repertoire der Boulevardtheater
in Wien, München und Berlin. Eine seiner Komödien, 1907 in
Paris uraufgeführt, hatte den Titel *La puce à l'oreille* (dt.: *Der
Floh im Ohr*), nach der frz. Redewendung »avoir la puce à
l'oreille«.

Undank ist der Welten Lohn – Der korrekte Wortlaut des dt.
Sprichworts: »Undank ist der Welt Lohn«.

73 *eherne Lettern* – In älteren Übersetzungen ist bei Isaias (48,4) von
einer »ehernen Stirn« die Rede, in neueren Übersetzungen von
einer »Stirne von Erz«. Goethe schrieb: »Nach ewigen, ehernen /
Großen Gesetzen / Müssen wir alle / Unseres Daseins / Kreise
vollenden« (*Das Göttliche*, 1873).

Ehrenbuch unseres Volkes – Vgl. *Organisationshandbuch der
NSDAP*, herausgegeben vom Reichsorganisationsleiter der
NSDAP, München ³1937 (S. 292): »›Ehrenliste der gefallenen
Kämpfer der NSDAP‹, auf der die im Kampfe für das Dritte Reich
durch politische Gegner Ermordeten verzeichnet sind.«

als Geist und erleuchte mich – Anspielung auf die »Erleuchtung
des Heiligen Geistes« in der *Apostelgeschichte* (2,1-4): »Es erhob
sich mit einem Male vom Himmel ein Brausen als fahre daher ein
gewaltiger Sturm, und erfüllte das ganze Haus in dem sie waren.
Dann erschienen ihnen Zungen wie von Feuer, die sich verteilten
und auf jeden von ihnen niederließen. Alle wurden vom Heiligen
Geist erfüllt und fingen an, in verschiedenen Sprachen zu reden
wie der Heilige Geist es ihnen eingab.«

74 *Ehre deinen Vater* – Das vierte Gebot: »Ehre deinen Vater und
deine Mutter, damit du lange lebst [. . .]« (Exodus 20,12; Deuteronomium 5,16).

78 *Zersetzung* – Aus der Chemie entlehnter Begriff für: Auflösung.
– Bei Ernst Moritz Arndt (1769-1860), *Reden und Glossen* (1848):
»Juden und Judengenossen, getaufte und ungetaufte, arbeiten
unermüdlich und auf allen äußersten radikalen Linken mitsit-
zend an der Zersetzung und Auflösung dessen, worin uns Deutschen bisher unser Menschliches und Heiliges eingefaßt schien.«
In diesem Sinne adaptierten die Nationalsozialisten den Begriff.
Für Hitler war die »vernichtende, zersetzende Kritik« der Mar-
xisten eine »ewig fressende Säure«, die den alten Staat zermürbte
und zum Einsturz brachte (*Mein Kampf*, S. 505).

79 *unter staatlicher Kontrolle* – Am 18. 10. 1936 war Hermann
Göring (1893-1946) von Hitler zum »Beauftragten für den Vierjahresplan« ernannt worden. Die Zielsetzung des (neuen) Vier-
jahresplanes lautete: »Gänzliche Unabhängigkeit Deutschlands
vom Ausland innerhalb von 4 Jahren in allen jenen Stoffen, die in
Deutschland selbst beschafft werden können«. Die »Verordnung
zur Durchführung des Vierjahresplans« sah »eine einheitliche
Lenkung aller Kräfte des deutschen Volkes und die straffe Zu-
sammenfassung aller einschlägigen Zuständigkeiten in Partei
und Staat« vor, so daß die Rüstungsindustrie damit *gewissermaßen*, wie Horváth formulierte, *sogar eigentlich bereits verstaatlicht* war.

81 *Das denkende Tier* – Nach August Bebel (1840-1913): »Der
Unterschied zwischen Mensch und Tier ist also, daß der Mensch
ein denkendes Tier genannt werden kann, das Tier aber kein
denkender Mensch« (*Die Frau und der Sozialismus*, Frankfurt/
Main ³1981, S. 293).

Buch über Tibet – Vermutlich angeregt durch den Expeditions-
bericht von Ernst Schäfer (geb. 1910), *Unbekanntes Tibet. Durch
die Wildnisse Osttibets zum Dach der Erde*, im Juni 1935 im
Verlag Paul Parey, Berlin, erschienen.

Dalai-Lama – Das weltliche Oberhaupt der Lamaisten in Tibet.

höchsten Punkte der Welt – Der (tibetanisch:) Tschomolungma (dt.: Göttin der Erde), nach dem engl. Ingenieur Sir George Everest (1790-1866) Mount Everest genannt, im tibetanisch-nepalischen Grenzkamm des Himalaya (dt.: Stätten des Schnees), 8882 m. – Über deutsche Expeditionen im Himalaya-Gebiet, erschien 1935 von F. Bechtold *Deutsche am Nanga Parbat. Der Angriff 1934.* Am 15. 6. 1937 kamen C. Troll und K. Wien zusammen mit 6 anderen Bergsteigern beim Aufstieg zum Nanga Parbat (8125 m) durch eine Lawine ums Leben.

82 *keine Arbeitslosen mehr* – Als »Land der Arbeit und des Friedens« bezeichnete die NSDAP im Juli 1936 Deutschland. »Der reißende, vernichtende Strom der Arbeitslosigkeit ist eingedämmt. – [...] Während die reichsten und rohstoffstärksten Länder der Erde noch immer vergeblich gegen Arbeitslosigkeit, gegen Hungerrevolten und soziales Elend ankämpfen, hat das arme, aber schaffensfrohe nationalsozialistische Deutschland die Not der Arbeitslosigkeit überwunden« (*Parole der Woche* v. 16.-22. 7. 1936; zit. nach: *Parole der Woche*, S. 125). Tatsächlich war die Zahl der Arbeitslosen, die am 31. 1. 1933 den Höchststand von 6 013 612 erreicht hatte, bis 30. 11. 1933 auf 4 804 428 reduziert worden und sank 1936 erstmals wieder unter 1,5 Millionen.

unterstützten Arbeitslosen – Ende Mai 1936 gab es 1 491 200 unterstützte Arbeitslose, davon erhielten 202 290 Arbeitslosenunterstützung, 640 129 Krisenunterstützung, 246 133 waren Wohlfahrtserwerbslose, 402 649 sonstige Arbeitslose. Die »versicherungsmäßige« Arbeitslosenunterstützung (›Alu‹), abgestuft nach Lohn und Ortsklassen, wurde nach Ablauf einer Wartezeit (›Karenzzeit‹), die sich nach dem Familienstand richtete (36 Tage, höchstens aber 20 Wochen) lang bezahlt. Auf die dann einsetzende Krisenunterstützung (›Kru‹) folgte später schließlich die öffentliche Fürsorge für »Wohlfahrtserwerblose«. In der offiziellen Statistik der Arbeitslosigkeit aber blieben zu allen Zeiten die sog. »unsichtbaren« Arbeitslosen unberücksichtigt. Diese Tatsache meint Horváth, wenn er schreibt: *das ist alles Schwindel.*

Der Mensch ist [. . .] ein Tier – Das lat. »homo homini lupus«
(dt.: Der Mensch ist für den anderen Menschen ein Wolf) des
englischen Professors Thomas Hobbes (1588-1679), *Elemento-*
rum Philosophiae (1642-1658; dt.: Grundzüge der Philosophie)
wird zurückgeführt auf Titus Maccius Plautus (um 250-184 v.
Chr.), *Asinaria* (dt.: Eselskomödie). – Hobbes ging im zweiten
Teil seines Werkes *De homine* (dt.: Über den Menschen) vom
»Krieg aller gegen alle« aus, »daß naturgemäß stets alle Städte
mit allen Städten in unversöhnlichem Kriege seien«, vor allem
aber, daß »Menschen gegen Menschen, ein jeder gegen sich selbst
Krieg führe«. – Vgl. auch die ideologischen Standardwerke der
Nationalsozialisten: Arthur Moeller van den Bruck (1876-1925),
Das Dritte Reich (1923): »Das Tier im Menschen kriecht heran.
Afrika dunkelt in Europa herauf. Wir haben die Wächter zu sein
an der Schwelle der Werte« (S. 245); und Oswald Spengler (1880-
1936), *Jahre der Entscheidung. 1: Deutschland und die weltge-*
schichtliche Entwicklung (1933): »Der Mensch ist ein Raubtier.
[. . .] Kampf ist die Urtatsache des Lebens, ist das Leben selbst«
(S. 13 f.) – Siehe auch S. 235, die Erl. zu S. 18 ff.

83 *alle Menschen gleich* – Vgl. im Gegensatz dazu im *Alten Testa-*
ment: »[. . .] denn beim Herrn, unserm Gott, gibt es [. . .] keinen
Vorzug der Person« (2 Chronik 19,7).

   mein goldenes Zeitalter – Zit. nach Hesiodos aus Askra (Hesiod;
   8./7. Jh. v. Chr.), *Erga kai hēmerai* (dt.: Werke und Tage), wo das
   Zeitalter des Kronos als das Goldene Zeitalter, wo die Menschen
   »ohne Leiden und Übel, und fern von drückender Arbeit« lebten,
   bezeichnet wird. – Siehe auch: Bd. 1,51 u. 94.

85 *der Staat ist das Volk* – Zit. nach Friedrich Nietzsche (1844-1900),
   Also sprach Zarathustra. Buch für Alle und Keinen (1883): »Staat
   heißt das kälteste aller kalten Ungeheuer. Kalt lügt es auch; und
   diese Lüge kriecht aus seinem Munde: ›Ich, der Staat, bin das
   Volk‹« (*Vom neuen Götzen*).

89 *Liliputaner* – Nach Jonathan Swift (1667-1745), *Travels into*

Several Remote Nations in the World. By Lemuel Gulliver, First
a Surgeon, and then a Captain of Several Ships (1726; dt.: *Des*
Captains Lemuel Gulliver Reisen in unterschiedliche, entfernte
und unbekanndte Laender, 1727/28). Gulliver wird ins Zwer-
genland Liliput verschlagen, dessen daumengroße Bewohner
Liliputaner genannt werden. – Vgl. hierzu auch: »So war er
[Horváth] Stammgast in einem Café nahe dem Praterstern, das
größtenteils von Liliputanern besucht wurde, solchen, die im
Wurstlprater in ›Feigls Monstre-Weltschau‹ auftraten, und ›bürgerlichen‹ Liliputanern, die es ebenso halbbewußt dahin zog,
›unter sich‹ zu sein wie jene Wiener, die meist ›eine Stunde mit
dem Telegramm von Wien geboren‹ waren. Ödön, der großge-
wachsene, trank einzig und allein dort seine Schale Braun, um
unter Liliputanern zu weilen, wie Gulliver. In dieser Umwelt
erholte er sich von den ›Untieren‹, wie er den mehr oder minder
rapid dem Nazismus verfallenden Spießer titulierte. (Auch
Swifts Held hatte ja seine Reisen unternommen, um einer ihm
widerwärtigen Realität zu entweichen.)« (Ulrich Becher,
Stammgast im Liliputanercafé, in: Ödön von Horváth, *Stücke*,
hg. v. Traugott Krischke, Reinbek 1961, Nachwort S. 419-429;
hier: S. 421.) Becher überliefert auch eine angebliche Äußerung
Horváths: *Ich hab nie einen Liliputanernazi getroffen, auch sie*
haben Angst, eines Tags von den Untieren als ›Untermenschen‹
– die sie ja im Sinn des Wortes sind – und ›Lebensunwerte‹
gebrandmarkt, eingefangen und hingemacht zu werden (ebd.,
S. 422).

92 *das Gruseln lernen* – Nach dem Märchen der Brüder Grimm
   Von einem, der auszog das Fürchten zu lernen: »Oder wenn
   abends beim Feuer Geschichten erzählt wurden, wobei einem
   die Haut schaudert, so sprachen die Zuhörer manchmal: ›Ach,
   es gruselt mir!‹« (Brüder Grimm, *Kinder- und Hausmärchen*,
   Stuttgart 1980, Bd. 1, S. 41 f.)

101 *»Das wissen die Götter!«* – Nach Homer (8. Jh. v. Chr.): »Das
    liegt [oder ruht] im Schoße der Götter« (*Ilias* XVII 514; XX 435
    u. a. O.).

Trambahngeld – Nach dem engl. tram für Straßenbahn; vor allem in Österreich auch heute noch gebräuchlich.

103 ff. – Vgl. zu dieser (und den folgenden Seiten) *Don Juan kommt aus dem Krieg* (Band 9).

106 *Glück währt nur kurze Zeit* – Nach dem Sprichwort »Glück und Glas, wie bald bricht das«, das auf einer Sentenz (»Fortuna vitrea est, tum quum splendet, frangitur«) von Publilius Syrus (1. Jh. v. Chr.) zurückgeführt wird. Vgl. auch den frz. Walzer *Plaisir d'amour* von J. P. E. Martini mit dem Text von J. P. Florian: »Plaisir d'amour ne dure qu'un moment, chagrin d'amour dure toute la vie . . .«

112 *Geburtenrückgang* – Stand 1936: »Die Geburtzahl sank von ihrem Höchststand von etwa 2 Mill. jährlich in den Jahren 1900-1908 bis auf 971 000 im Jahre 1933. Erst dem Nationalsozialismus ist es gelungen, diesen gefährlichen Geburtenrückgang aufzuhalten. [. . .] und die Geburtenzahl (auf 1934: 1 196 740, 1935: 1 261 273) wieder ansteigen zu lassen. [. . .] Jeder Volksgenosse muß die Größe der Gefahr, in der unser Volk sich befindet, wenn es weiter seine Familien so klein hält wie bisher, einsehen und sich mitverantwortlich für den Fortbestand des dt. Volkes in der Geschichte fühlen. Eine neue Willensbildung ist die Voraussetzung für den vollen Erfolg bevölkerungspolitischer Maßnahmen« (*Meyers Lexikon*, Leipzig 1936, Bd. 1, Sp. 1294, 1301).

117 *»Sie gehen schnell«* – Parallelstelle zu *Glaube Liebe Hoffnung* (Band 6).

121 *Der Schneemann* – Vgl. das parallele Motiv in *Don Juan kommt aus dem Krieg* (Band 9).

1 Bei der Transkription der hs (= handschriftlichen) Texte Ödön
von Horváths werden durch
>   Sofortkorrekturen
[]   Zusätze bzw. Ergänzungen
⟨⟩   Tilgungen
·⟨⟩·   wieder geltend gemachte Tilgungen
⟨?⟩   fragliche Lesart bzw. nicht zu ermittelnder Text markiert.
Innerhalb dieser Transkriptionen wird der Autorentext durch
Kursivdruck, der Editorentext durch Geradschrift ausgewiesen.
Abkürzungen für den Aufbewahrungsort:
HA/B = Ödön von Horváth-Archiv in Berlin an der Akademie
              der Künste (mit nachfolgender Ordnungsnummer)
HA/W = Ödön von Horváth Forschungsstelle in Wien im
              Thomas Sessler Verlag.
2 Lt. beglaubigter Abschrift des Original-Meldescheines vom 6. 7.
1937 durch den Bürgermeister von Henndorf (am 6. 7. 1950).
3 Wera Liessem am 28. 11. 1957 an den Hg.: »Sonntags trafen wir uns
oft mit dem Zeichner und Karikaturisten Trier und mit Erich Kästner, der von Reichenhall herüber kam (im kleinen Grenzverkehr) –
in Salzburg . . . Kästner kam immer mit einem Fresspaket herüber,
da er ja kein österreichisches Geld hatt und zog abends wieder in
seine unfreiwillige Verbannung nach Nazideutschland zurück . . .«
Dazu Erich Kästner am 1. 2. 1958 an den Hg.: »Ich erinnere mich
noch gut, wie erschrocken er war, als er hörte, daß ich wieder ins
Dritte Reich zurückführe, und er hielt diesen Plan für lebensge-
fährlich.«
4 Siehe auch Bd. 13,156 f.
5 Im Original des Briefes (in der Handschriftensammlung der Wiener Stadtbibliothek, I. N. 186.489) fehlt jeder Hinweis auf Horváths Roman *Ein Kind unserer Zeit*; es ist lediglich an anderer
Stelle vermerkt: »Horváth, der im Gasthof Mayer hier einen
Roman schreibt.« – Siehe auch Bd. 13,178.
6 Franz Theodor Csokor, *Zeuge einer Zeit. Briefe aus dem Exil
1933-1950*, München–Wien 1964, S. 147.

7 Die erhalten gebliebenen und aufgefundenen Konzepte, Entwürfe und Vorarbeiten Horváths sind nicht vollständig. Viele Skizzen wiederholen sich mit nur geringfügigen Abweichungen immer wieder und lassen aufgrund der Lückenhaftigkeit keine verbindliche chronologische Rekonstruktion zu. Durch diese und die folgenden Transkriptionen wurde versucht die Hauptphasen von Horváths Arbeit an dem Roman darzustellen. – Siehe auch S. 266 ff.

8 Transkription der hs Skizze Horváths; HA/B, 26a.

9 Für den 1664 innerhalb der Zisterzienser gegründeten und seit 1892 selbständigen Orden der Trappisten gilt Schweigen als eines der obersten Gebote. So kann hier *Trappisten* als eine der für Horváths Arbeitsweise typischen Chiffren gelten; als Chiffre für Schweigen und Verschweigen. – Vgl. hierzu in: Deutschlandberichte der Sozialdemokratischen Partei Deutschlands (Sopade), 4. Jg., Nr. 2 (Februar 1937): »Kein Wort fällt im letzten Hirtenbrief gegen die Unterdrückung, gegen die Folterungen, Morde und sonstigen Greueltaten durch das braune System. [. . .] Die gemeinste Stelle in diesem Brief aber ist: ›Wenn jetzt Spanien dem Bolschewismus erläge, wäre das Schicksal Europas zwar noch nicht besiegelt, aber in beängstigende Frage gestellt. Welche Aufgabe damit unserem Volk und Vaterland gestellt ist, ergibt sich von selbst. Möge es unserem Führer mit Gottes Hilfe gelingen, dies ungeheuer schwere Werk in unerschütterlichster und treuester Mitwirkung aller Volksgenossen zu lösen.‹ Dieser Hirtenbrief ist eine Schande für die katholische Welt, wenn er auch nur vom obersten Klerus verfaßt worden ist.«

10 Lajos (Ludwig) von Hatvany (1880-1961), ung. Kritiker und Schriftsteller.

11 Belegt durch das Tonbandprotokoll eines Gesprächs am 7. 10. 1978 zwischen Herbert Kollmann und Jolan von Hatvany in Budapest.

12 Postkarte Horváths vom 6. 9. 1937 an Csokor; Original im HA/B.

13 Siehe Bd. 10.

14 *Herr Thomas, »Prager Tagblatt«* war nicht zu verifizieren; möglicherweise handelt es sich um den Mann der Schriftstellerin

Adrienne Thomas (geb. Strauch; 1897-1981), die mit ihrem Roman *Katrin wird Soldat* 1930/31 in Berlin außergewöhnlichen Erfolg hatte. Der im Herbst 1930 im Propyläen Verlag erschienene Roman erreichte bis Juli 1931 eine Auflage von 110 000 und wurde in 10 Sprachen übersetzt.

15 An Lajos von Hatvany schrieb Horváth am 25. 11. 1937 einen Brief, in dem er sich bei Hatvany bedankte, *dass Ihnen meine Arbeit so gefällt [. . .] und für all Ihre Mühe, die Sie sich mit dem Buch machen wollen.* Siehe auch Bd. 13,158 f.

16 Transkription der hs Notiz Horváths; HA/B, 26a.

17 Horváth zitiert hier offensichtlich eine Äußerung von Anton Kuh (1891-1941), einem ihm befreundeten in Berlin lebenden österreichischen Schriftsteller, den Kurt Tucholsky (1890-1935) als »Sprechsteller« bezeichnet hatte, da seine Plaudereien in Berlin (bei Viktor Schwanneke, im Romanischen Café und in Matinéen bei Max Reinhardt) angesehener waren als seine Publikationen (u. a. *Der unsterbliche Österreicher*, München 1931; *Physiognomik. Aussprüche*, München 1931; sowie in: Das Tage-Buch, Die Weltbühne, Der Querschnitt, Der Aufbau, Die Neue Weltbühne u. a.).

18 Transkription der hs Notiz Horváths; HA/B, 26a.

19 Transkription der hs Notiz Horváths; HA/B, 26a.

20 Tel. Auskunft Wera Liessems am 15. 1. 1985.

21 Siehe Bd. 13,158.

22 Transkription eines hs Blattes von Horváth; HA/B 26a.

23 Transkription eines hs Entwurfs von Horváth; HA/B, 26a.

24 Transkription eines hs Konzepts von Horváth; HA/B, 26a.

25 Transkription eines hs Konzepts von Horváth; HA/B, 26a.

26 Postkarte Horváths an Csokor am 10. 9. 1937 aus Amsterdam; Original in der Handschriftensammlung der Wiener Stadtbibliothek, I. N. 186.610.

27 Horváth am 15. 10. 1937 an Paul Fent; Original in Privatbesitz.

28 Belegt durch die Korrespondenz Horváths am 28. 10. 1937 an Jolan von Hatvany, vom 24. 11. 1937 an Csokor, vom 25. 11. 1937 an Lajos von Hatvany, vom 11. 12. 1937 und vom 14. 12. 1937 an Csokor.

29 Siehe Bd. 10.

30 Siehe Bd. 10.

31 Undatierte Postkarte (mit Poststempel vom 29. 12. 1937); Original im HA/B.

32 Horváth am 29. 12. 1937 an Jolan von Hatvany; Kopie des hs Orignals im HA/B.

33 Transkription eines hs Entwurfs von Horváth; HA/B, 26a.

34 Transkription eines hs Blattes von Horváth; HA/B, 26a.

35 Horváths hs Notizen; HA/B, 26j.

36 Manuskriptblatt Horváths; HA/B, 261.

37 Seite –2– eines hs Konzeps von Horváth (HA/B, 261), in dem er auf Seite –1– nochmals die ersten Kapitel (1.) *Der Vater aller Dinge* / 2.) *Das verwunschene Schloss* / 3.) *Die Hymne vom Krieg ohne Kriegserklärung* / 4.) *Die Ballade von der Soldatenbraut* / 5.) *Im Reich des Liliputaners* / 6.) *Don Juan kommt aus dem Krieg (Der Vertreter)* / 7.) *Am Grabe*) anführt und mit Notizen versieht, die bereits weitgehend mit dem endgültigen Handlungsablauf übereinstimmen.

38 Kopie des hs Originals im HA/B; auch bei Dezsö Báder, *Einzelheiten aus der Literatur der Emigration. Briefwechsel Ödön von Horváts [!] und Franz Theodor Csokors mit Lajos von Hatvany*, in: Acta Litterarie Academicae Scientiarum Hungaricae 12 (1970), S. 202-227; hier S. 205. Die Transkription Báders enthält u. a. auch den Fehler »Albert de Lange« statt »Allert de Lange«.

39 Csokor am 28. 1. 1938 an Ferdinand Bruckner; zit. nach Csokor: *Zeuge einer Zeit*, S. 158.

40 Vgl. Bd. 1, 177 f.

41 Horváth am 26. 10. 1937 an Csokor; siehe Bd. 13,158.

42 Vgl. innerhalb der *Erläuterungen* vor allem die Seiten 236 f., 241 f., 244 u. 247 f. in diesem Band.

43 S. 16.

44 S. 24.

45 S. 42.

46 S. 78.

47 S. 28.

48 S. 16.

49 S. 23.

50 »Parole der Woche« war eine wöchentlich erscheinende Wandzei-

tung, die von der Reichspropagandaleitung der NSDAP, Hauptstelle »Aktive Propaganda« entwickelt wurde. Die 1. Ausgabe erschien am 16. 3. 1936, die 2. Ausgabe am 24. 3. 1936 und nach diesen »Testausgaben« kontinuierlich ab 1. 4. 1936. Die letzte Ausgabe kam am 25. 2. 1943 heraus. – Vgl. Franz-Josef Heyen (Hg.), *Parole der Woche. Eine Wandzeitung im Dritten Reich 1936-1943*, München 1983.

51 Reich-Ranicki ging in seinem erstmals am 14. 4. 1972 in ›Die Zeit‹ abgedruckten Aufsatz *Horváth, Gott und die Frauen* (weitere Abdrucke in verschiedenen Publikationen 1972, 1977, 1980 und 1984) davon aus, Horváths Roman spiele 1935 oder 1936 und Horváth habe »Elemente, die aus der Realität des ›Dritten Reiches‹ stammten und auf diese abzielten, [. . .] leichtfertig mit der Situation in den Jahren der großen Weltwirtschaftskrise« verknüpft.

52 Vgl. hierzu den *Schriftwechsel in Sachen »Jugend ohne Gott«*, in: Traugott Krischke (Hg.), *Horváths »Jugend ohne Gott«*, Frankfurt/Main 1984, S. 248-253.

53 Lt. Meldebestätigung der Bundespolizeidirektion Wien vom 30. 11. 1971; Faksimile in: Traugott Krischke und Hans F. Prokop (Hg.), *Ödön von Horváth. Leben und Werk in Dokumenten und Bildern*, Frankfurt/Main 1972, S. 136 f.

54 Franz Theodor Csokor, *Auf fremden Straßen*, Wien–München– Basel 1955, S. 22.

55 Wie 52.

56 Belegt durch die Korrespondenz Horváths vom 31. 3., 7. 4. und 14. 4. 1938 an Jolan von Hatvany, vom 15. 4. und 17. 4. 1938 an Csokor und vom 22. 4. 1938 an Jolan von Hatvany.

57 Gemeint ist der Roman *Adieu, Europa!* (Bd. 15).

58 Horváth am 15. 4. 1938 aus Teplitz-Schönau an Csokor; Abschrift Csokors im HA/B.

59 Horváth am 4. 5. 1938 aus Mailand an Csokor; Abschrift Csokors im HA/B.

60 Ulrich Becher, *Stammgast im Liliputanercafé* in: Ödön von Horváth, *Stücke*, hg. v. Traugott Krischke, Reinbek 1961, S. 419-428; hier S. 425.

61 Horváth am 18. 5. 1938 aus Brüssel an Csokor; zit. nach der

Abschrift Csokors im HA/B. Ebenfalls am 18. 5. schrieb Horváth aus Brüssel auch an das Ehepaar Hatvany; zit. bei Báder S. 214.

62 Wie 57.

63 Die Auslieferung des Romans *Ein Kind unserer Zeit*, den Horváth hier meint, hatte sich offenbar verzögert, denn sämtliche im Umlauf befindlichen Exemplare der Erstausgabe enthalten das mit dem 29. 6. 1938 datierte »Vorwort« von Franz Werfel und Carl Zuckmayers Grabrede vom 7. 6. 1938. Vgl. auch die Hinweise 42 und 43.

64 Kopie des hs Originals im HA/B.

65 Horváth schrieb am 23. 5. 1938 aus Amsterdam an Csokor: *nun bin ich hier seit einer Woche und bleibe noch bis Freitag abend [27. 5.], dann fahre ich nach Paris auf 4-5 Tage und von dort wieder nach der Schweiz zurück.*

66 Hertha Pauli, *Der Riss der Zeit geht durch mein Herz. Ein Erlebnisbuch*, Wien–Hamburg 1970, S. 55.

67 Lt. Mitteilung von Armand Pierhal am 27. 3. 1956 an den Hg. kam es nur zu einem kurzen Telefonat mit Horváth; ein Treffen war für den 2. 6. 1938 vorgesehen. Vgl. auch Hertha Pauli, *Ein Riss . . .*, S. 57.

68 Lt. Mitteilung von Robert Siodmak am 31. 8. 1957 an den Hg.

69 Hertha Pauli, *Ein Riss . . .*, S. 56 f.

70 Ebd., S. 62.

71 Anna Maria Jokl, *Unheimliche Voraussicht. Erinnerung an Horváths Tod im Juni 1938*, in: FAZ, 8. 6. 1973.

72 Hertha Pauli, *Ein Riss . . .*, S. 55 und 57.

73 Robert Siodmak am 31. 8. 1957 an den Hg.: »Gegen halb acht Uhr sagte Horváth, er muesse jetzt nach Hause, um heute Abend noch alles aufs Papier zu bringen, was wir besprochen hatten, da er morgen [2. 6. 1938] zeitig wieder nach der Schweiz muesste.«

74 Walther Mehring, *Oedön von Horváth†*, in: Das Neue Tage-Buch, Paris–Amsterdam, 6. Jg., H. 24, S. 573.

75 *Oedön von Horváth, Der Vater aller Dinge*, in: Das Neue Tage-Buch, Paris–Amsterdam, 6. Jg., H. 24 (11. 6. 1938), S. 568-571. Dabei handelte es sich nicht um den vollständigen Abdruck des ersten Kapitels, sondern endete mit dem Satz: *Nein, ich mag die Flieger nicht!* (S. 21 in dieser Ausgabe).

76 Geschrieben in »St. Germain en Laye – 29. Juni 1938«.

77 Carl Zuckmayer, *Abschied von Ödön von Horváth*, »gesprochen an seinem Grab, Paris, 7. Juni 1938«.

78 *Abseits der Reichskulturkammer*, in: Das Neue Tage-Buch, Paris–Amsterdam, 6. Jg., H. 38, S. 911.

79 Lt. einer Anzeige in: Das Neue Tage-Buch, Paris–Amsterdam, 6. Jg., H. 50 (10. 12. 1938).

80 *Schriftwechsel in Sachen »Jugend ohne Gott«*, in: Traugott Krischke (Hg.), *Horváths »Jugend ohne Gott«*, S. 255.

81 Ebd., S. 253.

82 Hermann Linde (*Deutsche Jugend – literarisch*, in: Die Zukunft, Paris 16. 12. 1938, Nr. 10) schrieb: »*Ein Kind unserer Zeit* ist aus einem Guss, die fast vollendete Gestaltung eines Schicksals, eines Einzelschicksals. Eines Einzelschicksals. Damit ist gesagt, was mir der gemeinsame Mangel beider Romane zu sein scheint«, daß nämlich Horváth die »Gruppenatmosphäre« nicht gelingt. Und »dass der Schüler [in *Jugend ohne Gott*] und der Soldat in ihrer Enttäuschung aufrecht und stracks den Weg zum Kommunismus oder Sozialismus nehmen – das spukt vielleicht als blasser Traum in Emigrantenhirnen. [. . .] Das Schicksal der heutigen deutschen Jugend in seiner Einmaligkeit und Sonderheit bleibt noch zu gestalten.«

In der Pariser Zeitschrift Das Buch (H. A., *Oedoen von Horvath: Ein Kind unserer Zeit*, Heft 4, S. 7, Dezember 1938) hieß es: »Der Bericht über die Bekehrung dieses Rohlings zum Denken ist leider weniger geglückt als die Zeichnung seiner Niedertracht. Eine glaubwürdige anschauliche Darstellung des Idealen bleibt für die Künstler stets die härteste Nuss. Man merkt aber an diesem kleinen Roman, dass Horváths, hätte er länger leben dürfen, auch auf diesem Gebiet vorangekommen wäre.«

Auch Albert Vigoleis Thelen schrieb in der Sonntags-Beilage *Dutsche Letteren in den Vremde* zu der Tageszeitung ›Het Vaderland‹, Den Haag, am 8. 1. 1939: »Diese zwei epischen Werke rechtfertigen die Erwartung, daß er ein wichtiger Mensch unserer Zeit hätte werden können« (zit. nach: Martin Lehmann, *Albert Vigoleis Thelen als Literaturkritiker in »Het Vaderland«*, in: Kathinka Dittrich und Hans Würzner [Hg.], *Die Niederlande und das deutsche Exil 1933-1940*, Königstein/Ts. 1982, S. 146-153; hier S. 152).

In Maria Arnolds Rezension *Ödön von Horvarths* [!] *letztes Werk* (in: Das Wort. Literarische Monatsschrift, Heft 2, Februar 1939, S. 125) hieß es: » Mit großer Sparsamkeit des Ausdrucks gestaltete Ödön von Horvarth dieses Schicksal, lauschte es dem wirklichen Leben ab, das hinter jedem Wort pulsiert. Er läßt die Tragik dieses jungen Mannes aus dem Elend der Arbeitslosigkeit erstehen, die ihn auf Pfade drängt, wo das Böse gutgeheißen und Unrecht zum Recht erhoben wird. Hinter den schmucklosen Worten wird die Dumpfheit dieses Alltags spürbar, sein kleines Streben, das nur vom eigenen Wohlergehen geleitet wird, unberührt von den sozialen Kämpfen.«

83 Im »Vorwort« der Erstausgabe billigte Franz Werfel Horváths Romanen zwar nicht »den Rang vollendeter epischer Kunstwerke« zu, die »fragmentarische Leistung jedoch genügt schon, um zu ahnen, dass dieser Dichter dazu geboren war wie kein anderer, dem deutschen Roman die erschöpfende ›Dämonologie des Kleinbürgertums‹ zu schenken«.

84 In der Einführung zur englischen Ausgabe *A Child of Our Time* (Methuen & Co. Ltd., London 1938) schrieb Stefan Zweig: »Seine beiden Romane *Jugend ohne Gott* und *Ein Kind unserer Zeit* stellen das vielleicht realistischste Bild jener Generation dar, die in Deutschland während der verzweifelten Nachkriegsjahre aufwuchs. Nirgends ist das leidenschaftliche Verlangen dieser Jugend, aus einer Atmosphäre, die von politischem Haß und sozialen Spannungen vergiftet war, zu entfliehen, überzeugender dargestellt. Und diese Romane, die den Stempel wahrer Dichtung tragen und Meisterwerke ihrer Art sind, stellen eines der wichtigsten deutschen Dokumente des Zeitalters dar.«

85 Klaus Mann, *Snow Man: Ödön von Horvath: »A Child of Our Time«*, in: The New Republic, C, New York, No. 1298 (Oct 18, 1939), S. 312 f.

86 *A Child of Our Time and being Youth without God*. Translated by R. Wills Thomas. With a Foreword by Franz Werfel and an appreciation by Stefan Zweig, London (Methuen and Co Ltd)

1938. J. P. Kramer 1938 (Argentinische Ausgabe; nähere Angaben fehlen).

A Child of Our Time. Translated by R. Wills Thomas, New York (Dial Press) 1939.

Soldat du Reich. Introduction et traduction par Armand Pierhal, Paris (Plon) 1940.

Soldat del Reich. (Ü: José Maria Guarnido.) Montevideo (Editorial Salamandra) 1941.

Ti san-ti-kuo-ti ping si (dt.: Soldat des Dritten Reiches), Shanghai (Kaj-tschin-Verlag) 1941.

87 *Un figlio del nostro tempo*. (Ü.: Bruno Maffi.) Milano (Bompiani) 1948.

Et barn af vor tid. (Ü.: Gustav Hansen.) København (Povl Branner) 1948.

Ti san-ti-kuo-ti ping si. Shanghai (Wen-hua-seng-hue) 1949 und 1953.

L'eterno filisteo. Tutti i romanzi (enthält: *Der ewige Spießer, Jugend ohne Gott, Ein Kind unserer Zeit*; Ü: Giorgio Backaaus, Bruno Maffi), Milano (Bompiani) 1974.

88 Zum Abdruck des Anfangskapitels in ›Das Neue Tage-Buch‹ (siehe unter 16b) am 11. 6. 1938 hieß es auf S. 568 in einer Vorbemerkung: »*Ein Kind unserer Zeit* steht gerade vor dem Erscheinen bei Allert de Lange, Amsterdam. Der so tragisch und sinnlos ums Leben gekommene deutsch-ungarische Dichter konnte noch die Druckfahnen sehen.«

89 *Vorwort* 1 / *Vater aller Dinge* 5 / *Das verwunschene Schloss* 26 / *Der Hauptmann* 45 / *Der Bettler* 55 / *Im Hause des Gehenkten* 72 / *Der Hund* 101 / *Der verlorene Sohn* 106 / *Das denkende Tier* 125 / *Im Reiche des Liliputaners* 138 / *Anna, die Soldatenbraut* 153 / *Der Schneemann* 192 / *Abschied von Ödön von Horváth* 203.

90 Berglandverlag Wien o. J. [1951]; Berglandverlag Wien 1953 (zus. mit *Jugend ohne Gott* u. d. T.: *Zeitalter der Fische*); Kindler Verlag München 1965 (zus. mit *Jugend ohne Gott* u. d. T.: *Zeitalter der Fische*); dtv München 1968; Berglandverlag Wien o. J. [1968] und Büchergilde Gutenberg Wien–Frankfurt/Main–Zürich 1969 (zus. mit *Der ewige Spießer, Jugend ohne Gott* und

Der Tod aus Tradition u. d. T.: *Zeitalter der Fische*); Verlag Volk und Welt (Ost)Berlin 1981 (*Ausgewählte Werke*, Bd. 2); sowie die Ausgabe des Suhrkamp Verlages im Rahmen der *Gesammelten Werke* 1971, ²1972, ³1978 und der *werkausgabe* 1972, ²1978, als suhrkamp taschenbuch 1973 und im »Weißen Programm« 1983.

91 So fehlte z. B. der Satz *In Reih und Glied* (S. 15) bei Bergland (S. 22); in den Satz *Dann ärgern sie sich gelb und grün* (S. 16) war bei Bergland (S. 23) *immer wieder* eingefügt; *Ich ging fort* (S. 19) fehlt bei Bergland (S. 26); *als wärens alle ausgestorben* (S. 25) lautet bei Bergland (S. 35) *als wäre alles ausgestorben; Und die Kleinere auch* (S. 27) fehlt bei Bergland (S. 38); innerhalb des Satzes *Im Krieg gibts halt oft keine Kohlen* (S. 32) wurde bei Bergland (S. 46) das süddeutsche umgangssprachliche Adverb *halt* gestrichen; *Es ist eine Schand* (S. 41) fehlt bei Bergland (S. 58); ebenso (S. 80) *Sie beobachtet mich* (S. 57); *Aber er hat sich doch gar nicht erhängt* (S. 57) lautet bei Bergland (S. 81) *Aber was wollen Sie denn, er hat sich doch gar nicht erhängt*; das zweite *Weg damit* (S. 66) ist bei Bergland (S. 94) gestrichen; innerhalb des Satzes *das wird mir allmählich dennoch immer klarer* (S. 71) fehlen bei Bergland (S. 100) die Worte *dennoch immer; irgendwo* (S. 72) ist bei Bergland (S. 102) geändert in *wo; haargenau* (S. 74) lautet bei Bergland (S. 104) *genau; Auch die allerwinzigsten* (S. 77) fehlt bei Bergland (S. 107); ebenso (S. 109) *Drei silberne Sterne* (S. 77); In den Satz *Soll ich mir einen Vollbart wachsen lassen* (S. 77) wurde (S. 121) *deswegen* eingefügt; *Ich lächle verbindlich* (S. 106) fehlt bei Bergland (S. 150). Abweichungen gegenüber dem ursprünglichen Text wurden auch in der Kindler Ausgabe (1965) festgestellt; z. B. wurde der Satz *Sie fixiert mich frech und beginnt zu lachen* (S. 104) bei Kindler (S. 167) geändert in *Sie fixiert mich frech. Dann fängt sie an zu lachen.*

92 Die auf den Vorarbeiten und Varianten vermerkten und nachfolgend abgedruckten Handlungsskizzen ergänzen gleichzeitig die auf den Seiten 207 bis 219 transkribierten Entwürfe.
Es war einmal ein Soldat (S. 131): Ts (= Typoskript) Horváths, paginiert mit –1–, HA/B, 26b.

Etwas außerhalb des Städtchens (S. 132): hs Seite, paginiert mit –2–; HA/B, 26a.

Es war einmal ein Soldat (S. 133 ff.): vierseitiges Ts mit hs Korrekturen, paginiert mit –*1*– bis –*4*–; HA/B, 26d.

Es war einmal ein Soldat (S. 137 f.): Seite –*1*– Ts mit hs Korrekturen, Seite –*2*– hs fortgesetzt; HA/B, 26d.

Der Soldat (S. 139 ff.): dreiseitiges Ts, paginiert mit –*1*– bis –*3*–; in einer späteren Fassung wurde die Überschrift geändert in *Angetreten!* HA/B, 26d.

Der Vater aller Dinge (S. 142 ff.): siebenseitiges Ts, HA/B, 26d; die ursprüngliche Kapitelüberschrift *Angetreten* wurde von Horváth hs geändert. Die Seite –*1*– ist mit zahlreichen Notizen versehen:
1.) Der betrunkene Arbeiter, der die Soldaten beschimpft. Der alte Polizist, der ihn laufen lässt. (Der Arbeiter hat nur einen Zahn)
2.) Die Hur, die angespukt wird. »Du traust Dich nach unserer Uniform zu schauen, nach meinem Körper, der das Vaterland beschützt?!«
Neben der Kapitelüberschrift der Satz: *Denn ich habe manchmal das Gefühl, dass meine Seele tot ist. Wenn es überhaupt eine Seele gibt.*
Darüber notierte Horváth: *Man trägt weniger Verantwortung, man wird tapferer beim Sturmangriff. Ich bin nicht mehr allein.* Darunter: *Wenn ich auf Posten stehe, denke ich oft an mein Leben. Aber ich will nicht daran denken, ich bin dann nämlich so allein. Ich denke auch an die Weiber. Der Hochsprung. Liebte ich eine? Nein, sie sinds nicht wert. Auch die Mutter nicht. Ich kenne sie nicht. »Es ist kalt«, das ist meine erste Erinnerung.*
Den Satz: *. . . und die Zukunft so tot* ergänzte Horváth durch folgenden Text:
Ich hatte sie schon begraben. Aber jetzt ist sie auferstanden, meine persönliche Zukunft. Es war nicht der dritte Tag, es war das sechste Jahr, und sie fuhr nicht gen Himmel, sie blieb auf der Erde und gab mir zum Fressen. Und gab mir einen ehrbaren Anzug, feste Schuhe und Wäsche und einen Anzug, der was gilt. Und gab mir die Hoffnung: Du kannst noch was werden! Es

erschienen keine flammenden Zungen, es erschien ein Stern es erschien ein Stern auf meinem Kragen. Ich wurde Gefreiter. Sechs Jahre war ich traurig, jetzt wird alles gut! Sechs Jahre wusst ich nicht, was ich werden sollte, aber jetzt weiss ich es, wo ich hingehör. 6 Jahre war ich allein, aber jetzt bin ich einzeln überhaupt vielmehr. Es ist immer einer neben Dir. Rechts und links. Tag und Nacht. Du hörst auf und stürmst in den Tod, wenn die Trompete blast, wenn es Ernst werden sollte. Wir warten auf den Ernst. Du fällst nicht allein. Du bringst alles um, was Dir im Wege steht, aber Du trägst keine Verantwortung. Du kannst nichts dafür. Es ist alles Kommando. Gottseidank! Gottseidank, bin ich nichtmehr allein! — So allein hätt ich zwar schon gewusst, was ich werden sollte. Aber so allein brauchst Du Geld. Viel Geld. Zuviel für die übergroße Mehrheit.

Auf Seite –2– notierte Horváth bei dem Satz . . . *dass es anders, besser wird: Die Strassenarbeit. Ich sehe ein freies Feld. Der freiwillige Arbeitsdienst.*

Der »Freiwillige Arbeitsdienst« galt als Beschäftigungsmöglichkeit für unterstützte Arbeitslose und wurde vor allem von rechtsorientierten Verbänden innerhalb der Weimarer Republik befürwortet.

Den Satz *es wird immer weniger gelesen* kommentierte Horváth: *Denn in jeder Zeitung steht dasselbe und die Romane handeln von reichen Leuten oder von armen, aber die jammern dann. Jammern ist eckelhaft! Denn die Schriftsteller sind mit der Zeit noch nicht mit.*

Auf Seite –7– skizziert Horváth anschließend den weiteren Handlungsablauf:

Der abstürzende Flieger.

Es gibt Dinge im Leben, die wir noch nicht kennen. Aber ich ich werd mich nicht lange damit aufhalten! Es war ein Zufall und Schluss!

Als wir zurückkommen, erfahren wir, dass Kittys Kind tot ist. Darüber grosse Freude. Aber ich werde plötzlich traurig: ich denke an mein Volk. Sie sind froh, weil unser Volk keinen Raum hat. Ja, es muss anders werden! Dazu hs: Wir brauchen einen Krieg, sonst gehen wir alle unter!

Dann weiter im ursprünglichen Entwurf: *Eine vage Erinnerung an die Mutter. Ans Märchen. An Waisenkind.*
Ich melde mich als Längerdienender. Die Parade. Gefallenenge-denkfeier. Der Pfarrer. Die neuen Götter. Es stimmt alles nicht-mehr. Mein gefallener Onkel. Gewalt geht vor Recht!
Hs fortgesetzt: *»Der gute Kamerad.« Gestern bekam ich meinen zweiten Stern.*

Hoch in der Luft (S. 149 ff): dreiseitiges Ts, HA/B, 26d; die Kapi-telüberschrift wurde von Horváth hs getilgt und die ursprüngliche Paginierung –4– bis –6– geändert in –8– bis –10–, so daß diese Passage unmittelbar an die vorhergehende (S. 148) anschließt.

Abends im Dorf (S. 152): Typoskriptseite mit der Pagation –7–, so daß sie ursprünglich unmittelbar an die vorhergehende Seite (S. 151) anschloß; die Kapitelüberschrift wurde von Horváth hs getilgt und der weitere Handlungsablauf hs skizziert: *Die neuen Autos. Das Einfahren der Autos. Die Kellnerin in Kyritz (Sie erzählt: »Es ist mal ein Flieger bei uns abgestürzt –«) Die grosse Parade. Das Land X. (Der Hauptmann sieht meinem Vater ähn-lich) Abschied vom Vater. (in dem Restaurant; die Mutter lebt nichtmehr)*

Das verwunschene Schloß (S. 153 ff.): Seite –1– und –2– Ts, von –3– bis –7– hs fortgeführt; HA/B, HA/B, 26a; auf der ersten Seite hat Horváth notiert: *Die Wahrsagerin: Sie werden eine weite Reise machen und kommen zurück, aber dann werden sie eine sehr weite Reise machen und ich weiss nicht, ob sie zurückkommen.*
Auf der hs Seite –7– ist wiederum der weitere Ablauf skizziert:
Ich komme ins Lazarett.
Sie besucht mich.
Ich hab Ausgang. Ich bleibe die Nacht mit ihr im Schräbergar-ten [!]. *»Das ist mein Besitz«, sagt sie. »Meine Eltern sind tot.« Sie erzählt von ihren verstorbenen Eltern, von ihrem Vater, der sie ruft. Er hat einen grossen Schnurrbart, der Vater. Und es ist, als wären wir auf einem Unterkunftshaus und draussen sind die grossen Gletscher.*

Sie: (erzählt von ihrem Verlobten der hat Abnormitäten (Anna B.)
Sie sagt: »Wenn Du Dir nicht das Bein verstaucht hättest, wären
wir schon früher so beisammen.«
DerSpiegel. (Ich sehe sie im Spiegel)
Sie sagt: »Wenn Du Dir nicht das Bein verstaucht hättest, wären
wir schon früher so beisammen.«
Und mir ist einen Moment lang, dass ich alles vergesse. Die ganze
Welt.
»Bist du müde?« sagte sie.
»Nein«, sage ich.
»An was denkst Du?«
»An nichts!«
Aber das ist nicht wahr. Ich denke an die Kaserne. An das
Postenstehen.
Warum habe ich gelogen?
»Du denkst doch an was?« fragt sie.
»Ja«, sage ich. »Ich denke an nichts.« Sie wendet sich ab.
Aber ich halte sie fest. Und dann schlafen wir ein.
Horváth skizziert den weiteren Handlungsablauf: *Ich komme in*
der Früh nachhaus. Rapport beim Hauptmann, als er erfährt,
dass ich bei einem Mädchen war, sagt: »Raus!«
Der Hauptmann ist ein feiner Mensch.

Die Ballade von der großen Liebe (S. 158): hs Seite, HA/B, 26a.
Der weitere Ablauf ist von Horváth wie folgt skizziert:
(Die Geschichte der kleinen Liebe)
(Die Stationen der Liebe.)
(Im Schatten der Zeit)
(Die Vision von der Zerstörung des Abendlandes im Bett)
Es war auf einer Bank und ich langte ihr unter den Rock. Nur
oberhalb des Knies.
Aber sie wehrte sich nicht. Ich hätt auch höher hinauflangen
können. Es war mir alles so vertraut. –

Am Rande der Zeit (S. 159 f.): zweiseitiges Ts, paginiert mit –31–
und –32–; HA/B, 26c. Die Kapitelüberschrift ist von Horváths hs
getilgt. Auf dem Blatt folgende Skizze:

EIN SOLDAT SEINER ZEIT

Roman.

1.) *Der Vater aller Dinge.*
2.) *Das verwunschene Schloss.*
3.) *Die Ballade von der Soldatenbraut.*
4.) *Die Hymne vom Krieg ohne Kriegserklärung.*
5.) *Im Reiche des Liliputaners.*
6.) *Der Schneemann.*
7.) *Im Nebel der Zukunft.*

Die Ballade von der Soldatenbraut (S. 161 f.): zwei hs Seiten paginiert mit –1– und –2–; HA/B, 26a.

Anna, die Soldatenbraut (S. 163 ff.): zwei Seiten Ts, paginiert mit –1– und –2–; HA/B, 26c. Als unmittelbare Fortsetzung (hier durch Leerzeile ausgewiesen) zwei hs Seiten, paginiert mit –3– und –4–; HA/B, 26a.

Das Vaterland ruft (S. 166): hs paginiert mit –27–; HA/B, 26e. Von Horváth am Kopf des Blattes notierte Überschriften: *Im Schatten der zeitgenössischen Geschichte, die sich um das persönliche Schicksal mit Recht hinüberschreitet zum Wohle des Vaterlandes und zum Verderben seiner Wiedersacher.* [!] *Auf Befehl der Führer, die sich wegen des Schicksals der Einzelmenschen mit Recht keine grauen Haare wachsen lassen. Im Schatten der zeitgenössischen Geschichte, zum Wohle des Vaterlandes und zum Verderben seiner Feinde.* Dazu der Vermerk: *Das Vaterland hat gesiegt, aber es nimmt auf das Privatleben seiner Kinder noch immer keine Rücksicht. Was ist des Menschen Vaterland?*

Die Hymne an den Krieg ohne Kriegserklärung (S. 167 ff.): vierseitiges Ts, paginiert mit –29– bis –32–; HA/B, 26e.

Variationen über ein bekanntes Thema (S. 170 f.): dreiseitiges Ts, paginiert von –33– bis –35–; HA/B, 26e.

Der Hauptmann (S. 172 ff.) elfseitiges Ts, paginiert von –27– bis –37–, wobei die Seiten –32– bis –37– von ursprünglich –31– bis –36– hs umpaginiert wurden; HA/B, 26e.

Ich stecke den Brief ein (S. 181 ff.): zweiseitiges Ts, paginiert mit –38– und –39–; HA/B, 26 f. Zu dem Satz: *Ich gehe fort* notiert Horváth: *Ich schreibe Briefe an das Fräulein. (Sie heisst Anna) Aber ich bekomme keine Antwort. Ich weiss ihren Namen, aber für mich bleibt sie immer nur meine Linie. Leichter Rückschlag im Befinden. Ich muss mich wieder schonen.*

[Im Hause des Gehenkten] (S. 184 ff.): Seite –60– bis –64– einer Vorarbeit zum Kapitel, das Horváth *Im Hause des Gehänkten* [!] überschrieb; die Blätter des Ts weisen hs Korrekturen Horváths auf, die er dann in der endgültigen Fassung berücksichtigte; HA/B, 26g.

Wundervoll sind die Wege (S. 189): Seite eines mit –48–paginierten hs Blattes; HA/B, 26g. Horváth ergänzte den Satz: *Gesetze, die keinen Witz verstehen* durch folgende Passagen: *Wenn mir einer gesagt hätt, noch vor 8 Tagen, Du wirst mit der Witwe Deines Hauptmanns ins Bett gehen, hätt ich gesagt: Du Phantast! Ich weiss auch garnicht, ob ich es eigentlich wollte. Ich weiss nur, sie hatte lange Beine. Ich liebe die schönen Beine der Frauen, denn sie hören für mich nicht auf. Sie können über alles gehen, über alles hinweg, so leicht, als wären sie aus nichts. Ich habe einmal ein Buch gelesen über die Sprache der Beine. Es war ein Magazin und ich trugs eine Weile mit mir herum. Dann schmiss ichs weg. Der Stabsfeldwebel hob es auf und nahms mit nachhaus. Seine Frau entdeckte es und verbrannte es. »Eine Schweinerei«, sagte sie. Aber das war keine Schweinerei, sondern es waren schöne Damen drinnen, die wenig anhatten oder fast nackt. Manche zeigten ihre Popos. Ein Weib ist nirgends so nackt, wie am Hintern, sagte mal unser Oberleutnant. Er ist ein belesener Mensch. Die Frau Stabsfeldwebel kochte auf ihnen ihren Brei. Die schönen Damen verbrannten. Es verkohlten die Beine, die Busen, die Hintern –*

Der Student (S. 190 ff.): dreiseitiges Ts, paginiert von –65– bis –67– und setzt den Abdruck auf S. 182 fort; HA/B, 26h. Die ursprüngliche Kapitelüberschrift *Der Gedanke* wurde von Horváth hs geändert in *Der Student*. Auf Seite –67– ist wieder die weitere Handlung umrissen:
Wir sprechen übern Hauptmann. Die Auseinandersetzung zwischen Oberleutnant und Hauptmann.
Kamerade [!] *sagt: Der Hauptmann war verrückt.*
Ich: Möglich.
All diese Probleme interessieren mich nichtmehr.
Ich warte auf den Brief, aber ich bekomme keinen Brief von ihr.
Wieder getilgt: *Ich bekomme wieder Angst und suche den Bettler.*

Der Gedanke (S. 193 ff.): dreiseitiges hs Manuskript, paginiert von –79– bis –81–; HA/B, 26h.

Der Bettler (S. 196 ff.): vierseitiges Ts, paginiert von –77– bis –81–; die hs Korrekturen Horváths wurden bei diesem Abdruck berücksichtigt; HA/B, 26i.

Der Schneemann (S. 202 f.): zweiseitiges Ts, Pagination –92– und –93–; die nachfolgenden Seiten fehlen. HA/B, 26l.

93 Für zahlreiche Hinweise zu Details des zeitgeschichtlichen Hintergrunds und zur Dechiffrierung nationalsozialistischer Ideologeme ist der Herausgeber Herrn Alexander Fuhrmann, München, zu besonderem Dank verpflichtet.

Alphabetisches Gesamtverzeichnis
der suhrkamp taschenbücher